170

Gilles Deleuze
Proust und die Zeichen

Aus dem Französischen von
Henriette Beese

Merve Verlag Berlin

Titel der Originalausgabe:
Proust et les signes. 4. Auflage 1976,

Die Deutsche Bibliothek - CIP-Einheitsaufnahme
Deleuze, Gilles:
Proust und die Zeichen / Gilles Deleuze. Aus dem Franz. von Henriette Beese. - Berlin : Merve-Verl., 1993
(Internationaler Merve-Diskurs ; 170)
ISBN 3-88396-099-3
NE: GT

Postfach 150 927, 1-Berlin 15
Fotomechanischer Nachdruck der 1978
im Verlag Ullstein, Frankfurt/M-Berlin-Wien
erschienenen Ausgabe.
Umschlagentwurf: Jochen Stankowski

ISBN 3-88396-099-3

Inhalt

Vorbemerkung (zur dritten Auflage) 5
Vorbemerkung der Übersetzerin 6

Erster Teil: Die Zeichen
Kapitel I: Die Zeichentypen 7
Kapitel II: Zeichen und Wahrheit 16
Kapitel III: Die Lehre 25
Kapitel IV: Die Zeichen der Kunst und die Essenz 35
Kapitel V: Die sekundäre Rolle des Gedächtnisses 45
Kapitel VI: Reihe und Gruppe 57
Kapitel VII: Der Pluralismus im System der Zeichen 70
Konklusion: Das Bild des Denkens 78

Zweiter Teil: Die literarische Maschine
Kapitel I: Antilogos 85
Kapitel II: Schachteln und Gefäße 94
Kapitel III: Ebenen der Recherche 105
Kapitel IV: Die drei Maschinen 116
Kapitel V: Der Stil 129
Konklusion: Anwesenheit und Funktion des Wahnsinns. Die Spinne 136

Anmerkungen 147

Vorbemerkung (zur dritten Auflage)

Der erste Teil dieses Buches handelt von der Aussendung und Interpretation von Zeichen, wie sie sich in »A la recherche du temps perdu« darstellen. Der zweite Teil, der zur Gänze bei Gelegenheit der zweiten Auflage hinzugefügt wurde, bearbeitet ein abweichendes Problem: die Produktion und Vervielfältigung der Zeichen selbst unter dem Gesichtspunkt der Komposition der »Recherche«. Dieser zweite Teil wurde inzwischen in der Hoffnung auf größere Klarheit in Kapitel unterteilt. Er endet mit einem Text, der in einem italienischen Sammelband erschienen ist (»Saggi e ricerche di Letteratura Francese«, XII, Bulzoni edit., 1973) und der hier in einer überarbeiteten Fassung vorgelegt wird.

G.D.

Vorbemerkung der Übersetzerin

Die Zitate aus der »Recherche« werden im Text im französischen Original wiedergegeben, in den Anmerkungen in deutscher Übersetzung. Wo ich die Zitate aus der deutschen Ausgabe bearbeiten mußte, habe ich dies angegeben. Die Nachweise sind folgendermaßen abgekürzt: römische Ziffern beziehen sich auf die Bände der französischen, arabische Ziffern auf die Bände der deutschen Ausgabe; danach folgt die jeweilige Seitenzahl. Zitiert wird nach: 1. Marcel Proust: *A la recherche du temps perdu*. Edition établie et présenté par Pierre Clarac et André Ferré, Paris 1954 2. Marcel Proust: *Auf der Suche nach der verlorenen Zeit*. Deutsch von Eva Rechel-Mertens. Frankfurt am Main 1964.

H.B.

Erster Teil: Die Zeichen

Kapitel I: Die Zeichentypen

Worin besteht die Einheit von »A la recherche du temps perdu«? Zumindest wissen wir, worin sie nicht besteht. Nicht im Gedächtnis, nicht in der Erinnerung, und sei es die unwillkürliche. Das Wesentliche der Recherche liegt nicht in der Madeleine oder – den Pflastersteinen. Einerseits ist die Recherche nicht einfach eine Anstrengung des Erinnerns, eine Erforschung des Gedächtnisses: »Suche« muß in einem stärkeren Sinne verstanden werden, wie in dem Ausdruck »Wahrheitssuche«. Andererseits ist die verlorene Zeit nicht einfach die vergangene Zeit; sie ist ebenso die Zeit, die man verliert, wie in dem Ausdruck »seine Zeit verlieren«. Selbstverständlich greift das Gedächtnis als Mittel der Suche ein, doch stellt es nicht das tiefstgreifende Mittel dar; und die vergangene Zeit greift als Struktur der Zeit ein, doch ist sie nicht die tiefstliegende Struktur. Bei Proust führen die Glockentürme von Martinville und das kleine Thema von Vinteuil, die keinerlei Eingriff der Erinnerung, der Auferstehung von Vergangenheit mit sich bringen, immer zur Madeleine und den Pflastersteinen von Venedig, die vom Gedächtnis abhängen und gerade deswegen wiederum auf eine »explication matérielle«[1] zurückverweisen.

Es handelt sich nicht um eine Vorführung des unwillkürlichen Gedächtnisses, sondern um den Bericht von einer Lehre. Genauer: von der Lehrzeit eines Schriftstellers.[2] Die Welt von Méséglise und die Welt von Guermantes sind weniger Quellen der Erinnerung als Grundstoffe, Leitlinien der Lehre. Es sind die beiden Seiten einer »Bildung«. Immer wieder insistiert Proust darauf: Zu diesem oder jenem Zeitpunkt wußte der Held dies oder jenes noch nicht, er sollte es später lernen. Er hegte diese oder jene Illusion, von der er sich schließlich befreien sollte. Daher rührte die Bewegung von Täuschungen und Enthüllungen, die den Rhythmus der ganzen Recherche abgibt. Man wird sich auf Prousts Platonismus beziehen: lernen heißt auch sich wiedererinnern. Doch so relevant seine Rolle auch sein mag, das Gedächtnis greift nur als Mittel einer Lehre ein, die zugleich in ihren Zielen und in ihren Ursprüngen über es hinausreicht. Die Recherche ist auf die Zukunft gerichtet, nicht auf die Vergangenheit.

Lernen betrifft wesentlich *Zeichen*[3]. Die Zeichen sind Gegenstand einer zeitlichen Lehre, nicht eines abstrakten Wissens. Lernen bedeutet zunächst, einen Stoff, einen Gegenstand, ein Wesen so zu betrachten, als sendeten sie Zeichen aus, die zu entziffern, zu interpretieren sind. Es gibt keinen Lehrling, der nicht »Ägyptologe« irgendeiner Sache wäre. Tischler wird man nur, indem man empfindungsfähig für die Zeichen des Holzes, Arzt, indem man empfindungsfähig für die der Krankheit wird. Die Berufung ist immer eine Vorherbestimmung im Verhältnis zu Zeichen. Alles, was uns etwas lehrt, sendet Zeichen aus, jeder Lernakt ist Interpretation von Zeichen oder Hieroglyphen. Prousts Werk gründet sich nicht in der Vorführung von Gedächtnis sondern im Lernen von Zeichen.

Daraus erhält es seine Einheit und auch seine erstaunliche Vielfalt. Das Wort »Zeichen« ist eines der häufigsten Wörter der Recherche, zumal in jener abschließenden Systematisierung, die »Le temps retrouvé« darstellt. Die Recherche erweist sich als Erforschung verschiedener Zeichenwelten, die sich in Kreisen organisieren und an verschiedenen Punkten schneiden. Denn die Zeichen sind spezifisch und konstituieren den Stoff dieser oder jener Welt. Schon in den Nebenfiguren wird das sichtbar: Norpois und die diplomatische Chiffrierung, Saint-Loup und die strategischen Zeichen, Cottard und die medizinischen Symptome. Jemand kann fähig sein, die Zeichen eines Bereichs zu entziffern, aber in einem anderen Fall schwachsinnig bleiben: so Cottard, der große Kliniker. Überdies können in einem gemeinsamen Bereich die Welten sich gegeneinander abschotten: die Zeichen der Verdurin sind bei den Guermantes nicht gültig, umgekehrt werden Swanns Stil und Charlus' Hieroglyphen bei den Verdurin nicht verstanden. Die Einheit all dieser Welten besteht darin, daß sie Systeme von Zeichen bilden, die von Personen, Gegenständen, Stoffen ausgesendet werden; keine Wahrheit kann entdeckt werden, nichts kann gelernt werden, es sei denn durch Entzifferung und Interpretation. Die Vielheit dieser Welten aber besteht darin, daß die Zeichen nicht der gleichen Gattung angehören, nicht die gleiche Erscheinungsweise haben, sich nicht auf die gleiche Weise entziffern lassen, keine identische Beziehung zu ihrer Bedeutung haben. Daß die Zeichen zugleich die Einheit und die Vielfalt der Recherche bilden, diese Hypothese müssen wir durch eine Betrachtung der Welten verifizieren, an denen der Held unmittelbar teilhat.

Die erste Welt der Recherche ist die des Gesellschaftlichen.[4] Kein anderes Milieu gibt es, das so viele Zeichen aussenden und konzentrieren würde, in so begrenzten Räumen, mit derartiger Geschwindigkeit. Tatsächlich sind diese Zeichen selbst nicht homogen. In einem einzigen Augenblick differenzieren sie sich, nicht allein gemäß den Klassen, sondern gemäß den noch tiefer verwurzelten »geistigen Familien«. Von einem Augenblick zum andern entwickeln sie sich, erstarren oder machen anderen Zeichen Platz. Sodaß die Aufgabe des Lehrlings darin besteht, zu verstehen, warum jemand in einer bestimmten Welt »empfangen« wird, warum jemand anders nicht mehr; welchen Zeichen die Welten gehorchen, wer ihre Gesetzgeber und Hohenpriester sind. In Prousts Werk ist der gewaltigste Aussender von Zeichen Charlus, durch seine gesellschaftliche Macht, seinen Stolz, seinen Sinn fürs Theater, sein Gesicht und seine Stimme. Doch Charlus, von der Liebe getrieben, ist bei den Verdurin nichts; und selbst in seiner eigenen Welt wird er schließlich nichts mehr sein, wenn die impliziten Gesetze sich geändert haben werden. Worin besteht dann aber die Einheit der gesellschaftlichen Zeichen? Ein Gruß des Herzog von Guermantes ist zu interpretieren, und die Risiken des Irrtums sind hier ebenso groß wie bei einer Diagnose. Ebenso eine mimische Veränderung bei Madame Verdurin.

Das gesellschaftliche Zeichen erscheint, als habe es eine Handlung oder einen Gedanken ersetzt. Es ist Statthalter von Handlung und Gedanke. Also ist es ein Zeichen, das nicht auf etwas anderes verweist, transzendente Bedeutung oder idealer Inhalt, sondern eins, das den unterstellten Wert seiner Bedeutung usurpiert hat. Daher erscheint das Gesellschaftliche unter dem Gesichtspunkt seiner Handlungen als trügerisch und grausam; und unter dem Gesichtspunkt seines Denkens erscheint es als dumm. Man denkt nicht und man handelt nicht, sondern man gibt Zeichen. Nichts Komisches wird bei Madame Verdurin gesagt, und Madame Verdurin lacht nicht; aber wenn Cottard ein Zeichen gibt, daß er etwas Komisches gesagt habe, gibt Madame Verdurin ein Zeichen, daß sie lache, und ihr Zeichen wird in so vollkommener Weise ausgesendet, daß Monsieur Verdurin, um ihr nicht unterlegen zu sein, seinerseits eine angemessene Mimik versucht. Madame de Guermantes hat oft ein kaltes Herz, oft schwache Gedanken, immer jedoch hat sie bezaubernde Zeichen. Sie handelt nicht für ihre Freunde, sie denkt nicht mit ihnen, sie gibt ihnen Zeichen. Das gesellschaftliche Zeichen verweist nicht auf irgendetwas, es »steht anstatt«, es gibt vor, den Wert seiner Bedeutung zu haben. Es antizipiert die Handlung wie den Gedanken, es vernichtet den Gedanken wie die Handlung, und erklärt sich für ausreichend. Daraus leitet sich sein Aspekt des Stereotypen her und seine Leere. Hieraus darf nicht geschlossen werden, daß diese Zeichen vernachlässigt werden dürften. Ginge die Lehre nicht durch sie hindurch, so wäre sie unvollkommen und sogar unmöglich. Sie sind leer, aber diese Leere bringt eine rituelle Vollkommenheit mit sich, als einen Formalismus, der sich anderswo nicht wiederfinden läßt. Allein die gesellschaftlichen Zeichen sind in der Lage, eine Art nervöser Erregung zu vermitteln, welche Ausdruck der Wirkung jener Personen auf uns ist, die sie zu produzieren wissen.[5]

Der zweite Kreis ist der der Liebe. Die Begegnung zwischen Charlus und Jupien läßt den Leser dem fruchtbarsten Austausch von Zeichen beiwohnen. Sich verlieben ist: jemanden individualisieren, mittels der Zeichen, die er trägt oder aussendet. Es ist: empfindungsfähig für diese Zeichen werden, ihre Lehre durchlaufen (so die langsame Individualisierung von Albertine innerhalb der Gruppe junger Mädchen). Es kann sein, daß die Freundschaft sich von Beobachtung und Gespräch nährt, aber die Liebe wird geboren und nährt sich von stummer Interpretation. Das geliebte Wesen erscheint als ein Zeichen, eine »Seele«: es drückt eine mögliche, uns unbekannte Welt aus. Es impliziert, umhüllt, hält eine Welt gefangen, die entziffert, will sagen interpretiert werden muß. Es handelt sich sogar um eine Vielzahl von Welten; die Vielfalt der Liebe betrifft nicht nur die Vielheit der geliebten Wesen, sondern die Vielheit von Seelen oder Welten in einem jeden von ihnen. Lieben ist: jene unbekannten Welten zu *explizieren*, zu *entwickeln* versuchen, die im Geliebten eingeschlossen bleiben. Daher wird es uns so leicht, uns in Frauen zu verlieben, die nicht unserer »Welt« angehören, nicht einmal unserem Typus. Daher auch werden die geliebten Frauen oft mit Landschaften verknüpft, die wir genügend kennen, um ihre Spiegelung in den Augen einer Frau zu ersehnen, die sich dann jedoch in einer so geheimnisvollen Perspektive spiegeln, daß sie für uns zu unerreichbaren, unbekannten Ländern werden: Albertine umschließt, verkörpert, amalgamiert »den Strand und die Brandung der Flut«. Wie können wir uns einer Landschaft nähern, die nicht mehr jene ist, welche wir sehen, sondern im Gegenteil jene, in der wir gesehen werden? »Si elle m'avait vu, qu'avais-je pu lui représenter? Du sein de quel univers me distinguait-elle?«[6]

Es gibt also einen Widerspruch der Liebe. Wir können die Zeichen eines geliebten Wesens nicht interpretieren, wenn wir nicht in jene Welten vorstoßen, die nicht auf uns gewartet haben, um sich zu formen, die sich mit anderen Personen gestalteten, und in denen wir zunächst nur ein Gegenstand unter anderen sind. Der Liebende wünscht, daß die Geliebte ihm ihre Vorliebe, ihre Gesten, ihre Zärtlichkeiten widmet. Doch in dem Augenblick, wo sich die Gesten der Geliebten uns zuwenden und uns gewidmet werden, drücken sie noch jene unbekannte Welt aus, die uns ausschließt. Die Geliebte gibt uns Zeichen ihrer Vorliebe; da aber diese Zeichen die gleichen sind wie jene, die Welten ausdrücken, an denen wir nicht teilhaben, zeichnet jede Bevorzugung, die wir genießen, das Bild einer *möglichen Welt*, darin andere vorgezogen würden oder werden. »Aussitôt sa jalousie, comme si elle était l'ombre de son amour, se complétait du double de ce nouveau sourire qu'elle lui avait adressé le soir même, et qui, inverse maintenant, raillait Swann et se chargeait d'amour pour un autre . . . De sorte qu'il en arrivait à regretter chaque plaisir qu'il goûtait près d'elle, chaque caresse inventée et dont il avait eu l'imprudence de lui signaler la douceur, chaque grâce qu'il lui découvrait, car il savait qu'un instant après, elles allaient enrichir d'instruments nouveaux son supplice.«[7] Darin besteht der Widerspruch der Liebe: die Mittel, auf die wir zählen, um uns vor der Eifersucht zu bewahren, sind eben die Mittel, welche jene Eifersucht entwickeln, indem sie ihr eine Art Autonomie und Unabhängigkeit gegenüber unserer Liebe geben.

Das erste Gesetz der Liebe ist subjektiv: Subjektiv reicht die Eifersucht tiefer als die Liebe, sie enthält deren Wahrheit. Und zwar weil die Eifersucht im Begreifen und Interpretieren der Zeichen weiter reicht. Sie ist die Bestimmung der Liebe, ihre Finalität. Tatsächlich ist es unvermeidlich, daß die Zeichen eines geliebten Wesens, sobald wir sie »explizieren«, sich als trügerisch erweisen: während sie an uns gerichtet, auf uns angewendet werden, drücken sie doch Welten aus, von denen wir ausgeschlossen sind, und die der Geliebte uns nicht bekannt machen will und kann. Nicht etwa wegen eines besonderen Übelwollens des Geliebten, sondern aufgrund eines tieferen Widerspruchs, der vom Wesen der Liebe und von der allgemeinen Situation des geliebten Wesens abhängt. Die Zeichen der Liebe sind nicht wie die gesellschaftlichen Zeichen: sie sind keine leeren Zeichen, die statt Gedanke und Handlung stehen würden; sie sind vielmehr trügerische Zeichen, die sich nicht an uns richten können, ohne zu verbergen, was sie ausdrücken, das heißt den Ursprung der unbekannten Welten, der unbekannten Handlungen und Gedanken, die ihnen eine Bedeutung geben. Sie rufen nicht eine oberflächliche nervöse Erregung hervor, sondern das Leiden einer bohrenden Prüfung. Die Täuschungen des Geliebten sind die Hieroglyphen der Liebe. Ein Interpret von Liebeszeichen ist notwendigerweise Interpret von Lügen. Sein Schicksal hängt sogar von der Devise ab: lieben ohne geliebt zu werden.

Was verbirgt die Lüge in den Zeichen der Liebe? Alle von einer geliebten Frau ausgesendeten Zeichen konvergieren in der gleichen geheimen Welt: der Welt von Gomorrha, die wiederum nicht von dieser oder jener Frau abhängig ist (wenngleich eine Frau sie besser als eine andere verkörpern mag), sondern die weibliche Möglichkeit überhaupt ist, wie ein Apriori, das die Eifersucht entdeckt. Daher ist die durch die Frau ausgedrückte Welt immer eine Welt, die uns ausschließt, selbst wenn sie uns ein Zeichen ihrer Bevorzugung gibt. Welche aber ist die ausschließlichste aller Welten? »C'était une *terra incognita* terrible où je venais d'atterrir, une phase nouvelle de souffrances insoupçonnés qui s'ouvrait. Et pourtant ce déluge de la réalité qui nous submerge, si'il est énorme auprès de nos timides suppositions, il était pressenti par elles . . . Le rival n'était pas semblable à moi, ses armes était différentes, je ne pouvais pas lutter sur le même terrain, donner à Albertine les mêmes plaisirs, ni même les concevoir exactement.«[8] Alle Zeichen der geliebten Frau interpretieren wir; aber am Ende dieser schmerzvollen Entzifferungsarbeit stoßen wir uns an dem Zeichen von Gomorrha als dem tiefsten Ausdruck einer ursprünglichen weiblichen Realität.

Das zweite Gesetz der Liebe bei Proust verkettet sich mit dem ersten; objektiv ist die intersexuelle Liebe weniger tief als die Homosexualität, sie findet ihre Wahrheit in der Homosexualität. Denn wenn es wahr ist, daß das Geheimnis der geliebten Frau das Geheimnis von Gomorrha ist, so ist das Geheimnis des Liebenden das von Sodom. Die Umstände sind analog, unter denen der Held der Recherche Mademoiselle Vinteuil und Charlus überrascht.[9] Mademoiselle Vinteuil jedoch expliziert alle geliebten Frauen, während Charlus alle Liebhaber impliziert. Im Unendlichen unserer Lieben gibt es den ursprünglichen Hermaphroditen. Doch ist der Hermaphrodit nicht ein Wesen, das sich selbst zu befruchten fähig wäre. Weit davon entfernt, die Geschlechter zu vereinen, trennt er sie vielmehr, er ist die Quelle, aus der unablässig die beiden homosexuellen Reihen hervorströmen, die von Sodom und die von Gomorrha. Er ist es, der den Schlüssel zu Samsons Vorhersage besitzt: »Les deux sexes mourront chacun de son côté.«[10] Bis zu einem Punkt, wo die intersexuellen Lieben nur Schein sind, der die Bestimmung einer jeden überdeckt und den fluchbeladenen Grund verbirgt, wo alles sich entwickelt. Und wenn die beiden homosexuellen Reihen das Tiefste sind, so wiederum als Zeichen. Die Gestalten Sodoms, die Gestalten Gomorrhas kompensieren das Geheimnis, an das sie gebunden sind, durch die Intensität des Zeichens. Von einer Frau, die Albertine anschaut, schreibt Proust: »On eût dit qu'elle lui faisait des signes comme à l'aide d'un phare.«[11] Die gesamte Welt der Liebe erstreckt sich von den enthüllenden Zeichen der Lüge bis zu den verborgenen Zeichen von Sodom und Gomorrha.

Die dritte Welt ist die der Eindrücke oder der sinnlichen Qualitäten. Es kommt vor, daß eine sinnliche Qualität uns eine seltsame Freude vermittelt und gleichzeitig eine Art von Imperativ. So erfahren, erscheint die Qualität nicht mehr als eine Eigenschaft des Gegenstandes, der sie in Wirklichkeit besitzt, sondern als das Zeichen eines *ganz anderen* Gegenstandes, den wir um den Preis einer Anstrengung zu entziffern suchen müssen, die immer Gefahr läuft zu scheitern. Dies alles geschieht so, als ob die Qualität die Seele eines anderen Gegenstandes als dessen, den sie derzeit bezeichnet, einschließe oder gefangenhalte. Wir »entwickeln« diese Qualität, diesen sinnlichen Eindruck wie ein japanisches Papierchen, das sich im Wasser öffnen und die gefangene Form befreien würde.[12] Dieser Art sind die berühmtesten Beispiele der Recherche, sie überstürzen einander gegen Ende (die endgültige Offenbarung der »wiedergefundenen Zeit« kündigt sich durch eine Vervielfältigung der Zeichen an). Doch welches Beispiel es auch immer sein mag, Madeleine, Glockentürme, Bäume, Pflastersteine, Briefmappe, Geräusch eines Löffels oder eines Wasserlaufs, wir wohnen immer dem selben Ablauf bei. Zunächst eine ungeheure Freude, so daß diese Zeichen sich schon durch ihre unmittelbare Wirkung von den vorhergehenden unterscheiden. Anderseits wird eine Art Verpflichtung verspürt, die

Notwendigkeit einer Gedankenarbeit: die Bedeutung des Zeichens zu suchen (es kommt allerdings vor, daß wir uns diesem Imperativ entziehen, aus Bequemlichkeit, oder daß unsere Untersuchungen scheitern, aus Ohnmacht oder mangelndem Glück, so bei den Bäumen). Alsdann erscheint der Sinn des Zeichens und überliefert uns den verborgenen Gegenstand – Combray für die Madeleine, die jungen Mädchen für die Türme, Venedig für die Pflastersteine . . .

Zweifelhaft ist, ob die Anstrengung der Interpretation hier an ihr Ende kommt. Es bleibt zu erklären, warum Combray, von der Madeleine hervorgerufen, sich nicht darauf beschränkt, wieder aufzusteigen wie es einst gegenwärtig war (einfache Ideenassoziation), sondern absolut in einer Gestalt aufsteigt, die nie erlebt worden war, in seiner »Essenz« oder seiner Ewigkeit. Oder, was aufs gleiche hinausläuft, es bleibt zu erklären, warum wir eine so intensive und so besondere Freude erfahren. An einer bedeutsamen Stelle zitiert Proust die Madeleine als Beispiel des Scheiterns: »J'avais alors ajourné de rechercher les causes profondes.«[13] Indessen erschien die Madeleine unter einem gewissen Gesichtspunkt wie wirklicher Erfolg: der Interpret hatte – nicht mühelos – ihre Bedeutung in der unbewußten Erinnerung an Combray gefunden. Hingegen sind die drei Bäume ein wirkliches Scheitern, da ihre Bedeutung nicht erhellt wird. Es ist also anzunehmen, daß Proust, wenn er »die Madeleine« als Beispiel des Ungenügens wählt, auf eine neue Etappe der Interpretation abzielt, auf die letzte Etappe.

Die sinnlichen Qualitäten oder Eindrücke nämlich sind, auch richtig interpretiert, in sich selbst noch nicht hinreichende Zeichen. Freilich sind sie keine leeren Zeichen mehr, die uns eine künstliche Erregung vermitteln, wie die gesellschaftlichen Zeichen. Sie sind auch keine trügerischen Zeichen mehr, die uns leiden machen, wie die Zeichen der Liebe, deren wahre Bedeutung uns einen immer größeren Schmerz bereitet. Sie sind wahrhaftige Zeichen, die uns unmittelbar eine außergewöhnliche Freude vermitteln, volle, bestätigende, freudige Zeichen. *Aber sie sind materielle Zeichen*. Nicht einfach durch ihren sinnlichen Ursprung. Sondern ihr Sinn, so wie er entwikkelt wurde, bezeichnet Combray, junge Mädchen, Venedig oder Balbec. Ihr Ursprung ist es nicht allein, sondern ihre Explikation, ihre Entwicklung, was materiell bleibt.[14] Wir spüren wohl, daß dies Balbec, dies Venedig . . . nicht als Produkt einer Ideenassoziation aufsteigen, sondern persönlich und in ihrer Essenz. Dennoch sind wir noch nicht in der Lage, zu verstehen, was jene ideale Essenz ist, und warum wir so große Freude erfahren. »Le goût de la petite madeleine m'avait rappelé Combray. Mais pourquoi les images de Combray et de Venise m'avaient-elles, à l'un et à l'autre moment, donné une joie pareille à une certitude et suffisante sans autres preuves à me rendre la mort indifférente?«[15]

Am Ende der Recherche begreift der Interpret, was ihm im Fall der Madeleine und selbst der Türme entgangen war: daß die materielle Bedeutung nichts ohne eine ideale Essenz ist, die sie verkörpert. Der Irrtum besteht in dem Glauben, daß die Hieroglyphen »seulement des objets matériels«[16] repräsentieren würden. Was jetzt aber dem Interpreten ermöglicht, weiter zu gehen, ist das inzwischen erstandene Problem der Kunst, das eine Lösung gefunden hat. Die Welt der Kunst nun ist die höchste Welt der Zeichen; und diese Zeichen, als *entmaterialisierte*, finden ihre Bedeutung in einer idealen Essenz. Von nun an wirkt die offenbarte Welt der Kunst auf alle anderen ein, und vornehmlich auf die sinnlichen Zeichen; sie integriert sie, färbt sie mit ästhetischer Bedeutung und durchdringt, was sie noch an Trübem hatten. Jetzt verstehen wir, daß die sinnlichen Zeichen *schon* auf eine ideale Essenz verwiesen, die sich in ihrer materiellen Bedeutung verkörperte. Aber ohne die Kunst hätten wir es nicht verstehen können und auch die Interpretationsebene nicht überschreiten, die der Analyse der Madeleine entsprach. Daher konvergieren alle Zeichen in der Kunst; alle Lehrgänge sind auf den verschiedensten Wegen bereits die unbewußte Lehre der Kunst selbst. Auf der tiefsten Ebene liegt das Wesentliche in den Zeichen der Kunst.

Wir haben sie noch nicht definiert. Wir fordern nur Zustimmung dazu, daß Prousts Problem das der Zeichen im Allgemeinen ist; sowie daß die Zeichen verschiedene Welten konstituieren, die leeren gesellschaftlichen Zeichen, die trügerischen Zeichen der Liebe, die materiellen sinnlichen Zeichen, schließlich die essentiellen Zeichen der Kunst (die alle anderen transformieren).

Kapitel II: Zeichen und Wahrheit

Die Suche nach der verlorenen Zeit ist in Wirklichkeit eine Suche nach der Wahrheit. Wenn sie sich Suche nach der verlorenen Zeit nennt, so nur, weil die Wahrheit eine wesentliche Beziehung zur Zeit hat. Sowohl in der Liebe wie in der Natur oder in der Kunst handelt es sich nicht um Genuß, sondern um Wahrheit.[1] Oder vielmehr: wir erfahren einzig Genüsse und Freuden, die der Entdeckung des Wahren entsprechen. Der Eifersüchtige erfährt eine gewisse Freude, wenn es ihm gelungen ist, eine Lüge der Geliebten zu entziffern, wie ein Interpret, der dahin gelangt ist, einen komplizierten Text zu übersetzen, selbst wenn die Übersetzung ihm eine für ihn persönlich unerfreuliche und schmerzliche Neuigkeit übermittelt.[2] Wiederum gilt es zu begreifen, wie Proust seine eigene Suche nach der Wahrheit definiert, wie er sie anderen Untersuchungen, den wissenschaftlichen und philosophischen, entgegensetzt.

Wer suchtdie Wahrheit? Und was will er sagen, der da sagt »ich will die Wahrheit«? Proust glaubt nicht, daß der Mensch, noch nicht einmal ein vorausgesetzter reiner Geist, von Natur aus den Wunsch nach dem Wahren, den Willen zur Wahrheit hätte. Wir suchen die Wahrheit nur dann, wenn wir aufgrund einer konkreten Situation dazu bestimmt werden, es zu tun, wenn wir eine Art von Gewalt erleiden, die uns in diese Suche hineinstößt. Wer sucht die Wahrheit? Es ist der Eifersüchtige unter dem Druck der Lügen der Geliebten. Immer ist es die Gewalt eines Zeichens, die uns zu suchen zwingt, die uns den Frieden raubt. Die Wahrheit läßt sich nicht durch Affinität finden oder durch guten Willen, sondern *verrät sich* durch unbewußte Zeichen.[3]

Der Irrtum der Philosophie liegt darin, daß sie in uns einen guten Willen zum Denken voraussetzt, einen Wunsch, eine natürliche Liebe zum Wahren. Daher gelangt die Philosophie nur zu abstrakten Wahrheiten, die niemanden in Verlegenheit bringen und zu einer Veränderung veranlassen. »Les idées formées par l'intelligence pure n'ont qu'une vérité logique, une vérité possible, leur élection est arbitraire.«[4] Sie bleiben willkürlich, weil sie aus dem Verstand geboren sind, der ihnen nur Möglichkeit mitgeben kann, und nicht aus einer Begegnung oder einer Gewalt, die ihnen Authentizität sichern würde. Die Ideen des Verstandes haben nur den Wert ihrer expliziten und daher konventionellen Bedeutung. Es gibt nur wenige Vorstellungen, auf denen Proust derart wie auf dieser beharrt: Die Wahrheit ist nie das Produkt eines vorgängigen guten Willens, sondern das Ergebnis einer Gewalteinwirkung im Denken. Die expliziten und konventionellen Bezeichnungen gehen niemals tief; tief ist allein die Bedeutung, wie sie in einem äußeren Zeichen eingehüllt, wie sie darin impliziert ist.

Der philosophischen Idee von »Methode« setzt Proust die doppelte Idee von »Zwang« und »Zufall« entgegen. Die Wahrheit hängt von der Begegnung mit etwas ab, was uns zu denken und das Wahre zu suchen zwingt. Der Zufall der Begegnung, der Druck der Zwänge sind die beiden grundlegenden Motive bei Proust. Eben das Zeichen ist es, das Gegenstand einer Begegnung wird, es ist es, das jene Gewalt auf uns ausübt. Und der Zufall der Begegnung sichert die Notwendigkeit dessen, was gedacht wird. Unvorhergesehen und unvermeidlich, sagt Proust. »Et je sentais que ce devait être la griffe de leur authencité. Je n'avais pas été chercher les deux pavés de la cour où j'avais buté.«[5] Was will er, der da sagt »ich will die Wahrheit«? Er will sie nur zwangsweise und unter Gewalteinwirkung. Er will sie nur unter der Herrschaft einer Begegnung, im Verhältnis zu einem bestimmten Zeichen. Er will: interpretieren, entziffern, übersetzen, die Bedeutung eines Zeichens finden. »*Il me fallait* donc rendre leur sens aux moindres signes qui m'entouraient, Guermantes, Albertine, Gilberte, Saint-Loup, Balbec, etc.«[6]

Die Wahrheit suchen ist interpretieren, entziffern, explizieren. Doch diese »Explikation« vermischt sich mit der Entwicklung des Zeichens in ihm selbst. Daher ist die Suche immer zeitlich und die Wahrheit immer eine Wahrheit der Zeit. Die letztendliche Systematisierung erinnert uns daran, daß die Zeit selbst ein Plural ist. Die große Unterscheidung in dieser Hinsicht ist die zwischen verlorener und wiedergefundener Zeit: es gibt Wahrheiten der verlorenen Zeit nicht weniger als Wahrheiten der wiedergefunden Zeit. Genauer genommen jedoch ist es zweckmäßig, vier Strukturen der Zeit zu unterscheiden, von denen eine jede ihre Wahrheit hat. Und zwar, weil die verlorene Zeit nicht allein die Zeit ist, die vergeht, die Wesen verändernd und negierend was war, sondern auch die Zeit, die man verliert (warum muß man seine Zeit verlieren, sich in Gesellschaft begeben, verliebt sein, anstatt zu arbeiten und Kunstwerke zu schaffen?). Und die wiedergefundene Zeit ist zunächst eine Zeit, die sich im Innern der verlorenen Zeit wiederfindet und uns ein Bild der Ewigkeit vermittelt; sie ist aber zugleich eine ursprüngliche absolute Zeit, eine wahrhaftige Ewigkeit, die sich in der Kunst bestätigt. Jede Art von Zeichen hat eine vorrangige Zeitlinie, die ihr entspricht. Doch gibt es eine Vielheit, welche die Kombinationen multipliziert. Jede Art von Zeichen hat in ungleicher Weise an mehreren Zeitlinien teil; eine und dieselbe Linie mischt in ungleicher Weise mehrere Arten von Zeichen.

Es gibt Zeichen, die uns zwingen, die verlorene Zeit zu denken, will sagen das Vergehen der Zeit, die Negation dessen was war, die Veränderung der Wesen. Es ist eine Offenbarung, die Menschen wiederzusehen, die uns vertraut waren, weil ihr Gesicht, wenn es uns keine Gewohnheit mehr ist, die Zeichen und Wirkungen der Zeit in einen reinen Zustand bringt, welche diesen Zug verwandelt haben, jenen anderen verlängert, erweicht oder ausgelöscht. Die Zeit, um sichtbar zu werden, »cherche des corps et, partout où il les rencontre, s'en empare pour montrer sur eux sa lanterne magique«[7]. Eine ganze Galerie von Köpfen erscheint am Ende der Recherche in den Salons von Guermantes. Hätten wir jedoch die nötige Lehre durchlaufen, so hätten wir von Anbeginn gewußt, daß die gesellschaftlichen Zeichen aufgrund ihrer Leere etwas Gefährdetes verrieten, oder eher gerannen, bewegungslos wurden, um ihre Veränderung zu verbergen. Denn das Gesellschaftliche ist in jedem Augenblick Veränderung, Wandel. »Les modes changent, étant nées elles-mêmes du besoin de changement.«[8] Am Ende der Recherche zeigt Proust, wie die Dreyfus-Affäre, der Krieg, aber vor allem die Zeit in Person die Gesellschaft tiefgreifend verändert haben. Weit davon entfernt, auf das Ende einer »Welt« zu schließen, begreift er, daß die Welt, die er gekannt und geliebt hatte, selbst schon Veränderung, Wandel gewesen war, Zeichen und Wirkung einer verlorenen Zeit (selbst die Guermantes haben keine andere Dauer als die ihres Namens). Proust versteht den Wandel keineswegs als eine Dauer im Sinne Bergsons, sondern als einen Abfall, als einen Lauf auf das Grab hin.

Mit stärkerem Grund noch liegt in den Zeichen der Liebe in gewisser Weise die Drohung ihrer Veränderung und ihrer Negation. In reinstem Zustand wird die verlorene Zeit von den Zeichen der Liebe impliziert. Das Altern der Leute des Salon ist nichts im Vergleich zu dem unglaublichen und genialen Altern von Charlus. Aber auch hier ist das Altern von Charlus nichts anderes als die Umverteilung seiner vielfältigen Seelen, die schon in einem Blick oder einem Tonfall des jüngeren Charlus vorhanden waren. Daß die Zeichen der Liebe und der Eifersucht ihre eigene Veränderung mit sich bringen, hat einen einfachen Grund: die Liebe bereitet unaufhörlich ihr eigenes Verschwinden vor, mimt ihren Bruch. Es ist mit der Liebe wie mit dem Tod, wenn wir uns vorstellen, daß wir lebendig genug wären, um das Gesicht zu sehen, des jene machen werden, die uns verloren haben werden. Ebenso stellen wir uns vor, daß wir noch verliebt genug wären, um das Bedauern desjenigen zu genießen, den wir nicht mehr lieben werden. Wohl ist es wahr, daß wir unsere vergangenen Lieben wiederholen; aber ebenso wahr ist es, daß unsere gegenwärtige Liebe in all ihrer Lebhaftigkeit den Augenblick des Bruches »wiederholt« oder ihr eigenes Ende antizipiert. Das ist der Sinn einer sogenannten Eifersuchtsszene. Jene in die Zukunft gewandte Wiederholung, jene Wiederholung des Ausgangs findet sich in Swanns Liebe zu Odette wieder, in der Liebe zu Gilberte oder zu Albertine. Von Saint-Loup sagt Proust: »Il souffrait d'avance, sans en oublier une, toutes les douleurs d'une rupture qu'à d'autres moments il croyait pouvoir éviter.«[9]

Es ist erstaunlich, daß die sinnlichen Zeichen trotz ihrer Fülle selbst Zeichen der Veränderung und des Verschwindens sein können. Dennoch zitiert Proust einen Fall, den Stiefel und die Erinnerung an die Großmutter, der sich zwar prinzipiell von der Madeleine und den Pflastersteinen nicht unterscheidet, der uns aber ein schmerzliches Verschwinden spüren läßt und das Zeichen einer für immer verlorenen Zeit bildet, anstatt uns die Fülle jener Zeit zu geben, die wiedergefunden wird. Über seinen Stiefel gebeugt, empfindet er etwas Göttliches, aber Tränen strömen aus seinen Augen, das unwillkürliche Gedächtnis bringt ihm die herzzerreißende Erinnerung an seine tote Großmutter. »Ce n'était qu'à l'instant – plus d'une année après son enterrement, à cause de cet anachronisme qui empêche si souvent le calendrier des faits de coincider avec celui des sentiments – que je venais d'apprendre qu'elle était morte . . . que je l'avais perdue pour toujours.«[10] Warum bringt uns das unwillkürliche Gedächtnis statt eines Bildes der Ewigkeit das schneidende Gefühl des Todes? Es genügt nicht, auf die besondere Natur des Beispiels hinzuweisen, wo ein geliebtes Wesen wiederauftaucht, noch auf die Schuldgefühle, die der Held gegenüber seiner Großmutter empfindet. Im sinnlichen Zeichen selbst muß eine Ambivalenz gefunden werden, die zu erklären vermag, warum es sich mitunter zum Schmerz neigt, anstatt sich in Freude auszuweiten.

Der Stiefel führt ebenso wie die Madeleine zum Eingriff des unwillkürlichen Gedächtnisses: eine einstige Empfindung will sich der gegenwärtigen überlagern, sich ihr vermählen und erweitert sie gleichzeitig auf mehrere. Doch wenn die gegenwärtige Empfindung der früheren ihre »Stofflichkeit« entgegensetzt, reicht das schon aus, damit die Freude an der Überlagerung einem Gefühl des Flüchtigen, des unheilbaren Verlusts weicht, wodurch die alte Empfindung sich in die Tiefe der verlorenen Zeit zurückgestoßen findet. Daß der Held sich für schuldig hält, macht es daher der gegenwärtigen Empfindung möglich, sich der Umarmung durch die einstige zu entziehen. Es beginnt mit der Erfahrung der gleichen Beglückung wie im Fall der Madeleine, doch sogleich schwindet das Glück vor der Gewißheit von Tod und Nichts. Hier liegt eine Ambivalenz, die immer eine Möglichkeit des Gedächtnisses bleibt, bei allen Zeichen, die ihm zugeordnet sind (daher rührt die Inferiorität dieser Zeichen). Denn das Gedächtnis selbst impliziert »la contradiction si étrange de la survivance et du néant«, »la douloureuse synthèse de la survivance et du néant«[11]. Selbst bei der Madeleine und den Pflastersteinen will das Nichts sich zeigen und bleibt hier nur durch die Überlagerung der beiden Empfindungen verborgen.

Noch auf andere Weise sind die gesellschaftlichen Zeichen, vor allem die gesellschaftlichen Zeichen, aber auch die Zeichen der Liebe und selbst die sinnlichen Zeichen Zeichen einer »verlorenen« Zeit. Sie sind Zeichen von Zeit, *die man verliert*. Denn es ist nicht vernünftig, in Gesellschaft zu gehen, sich in mediokre Frauen zu verlieben, und nicht einmal, derartige Anstrengungen um einen Weißdorn zu machen. Man sollte eher tiefsinnige Leute treffen und vor allem arbeiten. Der Held der Recherche bringt oft zum Ausdruck, wie sehr er und auch seine Eltern seine Unfähigkeit verachten, zu arbeiten, das angekündigte literarische Werk in Angriff zu nehmen.[12]

Indessen ist es ein wesentliches Ergebnis der Lehrzeit, uns am Ende zu offenbaren, daß es auch Wahrheiten jener Zeit gibt, die man verliert. Ein Werk, das mit der Anstrengung des Willens unternommen wird, ist nichts; in der Literatur kann es uns nur zu jenen Verstandeswahrheiten führen, denen die Signatur der Notwendigkeit fehlt und die immer den Eindruck vermitteln, daß sie auch anders und anders ausgedrückt »hätten sein können«. Ebenso hat das, was ein tiefsinniger und kluger Mensch sagt, seinen Wert an sich durch den manifesten Inhalt, die explizite, objektive und ausgearbeitete Bedeutung; wenig, nur abstrakte Möglichkeiten werden wir daraus entnehmen können, wenn es uns nicht gelungen ist, auf anderen Wegen zu anderen Wahrheiten zu gelangen. Und diese Wege sind eben die des Zeichens. Ein mittelmäßiges oder dummes Wesen nun ist, sobald wir es lieben, reicher an Zeichen als der tiefsinnigste und klügste Geist. Je begrenzter, beschränkter eine Frau ist, umso eher gleicht sie ihre Unfähigkeit, einsichtige Urteile zu formulieren oder einen zusammenhängenden Gedanken zu fassen, durch Zeichen aus, die sie bisweilen verraten und einer Lüge überführen. Proust sagt von den Intellektuellen: »La femme médiocre qu'on s'étonnait de les voir aimer, leur enrichit l'univers bien plus que n'eût fait une femme intelligente.«[13] Es gibt einen Rausch, den die rudimentären Stoffe und Naturen vermitteln, weil sie reich an Zeichen sind. Durch die geliebte Frau, wenn sie mittelmäßig ist, kehren wir zu den Ursprüngen der Menschheit zurück, will sagen, zu jenen Zeiten, wo die Zeichen den Sieg über den expliziten Inhalt davontrugen, die Hieroglyphen über die Buchstaben: Jene Frau »kommuniziert« uns nichts, aber sie produziert unabläßlich Zeichen, die entziffert werden müssen.

Und deswegen durchlaufen wir, wenn wir glauben, unsere Zeit zu verlieren, sei's durch Snobismus, sei's durch verliebte Zerstreuung, oft eine dunkle Lehre bis zur letztendlichen Offenbarung einer Wahrheit der Zeit, die man verliert. Nie weiß man, wie jemand lernt; doch wie er auch immer lernen mag, es geschieht immer durch die Vermittlung von Zeichen, durch das Verlieren von Zeit, nicht durch die Aneignung objektiver Inhalte. Wer kann wissen, warum ein Schüler urplötzlich »gut in Latein« wird, welche Zeichen (unter Umständen solche der Liebe oder selbst uneingestehbare) ihm zur Lehre gedient haben? Wir lernen nie aus den Wörterbüchern, die unsere Lehrer oder unsere Eltern uns angeboten haben. Das Zeichen schließt die Heterogeneität als Verhältnis in sich ein. Man lernt niemals, indem man etwas *wie* jemand macht, sondern indem man etwas mit jemandem macht, der in keinem Ähnlichkeitsverhältnis zu dem steht, was man lernt. Wer weiß, wie man ein großer Schriftsteller wird? Im Hinblick auf Octave sagt Proust: »Je ne fus pas moins frappé de penser que les chefs-d'œuvre peut-être les plus extraordinaires de notre époque sont sortis, non du concours général, d'une éducation modèle, académique, à la de Broglie, mais de la fréquentation des pesages et de grands bars.«[14]

Doch Zeit zu verlieren reicht nicht aus. Wie lassen sich die Wahrheiten der Zeit, die man verliert, und gar die Wahrheiten der verlorenen Zeit extrahieren? – Warum nennt Proust diese Wahrheiten »Wahrheiten des Verstandes«? Sie sind doch in Wirklichkeit jenen Wahrheiten entgegengesetzt, welche der Verstand entdeckt, wenn er aus gutem Willen arbeitet, sich an seine Aufgabe macht und es sich verbietet, Zeit zu verlieren. Die Beschränktheit der eigentlich verstandesmäßigen Wahrheiten in dieser Hinsicht haben wir gesehen: sie ermangeln der »Notwendigkeit«. Wenn indessen der Verstand in der Kunst oder in der Literatur eingreift, so geschieht es immer *nachher*, nicht vorher: »L'impression est pour l'écrivain ce qu'est l'expérimentation pour le savant, avec cette différence que chez le savant le travail de l'intelligence précède et chez l'écrivain vient après.«[15] Am Anfang muß die Erfahrung der gewaltsamen Wirkung des Zeichens stehen, und das Denken muß gleichsam gezwungen werden, die Bedeutung des Zeichens zu suchen. Bei Proust erscheint das Denken überhaupt in verschiedenen Gestalten: Gedächtnis, Begehren, Imagination, Verstand, Vermögen der Essenzen . . . Doch im speziellen Fall der Zeit, die man verliert, oder der verlorenen Zeit ist der Verstand, einzig der Verstand fähig, die Anstrengung des Denkens bereitzustellen oder ein Zeichen zu interpretieren. Er ist es, der etwas herausfindet, unter der Bedingung, daß er »nachher« kommt.

Die gesellschaftlichen Zeichen sind frivol, die Zeichen der Liebe und der Eifersucht schmerzlich. Doch wer würde die Wahrheit suchen, wenn er nicht zuvor gelernt hätte, daß eine Geste, ein Tonfall, ein Gruß interpretiert werden müssen? Wer würde die Wahrheit suchen, wenn er nicht zuvor das Leiden erfahren hätte, das die Lüge eines geliebten Wesens vermittelt? Die Verstandesideen sind oft die »succédanés«[16] des Kummers. Der Schmerz zwingt den Verstand, zu suchen, wie manche ungewohnte Freuden das Gedächtnis in Bewegung setzen. Dem Verstand kommt es zu, zu verstehen und uns verstehen zu lassen, daß die frivolsten Zeichen des Gesellschaftlichen auf Gesetze verweisen, daß die schmerzlichsten Zeichen der Liebe auf Wiederholungen verweisen. Jetzt lernen wir, uns der Wesen zu bedienen: Ob frivol oder grausam, sie sind »vor uns hingestellt«, nicht mehr sind sie als die Verkörperung von Themen, die über sie hinausgehen, oder Stücke einer Gottheit, die nichts gegen uns vermag. Die Entdeckung der gesellschaftlichen Gesetze gibt jenen Zeichen eine Bedeutung, die als isolierte sinnlos waren; vor allem aber verwandelt das Verstehen unserer liebenden Wiederholungen ein jedes Zeichen in Freude, das uns als isoliertes so viel Schmerz brachte. »Car à l'être que nous avons le plus aimé, nous ne sommes pas si fidèle qu'à nous-mêmes, et nous l'oublions tôt ou tard pour pouvoir, puisque c'est un trait de nous-mêmes, recommencer d'aimer.«[17] Die Wesen, die wir geliebt haben, haben uns leiden gemacht, eins nach dem andern; indessen ist die aus ihnen gebildete Kette ein erfreulicher Gegenstand der Betrachtung für den Verstand. So entdecken wir nun dank dem Verstand, was wir anfangs noch nicht wissen konnten: daß wir bereits in die Lehre der Zeichen gingen, als wir meinten, unsere Zeit zu verlieren. Wir bemerken, daß unser träges Leben mit unserem Werk eins war: »Toute ma vie . . . une vocation.«[18]

Zeit, die man verliert, verlorene Zeit, aber auch Zeit, die man wiederfindet, und wiedergefundene Zeit. Jeder Art von Zeichen entspricht wohl eine privilegierte Zeitlinie. Die gesellschaftlichen Zeichen implizieren vor allem eine Zeit, die man verliert; die Zeichen der Liebe umhüllen in besonderer Weise die verlorene Zeit. Die sinnlichen Zeichen lassen uns oft die verlorene Zeit wiederfinden, geben sie uns im Innern der verlorenen Zeit wieder. Die Zeichen der Kunst schließlich geben uns eine wiedergefundene Zeit, eine ursprüngliche absolute Zeit, die alle übrigen Zeiten in sich begreift. Aber wenn auch jedes Zeichen seine privilegierte zeitliche Dimension hat, so greift doch jede zugleich auf die anderen Linien über, hat teil an den anderen Dimensionen der Zeit. Die Zeit, die man verliert, verlängert sich in die Liebe und selbst in die sinnlichen Zeichen hinein. Die verlorene Zeit erscheint schon im Gesellschaftlichen, sie hält sich auch noch in den Zeichen der Sinnlichkeit durch. Die Zeit, die man wiederfindet, wirkt ihrerseits auf die Zeit, die man verliert, und auf die verlorene Zeit. Und in der absoluten Zeit des Kunstwerks vereinen sich alle anderen Dimensionen und finden die ihnen entsprechende Wahrheit. Die Welten der Zeichen, die Kreise der Recherche entfalten sich also nach den Zeitlinien, nach wahrhaften *Lehrgängen*; doch auf diesen Linien greifen sie ineinander ein und beeinflussen sich gegenseitig. So können die Zeichen entsprechend den Zeitlinien sich nur entfalten und explizieren, indem sie korrespondieren und symbolisieren, sich abschneiden und in komplexe Kombinationen eintreten, die das System der Wahrheit bilden.

Kapitel III: Die Lehre

Prousts Werk richtet sich nicht auf die Vergangenheit und die Entdeckung des Gedächtnisses, sondern auf die Zukunft und den Fortschritt des Lehrgangs. Wichtig ist, daß der Held anfangs gewisse Dinge nicht weiß, sie nach und nach lernt und schließlich eine letzte Offenbarung erhält. Zwangsläufig also muß er Täuschungen erfahren: er »glaubte«, er machte sich Illusionen, die Welt oszilliert im Laufe des Lehrgangs. Damit geben wir der Entwicklung der Recherche wiederum einen linearen Charakter. In Wirklichkeit erscheint diese oder jene Erkenntnis in diesem oder jenem Bereich von Zeichen, wird aber mitunter von Rückschritten in anderen Bereichen begleitet, verschwindet in einer allgemeineren Täuschung, entfernt sich, um anderswo wiederaufzutauchen, immer zerbrechlich, solange die Offenbarung der Kunst das Gesamte noch nicht systematisiert hat. Und es kann auch zu jedem Zeitpunkt geschehen, daß eine spezielle Täuschung die Trägheit bestärkt und das Ganze gefährdet. Daher rührt der grundlegende Gedanke, daß die Zeit aus verschiedenen Reihen gebildet wird und aus mehr Dimensionen als der Raum besteht. Was in der einen gewonnen wird, ist nicht in der anderen gewonnen. Der Rhythmus der Recherche ist nicht einfach von dem bestimmt, was das Gedächtnis beibringt oder was in ihm sedimentiert ist, sondern von den Reihen diskontinuierlicher Täuschungen und von den Mitteln, die in jeder Reihe angewendet werden, um sie zu überwinden.

Für Zeichen empfindungsfähig sein, die Welt als etwas zu Entzifferndes zu betrachten, ist zweifellos eine Gabe. Doch diese Gabe liefe Gefahr, in uns eingeschlossen zu bleiben, wenn wir nicht die notwendigen Begegnungen machen würden; und diese Begegnungen würden wirkungslos bleiben, wenn es uns nicht gelänge, gewisse vorgefertigte Annahmen zu überwinden. Die erste unserer Annahmen besteht darin, einem Gegenstand die Zeichen zuzuschreiben, deren Träger er ist. Alles drängt uns dazu: die Wahrnehmung, die Leidenschaft, der Verstand, die Gewohnheit und sogar die Eigenliebe.[1] Wir meinen, der »Gegenstand« selbst verfüge über das Geheimnis des Zeichens, das er aussendet. Wir beugen uns über den Gegenstand, wir kehren zum Gegenstand zurück, um das Zeichen zu entziffern. Zur Bequemlichkeit wollen wir diese Tendenz, die uns natürlich oder zumindest gewohnt ist, *Objektivismus* nennen.

Denn jeder unserer Eindrücke hat zwei Seiten: »A demi engainée dans l'objet, prolongée en nous-même par une autre moitié que seul nous pourrions connaître.«[2] Jedes Zeichen hat zwei Hälften: es *bezeichnet* einen Gegenstand, es *bedeutet* etwas davon Unterschiedenes. Die objektive Seite ist die Seite des Vergnügens, des unmittelbaren Genusses und der Praxis. Wenn wir uns auf diesen Weg begeben, haben wir die Seite der »Wahrheit« bereits geopfert. Wir erkennen die Dinge wieder, aber wir erkennen sie nie. Was das Zeichen bedeutet, bringen wir mit dem Wesen oder dem Gegenstand durcheinander, das oder den es bezeichnet. Wir gehen an den schönsten Begegnungen vorbei, wir entziehen uns den Imperativen, die von ihnen ausgehen: Der Vertiefung der Begegnungen haben wir die Leichtigkeit des Wiedererkennens vorgezogen. Und wenn wir das Vergnügen an einem Eindruck wie etwa dem Glanz eines Zeichens erfahren, wissen wir nichts anderes zu sagen, als »Sieh da«, oder was aufs gleiche hinausläuft, »Bravo«, Ausdrucksweisen also immer, die unsere Bewunderung für den Gegenstand zeigen.[3]

Von dem seltsamen Geschmack ergriffen, beugt sich der Held über seine Tasse Tee, trinkt einen zweiten und dritten Schluck, als ob der Gegenstand selbst ihm das Geheimnis des Zeichens offenbaren könnte. Von einem Ortsnamen, einem Personennamen betroffen, träumt er zunächst von den Wesen und den Gegenden, die von jenen Namen bezeichnet werden. Bevor er Madame de Guermantes kennt, erscheint sie ihm zauberisch, weil sie, so meint er, das Geheimnis ihres Namens besitzen muß. Er stellt sie sich vor »baignant comme dans un coucher de soleil dans la lumière orangée qui émane de cette dernière syllabe-antes.«[4] Und wenn er sie sieht: »Je me disais que c'était bien elle que *désignait* pour tout le monde le nom de duchesse de Guermantes; la vie inconcevable que ce nom *signifiait*, ce corps la contenait bien.«[5] Solange er sich nicht in der Gesellschaft bewegt, erscheint sie ihm geheimnisvoll: er glaubt, diejenigen, die Zeichen aussenden, seien zugleich jene, die sie verstehen und über ihre Chiffrierung verfügen. Während seiner ersten Lieben läßt er dem »Gegenstand« alles zugute kommen, was er erfährt: was ihm an einer Person einzigartig erscheint, scheint ihm auch dieser Person anzugehören. So daß seine ersten Lieben auf das Geständnis ausgerichtet sind, welches eben die verliebte Form der Bewunderung für den Gegenstand ist (der Geliebten das geben, wovon man glaubt, daß es ihr gehöre).

»A l'époque où j'aimais Gilberte, je croyais encore que l'Amour existait réellement en dehors de nous . . .; il me semblait que si j'avais, de mon chef, substitué à la douceur de l'aveu la simulation de l'indifférence, je ne me serais pas seulement privé d'une des joies dont j'avais le plus rêvé, mais que je me serais fabriqué à ma guise un amour factice et sans valeur.«[6] Schließlich scheint das Geheimnis der Kunst selbst im Beschreiben von Gegenständen, im Bezeichnen von Dingen, im Beobachten von Personen und Orten zu liegen; und wenn der Held so oft an seinen künstlerischen Fähigkeiten zweifelt, so nur, weil er sich unfähig fühlt, zu beobachten, zu hören und zu sehen.

»Der Objektivismus« spart keine Art von Zeichen aus. Und zwar weil er nicht nur aus einer einzigen Tendenz hervorgeht, sondern einen Komplex von Tendenzen in sich vereint. Ein Zeichen auf den Gegenstand zurückzubeziehen, der es aussendet, dem Gegenstand das Zeichen zugute kommen zu lassen, darin liegt zunächst die natürliche Richtung der Wahrnehmung oder der Vorstellung. Und überdies ist es die Richtung des willkürlichen Gedächtnisses, das sich der Dinge erinnert und nicht der Zeichen. Es ist auch die Richtung des Vergnügens und der praktischen Aktivität, die auf den Besitz von Dingen oder die Konsumtion von Gegenständen setzen. Auf andere Weise schließlich ist es die Tendenz des Verstandes. *Der Verstand hat Geschmack an der Objektivität wie die Wahrnehmung Geschmack am Objekt hat*. Der Verstand träumt von objektiven Inhalten, von expliziten objektiven Bezeichnungen, ob er nun selbst fähig sein mag, sie zu entdecken, oder sie zu empfangen, oder auch sie mitzuteilen. Der Verstand ist also objektivistisch, ebenso wie die Wahrnehmung. Die Wahrnehmung stellt sich die Aufgabe, den sinnlichen Gegenstand zu erfassen, und gleichzeitig stellt sich der Verstand diejenige, die objektiven Bezeichnungen zu verstehen. Denn die Wahrnehmung glaubt, daß die Realität *gesehen und beobachtet* werden muß; der Verstand aber glaubt, daß die Wahrheit *ausgesprochen und formuliert* werden muß. Was ist es, was der Held der Recherche zu Beginn der Lehre noch nicht weiß? Er weiß nicht, »que la vérité n'a pas besoin d'être dite pour être manifestée, et qu'on peut-être la recueillir plus sûrement sans attendre les paroles et sans tenir même aucun compte d'elles, dans mille signes extérieurs, même dans certains phénomènes invisibles, analogues dans le monde des caractères à ce que sont, dans la nature physique, les changements atmosphériques.«[7]

Vielfältig sind wiederum die Dinge, die Unternehmungen und die Werte, auf die der Verstand abzielt. Er treibt uns zum *Gespräch*, wo wir Gedanken austauschen und mitteilen. Er regt uns zur *Freundschaft* an, die auf der Gemeinsamkeit von Gedanken und Gefühlen begründet ist. Er lädt uns zur *Arbeit* ein, durch die wir selbst dahin gelangen werden, neue mitteilbare Gedanken zu entdecken. Er fordert uns zur *Philosophie* auf, das heißt zu einer freiwilligen und vorbedachten Übung des Denkens, durch die es uns gelingen wird, die Ordnung und den Inhalt der objektiven Bezeichnungen zu bestimmen. Halten wir diesen wesentlichen Punkt fest: Freundschaft und Philosophie unterliegen der gleichen Kritik. Nach Proust verhalten Freunde sich wie Leute mit dem Geist guten Willens, die sich explizit über die Bedeutung der Dinge, der Wörter und der Ideen einigen; der Philosoph aber ist überdies ein Denker, der in sich selbst den guten Willen zum Denken unterstellt, der dem Gedanken die natürliche Liebe zum Wahren bereitstellt und der Wahrheit die explizite Bestimmung dessen, was natürlicherweise gedacht wird. Daher wird Proust dem traditionellen Paar von Freundschaft und Philosophie ein dunkleres Paar entgegensetzen, gebildet aus Liebe und Kunst. Eine mittelmäßige Liebe ist mehr wert als eine große Freundschaft: weil die Liebe reich an Zeichen ist und sich von schweigender Interpretation nährt. Ein Kunstwerk ist mehr wert als ein philosophisches Werk; denn was im Zeichen eingehüllt ist, ist tiefer als alle expliziten Bedeutungen. Was uns Gewalt antut, ist reicher als alle Früchte unseres guten Willens oder unserer aufmerksamen Arbeit; und wichtiger als das Denken ist das »was zu denken gibt«[8]. In all seinen Formen kann der Verstand selbst nur zu jenen Wahrheiten gelangen und uns zu ihnen führen, die abstrakt und konventionell sind und nur einen *möglichen* Wert haben. Was sind solche objektiven Wahrheiten wert, die aus einer Kombination von Arbeit, Verstand und gutem Willen hervorgehen, die aber so schnell mitgeteilt werden können wie sie gefunden wurden, und die so schnell gefunden werden wie sie aufgenommen werden können? Von einer Betonung der Berma sagt Proust: »C'est à cause de sa clarté même qu'elle ne (me) contentait point. L'intonation était ingénieuse, d'une intention, d'un sens si définis, qu'elle semblait exister en elle-même et que toute artiste intelligente eût pu l'acquérir.«[9]

An allen objektivistischen Annahmen hat der Held der Recherche zu Beginn mehr oder weniger teil. Daß er aber in einem bestimmten Zeichenbereich weniger Illusionen hegt oder sich auf einer bestimmten Ebene rasch davon befreit, verhindert nicht, daß die Illusion auf einer anderen Ebene, in einem anderen Bereich bestehen bleibt. So scheint es nicht, daß der Held jemals sehr viel Sinn für die Freundschaft gehabt hätte: diese erschien ihm immer sekundär, und der Freund eher durch das Schauspiel wertvoll, das er bietet, als durch die Gemeinschaft der Ideen und Gefühle, die er uns eingibt. Die »höheren Menschen« lehren ihn nichts: selbst Bergotte oder Elstir können ihm keinerlei Wahrheit mitteilen, die es ihm abnehmen würde, seine persönliche Lehre zu durchlaufen und durch die Zeichen und Täuschungen hindurchzugehen, denen er sich ergeben hat. Sehr bald also spürt er, daß ein höherer Geist oder selbst ein bedeutender Freund nicht an eine kurze Liebe heranreichen. In der Liebe indessen ist es ihm schon viel schwieriger, sich von der entsprechenden objektivistischen Illusion zu befreien. Die kollektive Liebe zu den jungen Mädchen, die allmähliche Individualisierung Albertines, die Zufälle der Wahl, all das lehrt ihn erst, daß die Gründe der Liebe niemals in demjenigen liegen, den man liebt, sondern auf Phantome verweisen, auf Dritte, auf Themen, die sich gemäß komplexen Gesetzen in ihm verkörpern. Zugleich lernt er, daß das Geständnis nicht das Wesentliche der Liebe ist, und daß es weder notwendig noch wünschenswert ist, sich zu bekennen: wir werden verloren sein, unsere ganze Freiheit wird verloren sein, wenn wir dem Gegenstand die Zeichen und die Bedeutungen zugute kommen lassen, die über ihn hinausgehen. »Depuis le temps des jeux aux Champs-Elysées, ma conception de l'amour était devenue différente, si les êtres auxquels s'attachait successivement mon amour demeuraient presque identiques. D'une part l'aveu, la déclaration de ma tendresse à celle que j'aimais, ne me semblait plus une des scènes capitales et nécessaires de l'amour, ni celui-ci, une réalité extérieure . . .«[10]

Wie schwierig es ist, in jedem Bereich diesem Glauben an eine äußere Wirklichkeit zu entsagen. Die sinnlichen Zeichen stellen uns eine Falle, sie laden uns ein, ihre Bedeutung in dem Gegenstand zu suchen, der sie trägt oder aussendet; so daß die Möglichkeit des Scheiterns, der Verzicht auf die Interpretation zu erwarten ist wie der Wurm in der Frucht. Und selbst wenn wir die objektivistischen Illusionen in den meisten Bereichen überwunden haben, erhalten sie sich noch in der Kunst, wo wir weiterhin glauben, man müsse zu hören, zu schauen, zu beschreiben wissen, dem Gegenstand sich zuzuwenden, ihn auseinanderzunehmen und ihn gründlich zu erledigen, um die Wahrheit aus ihm zu extrahieren.

Der Held der Recherche kennt indessen die Fehler der objektivistischen Literatur sehr wohl. Er insistiert häufig auf seiner Unfähigkeit, zu beobachten und zu beschreiben. Die Antipathien Prousts sind berühmt: gegen Sainte-Beuve, für den die Entdeckung der Wahrheit nicht von einer »Causerie« verschieden ist, von einer Methode der Konversation, mittels derer man vorgibt, eine Wahrheit aus den willkürlichsten Voraussetzungen abzuleiten, vorzüglich mittels der Konfidenzen jener, die vorgeben, jemanden gut gekannt zu haben. Gegen die Brüder Goncourt, die einen Gegenstand zerlegen, ihn hin und her wenden, seine Architektur analysieren, seine Konturen und Pläne nachzeichnen, um exotische Wahrheiten daraus abzuleiten (auch die Goncourts glauben an den Wert der Konversation). Gegen die realistische oder populäre Literatur, die an erkennbare Werte, an wohldefinierte Bedeutungen wie an große Sujets glaubt. Methoden müssen nach ihren Ergebnissen beurteilt werden: zum Beispiel die bedauerlichen Dinge, die Sainte-Beuve über Balzac, Stendhal oder Baudelaire schreibt. *Und was können die Brüder Goncourt vom Haushalt Verdurin oder von Cottard verstehen*? Nichts, wenn man sich an die Darstellung in der Recherche hält; sie berichten und analysieren das, was *explicite* gesagt wird, und lassen die deutlichsten Zeichen weg, Zeichen der Dummheit von Cottard, groteske Minen und Symbole von Madame Verdurin. Und die populäre und proletarische Kunst wird dadurch gekennzeichnet, daß sie die Arbeiter für einfältig nimmt. Es ist von Natur aus eine Literatur trügerisch, die die Zeichen interpretiert, indem sie sie auf definierbare Gegenstände bezieht (Beobachtung und Beschreibung), die sich mit pseudo-objektiven Garantien des Zeugnisses und der Kommunikation umgibt (Konversation, Umfrage), die die Bedeutung mit erkennbaren, expliziten und formulierten Bezeichnungsfunktionen verwechselt (große Sujets).[11]

Der Held der Recherche hat sich dieser Vorstellung von Kunst und Literatur gegenüber immer fremd gefühlt. Warum aber empfindet er jedesmal eine so lebhafte Enttäuschung, wenn er ihre Nichtigkeit nachweist? Weil die Kunst in dieser Konzeption zumindest eine präzise Bestimmung fand: sie schöpfte das Leben aus, um es zu erheben, um Wert und Wahrheit aus ihm abzuleiten. Und wenn wir gegen eine

Kunst der Beobachtung und der Beschreibung protestieren, wird unser Protest dann nicht von unserer Unfähigkeit zum Beobachten, zum Beschreiben beseelt? Von unserer Unfähigkeit, das Leben zu verstehen? Wir glauben, auf eine illusionäre Form der Kunst zu reagieren, aber vielleicht reagieren wir auf eine Unsicherheit in unserer Natur, auf einen Mangel an Leben-Wollen. So daß unsere Enttäuschung vielleicht nicht einfach von der objektiven Literatur herrührt, sondern auch von unserer Unfähigkeit, in solcher Form von Literatur Erfolg zu haben.[12] Trotz seines Widerwillens kann der Held der Recherche daher nicht verhindern, daß er von den Gaben der Beobachtung träumt, die bei ihm die Unterbrechung der Inspiration ausgleichen könnten. »Mais en me donnant cette consolation d'une observation possible, venant prendre la place d'une inspiration impossible, je savais que je cherchais seulement à me donner une consolation . . .«[13] Die Verachtung für die Literatur ist also untrennbar doppelt: »La littérature ne pouvait plus me causer aucune joie, *soit* par ma faute, étant trop peu doué, *soit* par la sienne, si elle était en effet moins chargée de réalité que je n'avais cru.«[14]

Die Enttäuschung ist ein grundlegendes Moment der Suche oder der Lehre: in jedem Bereich von Zeichen sind wir enttäuscht, wenn der Gegenstand uns das Geheimnis nicht hergibt, das wir erwarteten. Und die Enttäuschung selbst ist vielfältig, variabel gemäß jeder Linie. Es gibt wenig Dinge, die nicht beim ersten Anblick täuschend wären. Denn das erste Mal bedeutet das Fehlen von Erfahrung, wir sind noch nicht fähig, Zeichen und Objekt zu unterscheiden, der Gegenstand schiebt sich vor und macht das Zeichen undeutlich. Enttäuschung beim ersten Hören von Vinteuil, bei der ersten Begegnung mit Bergotte, beim ersten Blick auf die Kirche von Balbec. Es genügt nicht, ein zweites Mal zu den Dingen zurückzukommen, denn das willkürliche Gedächtnis und diese Rückkehr selbst stellen gerade Behinderungen dar, die jenen analog sind, welche uns das erste Mal hinderten, die Zeichen frei zu genießen (der zweite Aufenthalt in Balbec ist nicht weniger enttäuschend als der erste, unter anderen Aspekten).

Wie soll die Enttäuschung in jedem Bereich geheilt werden? Auf jeder Linie des Lehrgangs geht der Held durch eine analoge Erfahrung hindurch, zu verschiedenen Zeitpunkten: *für die Enttäuschung von seiten des Objekts sucht er einen subjektiven Ausgleich zu finden.* Wenn er Madame de Guermantes sieht, dann kennenlernt, bemerkt er, daß sie nicht das Geheimnis der Bedeutung ihres Namens innehat. Ihr Gesicht und ihr Körper sind nicht von der Farbe des Silben tingiert. Was tun als die Enttäuschung kompensieren? Persönlich empfindungsfähig für jene Zeichen werden, die weniger tief, aber dem Zauber der Herzogin angemessener sind, dank eines Spiels von Ideenassoziationen, das sie in uns hervorruft. »Que Mme de Guermantes fût pareille aux autres, ç'avait été pour moi d'abord une déception, ç'était presque, par réaction, et tant de bons vins aidant, un émerveillement.«[15]

Der Mechanismus der objektiven Enttäuschung und des subjektiven Ausgleichs wird in Sonderheit am Beispiel des Theaters analysiert. Der Held wünscht mit allen Kräften, die Berma zu hören. Aber wenn es dazu kommt, sucht er zunächst, das Talent der Berma zu erkennen, dies Talent einzukreisen, es zu isolieren, um es schließlich bezeichnen zu können. Das ist die Berma, »ich hörte endlich die Berma«. Er nimmt eine besonders kluge Betonung wahr, von bewundernswerter Angemessenheit. Sofort ist das Phädra, es ist Phädra in Person. Indessen kann nichts die Enttäuschung verhindern. Denn jene Betonung hat einen nur intelligiblen Wert, sie hat eine perfekt definierte Bedeutung, sie ist einzig die Frucht von Verstand und von Arbeit.[16] Vielleicht ist es notwendig, die Berma anders zu hören. Jene Zeichen, an denen wir weder Geschmack finden noch sie interpretieren konnten, solange wir sie mit der Person der Berma verbanden, vielleicht müssen wir ihre Bedeutung anderswo suchen: in Assoziationen, die weder aus Phädra noch aus der Berma kommen. So lehrt Bergotte den Helden, daß eine bestimmte Geste der Berma die einer archaischen Statuette heraufbeschwört, welche die Schauspielerin nicht gesehen haben kann und an die Racine sicherlich noch weniger gedacht hat.[17]

Jede Linie des Lehrgangs geht durch diese beiden Augenblicke hindurch: die Enttäuschung, zu der ein Versuch objektiver Interpretation führt, dann der Versuch, diese Enttäuschung durch eine subjektive Interpretation zu heilen, in der wir assoziative Gesamtheiten rekonstruieren. So auch in der Liebe, und sogar in der Kunst. Der Grund dafür ist leicht einzusehen. Denn das Zeichen ist zweifellos tiefer als der Gegenstand, der es aussendet, aber es heftet sich noch an diesen Gegenstand, es ist noch zur Hälfte in ihm verborgen. Und die Bedeutung des Zeichens ist zweifellos tiefer als das Subjekt, das es interpretiert, aber sie heftet sich an dies Subjekt, verkörpert sich zur Hälfte in einer Reihe von subjektiven Assoziationen. Wir gehen vom einen zum andern, wir springen vom einen zum andern, wir gleichen die Enttäuschung des Objekts durch eine Kompensation des Subjekts aus.

Nun ist vorherzusehen, daß das Moment der Kompensation selbst ungenügend bleibt und keine endgültige Offenbarung vermittelt. Wir setzen an die Stelle objektiver erkennbarer Werte ein subjektives Spiel von Ideenassoziationen. Die Mangelhaftigkeit dieser Kompensation erscheint umso deutlicher, wenn man auf der Skala der Zeichen aufsteigt. Eine Geste der Berma soll schön sein, weil sie die einer Statuette beschwört. Aber ebenso soll die Musik von Vinteuil schön sein, weil sie einen Spaziergang im Bois de Boulogne in uns hervorruft.[18] Bei der Ausübung dieser Assoziationen ist alles erlaubt. Unter dieser Perspektive werden wir keinen wesentlichen Unterschied zwischen dem Vergnügen an der Kunst und dem der Madeleine finden: überall das Gefolge vergangener Kontiguitäten. Zweifellos läßt sich in Wirklichkeit auch die Erfahrung der Madeleine nicht auf einfache Ideenassoziationen reduzieren; doch sind wir noch nicht in der Lage, den Grund dafür zu begreifen; und indem wir die Eigenart eines Kunstwerkes dem Geschmack der Madeleine annähern, berauben wir uns für immer des Mittels, ihn zu begreifen. Weit davon entfernt, uns zu einer richtigen Interpretation der Kunst zu führen, macht die subjektive Kompensation aus dem Kunstwerk selbst schließlich ein kleines Kettenglied in unseren Ideenassoziationen: so in der Manie von Swann, der Giotto oder Botticelli nie so sehr liebt, wie wenn er ihren Stil im Gesicht eines Küchenmädchens oder einer geliebten Frau wiederfindet. Oder wir errichten uns ein ganz persönliches Museum, darin der Geschmack einer Madeleine, die Eigenart eines Luftzugs den Sieg über alle Schönheit davontragen: »J'étais froid devant des beautés qu'ils me signalaient, et m'exaltais de réminiscences confuses ... je m'arrêtais avec extase à renifler l'odeur d'un vent coulis qui passait par la porte. Je vois que vous aimez les courants d'air, me dirent-ils.«[19]

Gibt es indessen noch etwas anderes als Objekt und Subjekt? Das Beispiel der Berma sagt es uns. Der Held der Recherche wird schließlich verstehen, daß weder die Berma noch Phädra bezeichenbare Personen sind, daß sie aber ebensowenig Elemente der Assoziation sind. Phädra ist eine *Rolle*, und die Berma ist eins mit der Rolle.

Nicht in dem Sinne, in dem die Rolle noch immer ein Gegenstand wäre oder irgendetwas Subjektives. Im Gegenteil, es handelt sich um eine Welt, ein von spirituellen Essenzen bevölkertes Milieu. Die Berma macht als Trägerin von Zeichen diese derart immateriell, daß sie sich vollständig auf jene Essenzen hin öffnen und sich mit ihnen füllen. So daß schließlich die Gesten der Berma selbst mittels einer kleineren Rolle uns noch eine Welt von möglichen Essenzen eröffnen.[20]

Jenseits der bezeichneten Gegenstände, jenseits der erkennbaren und formulierten Wahrheiten, aber auch jenseits der subjektiven Assoziationsketten und der Auferstehungen durch Ähnlichkeit oder Kontiguität. Es gibt Essenzen, die alogisch oder supralogisch sind. Sie überschreiten die Zustände der Subjektivität nicht weniger als die Eigenschaften des Objekts. Die Essenz ist es, die die wahrhafte Einheit von Zeichen und Bedeutung herstellt; sie konstituiert das Zeichen als eines, das sich nicht auf den es aussendenden Gegenstand zurückführen läßt; sie konstituiert die Bedeutung als eine, die sich nicht auf das sie erfassende Subjekt zurückführen läßt. Sie ist das letzte Wort des Lehrgangs oder der letztendlichen Offenbarung. Eher als durch die Berma nun gelangt der Held der Recherche durch das Kunstwerk, durch die Malerei und die Musik, und vor allem durch das Problem der Literatur zu jener Offenbarung der Essenzen. Die gesellschaftlichen Zeichen, die Zeichen der Liebe und selbst die sinnlichen Zeichen sind unfähig, uns die Essenz zu geben: sie nähern uns ihr an, aber wir fallen immer wieder zurück, in die Falle des Objekts, in die Netze der Subjektivität. Erst auf der Ebene der Kunst werden die Essenzen enthüllt. Haben sie sich aber erst einmal im Kunstwerk manifestiert, so wirken sie auf alle anderen Bereiche zurück; wir lernen, daß sie in allen Arten von Zeichen, in allen Formen der Lehre sich *schon* verkörperten, schon da waren.

Kapitel IV: Die Zeichen der Kunst und die Essenz

Worin liegt die Überlegenheit der Zeichen der Kunst über alle anderen? Darin, daß alle anderen materiell sind. Materiell sind sie zunächst durch ihre Aussendung: sie sind zur Hälfte in dem Gegenstand verborgen, der sie trägt. Sinnliche Qualitäten, geliebte Gesichter sind immer noch Materie. (Es ist kein Zufall, daß die bedeutungstragenden sinnlichen Qualitäten vor allem solche des Geruchs und des Geschmacks sind: die stofflichsten unter den Qualitäten. Und daß im geliebten Gesicht die Wangen uns anziehen, und der Leberfleck.) *Allein die Zeichen der Kunst sind immateriell.* Wohl geht das kleine Thema von Vineuil aus Geige und Klavier hervor. Wohl läßt es sich stofflich zerlegen: fünf nahe beieinander befindliche Töne, von denen zwei wiederkehren. Aber es ist wie bei Platon, wo 3 + 2 nichts erklärt. Das Klavier ist nur als räumliches Bild einer Klaviatur von ganz anderem Wesen da; die Töne als »klingende Erscheinung« einer gänzlich spirituellen Wesenheit. »Comme si les instrumentistes beaucoup moins jouaient la petite phrase qu'ils n'exécutaient les rites exigés d'elle pour qu'elle apparût . . .«[1] In dieser Hinsicht ist sogar der Eindruck von dem kleinen Thema sine materia.[2]

Die Berma ihrerseits bedient sich ihrer Stimme, ihrer Arme. Aber statt »muskulare Verbundenheiten« zu bezeugen, gestalten ihre Gesten einen durchsichtigen Körper, in dem sich eine Essenz, eine Idee bricht. Mittelmäßige Schauspielerinnen müssen weinen, um zu bezeichnen, daß ihre Rolle Schmerz mit sich bringt: »excédent de larmes qu'on voyait couler, parce qu'elles n'avaient pu s'y imbiber, sur la voix de marbre d'Aricie ou d'Ismène«. Alle Ausdrucksformen der Berma aber sind wie bei einem bedeutenden Geiger Qualitäten der Klangfarbe geworden. In ihrer Stimme »ne subsistait pas un seul déchet de matière inerte et réfractaire à l'esprit«[3].

Die anderen Zeichen sind materiell, nicht nur von ihrem Ursprung her und wegen ihrer Art, zur Hälfte im Gegenstand verborgen zu bleiben, sondern auch in ihrer Entwicklung oder ihrer »Explikation«. Die Madeleine verweist uns auf Combray zurück, die Pflastersteine auf Venedig . . . und so fort. Gewiß haben die beiden Eindrükke, der gegenwärtige und der vergangene, ein und dieselbe Qualität; doch damit sind sie beide nicht weniger stofflich. So daß jedesmal, wenn das Gedächtnis eingreift, die Explikation der Zeichen etwas Stoffliches mit sich bringt.[4] Die Türme von Martinville bilden innerhalb der sinnlichen Zeichen bereits ein etwas weniger »materielles« Beispiel, weil sie sich an das Verlangen und an die Imagination wenden, nicht an das Gedächtnis.[5] Jedenfalls erklärt sich der Eindruck der Türme durch das Bild dreier junger Mädchen; auch wenn sie Mädchen unserer Imagination sind, sind sie darum nicht weniger etwas materiell anderes als die Türme.

Proust spricht oft von der Notwendigkeit, die auf ihm lastet: daß ihn irgend etwas immer etwas anderes erinnern oder imaginieren läßt. Doch wie groß die Relevanz dieses Prozesses der Analogie in der Kunst auch sein mag, die Kunst findet hierin nicht ihre tiefste Strukturformel. Solange wir die Bedeutung eines Zeichens in einem andern Ding entdecken, bleibt etwas Materie übrig, widerspenstig gegen den Geist. Im Gegenteil vermittelt die Kunst uns eine wahrhafte Einheit: die Einheit zwischen einem immateriellen Zeichen und einer gänzlich spirituellen Bedeutung. Die Essenz ist eben diese Einheit des Zeichens und der Bedeutung, wie sie sich im Kunstwerk enthüllt. Essenzen oder Ideen sind es, die jedes Zeichen des kleinen Themas entschleiert.[6] Und das gibt dem Thema seine reale Existenz, unabhängig von Instrumenten und Tönen, die es eher reproduzieren oder verkörpern, als daß sie es zusammensetzen würden. Die Überlegenheit der Kunst über das Leben besteht in folgendem: alle Zeichen, denen wir im Leben begegnen, sind noch materielle Zeichen, und ihre Bedeutung, die immer ein anderes Ding ist, ist noch nicht vollständig sprituell.

Was ist eine Essenz, wie sie im Kunstwerk offenbart wird? Es ist eine Differenz, die höchste und absolute Differenz. Sie konstituiert das Sein, sie läßt uns das Sein begreifen. Daher ist allein die Kunst, insofern sie die Essenzen sichtbar werden läßt, in der Lage, uns das zu geben, was wir vergebens im Leben suchen: »La diversité que j'avais en vain cherchée dans la vie, dans le voyage . . .«[7] »Le monde des différences n'existant pas à la surface de la Terre, parmi tous les pays que notre perception uniformise, à plus forte raison n'existe-t-il pas dans le *monde*. Existe-t-il, d'ailleurs, quelque part? Le septuor de Vinteuil avait semblé me dire que oui.«[8]

Aber was ist eine höchste absolute Differenz? Kein empirischer Unterschied zwischen zwei Dingen oder zwei Gegenständen, der immer äußerlich ist. Proust gibt eine erste Annäherung an die Essenz, wenn er sagt, daß sie etwas im Subjekt ist, wie die Anwesenheit einer letzten Qualität im Herzen des Subjektes: eine innere Differenz, »*différence qualitative* qu'il y a dans la façon dont nous apparaît le monde, différence qui, s'il n'y avait pas l'art, resterait le secret éternel de chacun«[9]. In dieser Hinsicht ist Proust Leibnizianer: Die Essenzen sind wahrhafte Monaden, deren jede sich durch den Sehepunkt[10] definiert, durch den sie die Welt ausdrückt, wobei jeder Sehepunkt wiederum selbst auf eine letzte Qualität am Grund der Monade verweist. Wie Leibniz sagt, haben sie weder Fenster noch Türen: Insofern der Sehepunkt die Differenz selbst ist, sind die Sehepunkte auf eine als gleich vorausgesetzte Welt ebenso different wie die fernsten Welten. Daher kann die Freundschaft nur falsche Gemeinsamkeiten errichten, die in Mißverständnissen begründet sind, und durchdringt nur fiktive Fenster. Daher verweigert sich die Liebe, luzider als jene, prinzipiell jeder Kommunikation. Unsere einzigen Fenster, unsere einzigen Türen sind gänzlich spirituell: es gibt keine Intersubjektivität als die künstlerische. Nur die Kunst gibt uns, was wir vergebens von einem Freund erwarten, was wir vergebens von einer Geliebten erwartet hätten. »Par l'art seulement, nous pouvons sortir de nous, savoir ce que voit un autre de cet univers qui n'est pas le même que le nôtre et dont les paysages nous seraient restés aussi inconnus que ceux qu'il peut y avoir dans la Lune. Grâce à l'art, au lieu de voir un seul monde, le nôtre, nous le voyons se multiplier, et autant qu'il y a des artistes originaux, nous avons de mondes à notre disposition, plus différents les uns des autres que ceux qui roulent dans l'infini . . .«[11]

Muß daraus geschlossen werden, daß die Essenz subjektiv ist, daß die Differenz zwischen den Subjekten besteht und nicht zwischen den Objekten? Das hieße jene Stellen zu vernachlässigen, wo Proust die Essenzen als platonische Ideen behandelt und ihnen eine unabhängige Realität zuschreibt. Selbst Vinteuil hat das Thema eher »entschleiert«, als daß er es geschaffen hätte.[12]

Jedes Subjekt drückt die Welt von einem bestimmten Sehepunkt her aus. Der Sehepunkt aber ist die Differenz selbst, die absolute innere Differenz. Jedes Subjekt drückt also eine absolut differente Welt aus. Und gewißlich existiert die ausgedrückte Welt nicht außerhalb des Subjekts, das sie ausdrückt (was wir äußere Welt nennen, ist einzig eine trügerische Projektion, die gleichmachende Grenze all jener ausgedrückten Welten). Aber die ausgedrückte Welt ist dennoch nicht mit dem Subjekt vermischt: sie unterscheidet sich davon, gerade so, wie die Essenz sich von der Existenz unterscheidet, und auch von ihrer eigenen Existenz. Sie existiert nicht außerhalb des Subjekts, das sie ausdrückt, aber ausgedrückt wird sie als Essenz, nicht des Subjekts, sondern des Seins oder der Region des Seins, die sich dem Subjekt enthüllt. Daher ist jede Essenz eine Heimat, eine Landschaft.[13] Sie läßt sich nicht auf einen psychologischen Zustand zurückführen, noch auf eine psychologische Subjektivität, noch selbst auf irgendeine Form von höherer Subjektivität. Die Essenz mag die letzte Qualität im Herzen eines Subjekts sein; indessen ist diese Qualität tiefer als das Subjekt, gehört einer anderen Ordnung an als es: »Qualité inconnue d'un monde unique.«[14] Nicht das Subjekt expliziert die Essenz; eher ist es die Essenz, die sich im Subjekt impliziert, sich verhüllt, sich einrollt. Überdies ist sie, indem sie sich in sich zusammenrollt, das, was die Subjektivität konstituiert. Nicht die Individuen konstituieren die Welt, sondern die verhüllten Welten, die Essenzen konstituieren die Individuen: »Ces mondes que nous appelons les individus, et que sans l'art nous ne connaîtrons jamais.«[15] Die Essenz ist nicht nur individuell, sie ist individuierend.

Der Sehepunkt vermischt sich nicht mit dem, der sich auf ihn stellt, die innere Qualität vermischt sich nicht mit dem Subjekt, das sie individuiert. Diese Unterscheidung zwischen der Essenz und dem Subjekt ist umso relevanter, als Proust in ihr den einzigen möglichen Beweis für die Unsterblichkeit der Seele sieht. In der Seele dessen, der sie entschleiert oder sie auch nur versteht, ist die Essenz wie eine »captive divine«[16]. Die Essenzen haben sich vielleicht selbst in Gefangenschaft begeben, haben sich in den Seelen eingeschlossen, die sie individuieren. Sie existieren nur in dieser Gefangenschaft, aber sie trennen sich auch nicht von jener »unbekannten Heimat«, die sie mit sich in uns verschließen. Sie sind unsere »Geiseln«: sie sterben, wenn wir sterben, doch wenn sie ewig sind, sind auch wir in irgendeiner Weise unsterblich. Sie machen daher den Tod weniger wahrscheinlich; der einzige Beweis, die einzige Chance ist ästhetisch. Daher sind zwei Fragen grundsätzlich verbunden: »Les questions de la réalité de l'Art, de la réalité de l'Eternité de l'âme.«[17] Symbolisch wird in dieser Hinsicht der Tod von Bergotte vor der kleinen gelben Mauerecke von Vermeer: »Dans une céleste balance lui apparaissait, chargeant l'un des plateaux, sa propre vie, tandis que l'autre contenait le petit pan de mur si bien peint en jaune. Il sentait qu'il avait imprudemment donné le premier pour le second . . . Un nouveau coup l'abattit . . . Il était mort. Mort à jamais? Qui peut dire?«[18]

Die eingeschlossene Welt der Essenz ist immer der Beginn der Welt überhaupt, ein Beginn des Universums, ein absoluter, radikaler Beginn. »D'abord le piano solitaire se plaignit, comme un oiseau abandonné de sa compagne; le violon l'entendit, lui répondit comme d'un arbre voisin. C'était comme au commencement du monde, comme s'il n'y avait encore eu qu'eux deux sur la Terre, ou plutôt dans ce monde fermé à tout le reste, construit par la logique d'un créateur et où ils ne seraient jamais que tous les deux: cette sonate.«[19] Was Proust vom Meer oder selbst vom Gesicht eines jungen Mädchens sagt, um wie viel wahrer ist es noch von der Essenz und dem Kunstwerk: der unstabile Gegensatz, »cette perpétuelle récréation des éléments primordiaux de la nature«[20]. Die so definierte Essenz aber ist die Zeit selbst. Nicht daß die Zeit schon entfaltet wäre: sie hat noch nicht die abgegrenzten Dimensionen, nach denen sie ablaufen wird, und noch nicht einmal die getrennten Reihen, in denen sie sich nach unterschiedlichen Rythmen verteilen wird. Gewisse Neoplatoniker bedienten sich eines tiefen Wortes, um den ursprünglichen Zustand zu bezeichnen, der jeder Entwicklung, jeder Entfaltung, jeder »Explikation« vorhergeht: die *Komplikation*, die das Vielfältige im Einen einschließt und das Eine im Vielfältigen affimiert. Die Ewigkeit schien ihnen nicht die Abwesenheit von Veränderung zu sein, noch nicht einmal die unbegrenzte Verlängerung einer Existenz, sondern der komplizierte Zustand der Zeit selbst (uno ictu mutationes tuas complectitur). Das Wort, omnia complicans und alle Essenzen enthaltend, war als höchste Komplikation definiert, die Komplikation der Gegenteile, der instabile Gegensatz . . . Sie entnahmen daraus die Idee eines wesenhaft expressiven Universums, das sich nach Stufen von immanenten Komplikationen und nach einer Ordnung von absteigenden Explikationen organisiert.

Das Mindeste, was sich sagen läßt, ist, daß Charlus kompliziert ist. Das Wort muß jedoch in seinem vollen etymologischen Gehalt genommen werden. Die Begabung von Charlus liegt darin, alle Seelen, die ihn komponieren, in einem »komplizierten« Zustand zusammenzuhalten: Daher hat Charlus immer die Frische des Weltanfangs und sendet unaufhörlich Zeichen des Anbeginns aus, Zeichen, die der Interpret wird entziffern, das meint explizieren müssen.

Dennoch werden wir, wenn wir im Leben irgend etwas suchen, was der Situation der ursprünglichen Essenzen entspricht, es nicht in dieser oder jener Person finden, sondern eher in einem tieferen Zustand. Ein solcher Zustand ist der Schlaf. Der Schläfer »tient en cercle autour de lui le fil des heures, l'ordre des années et des mondes«; eine wundervolle Freiheit, die erst beim Erwachen endet, wenn er gezwungen wird, gemäß der Ordnung der wiederzurückgefalteten Zeit auszuwählen.[21] Ebenso hat das künstlerische Subjekt die Offenbarung einer ursprünglichen, zusammengerollten, komplizierten Zeit in der Essenz selbst, wo sie zugleich alle ihre Reihen und ihre Dimensionen umfaßt. Dies ist der Sinn der Rede von der »wiedergefundenen Zeit«. Die wiedergefundene Zeit in reinem Zustand ist in den Zeichen der Kunst begriffen. Sie wird sich nicht mit einer anderen wiedergefundenen Zeit vermischen, jener der sinnlichen Zeichen. Die Zeit der sinnlichen Zeichen ist nur eine, die man innerhalb der verlorenen Zeit selbst wiederfindet; daher mobilisiert sie alle Quellen des unwillkürlichen Gedächtnisses und gibt uns ein einfaches Bild von der Ewigkeit. Die Kunst indessen ist wie der Schlaf jenseits des Gedächtnisses: sie wendet sich an das reine Denken als Vermögen der Essenzen. Was die Kunst uns wiederfinden läßt, ist die Zeit, wie sie in der Essenz zusammengerollt ist, wie sie in der eingeschlossenen Welt der Essenz geboren wird, identisch mit der Ewigkeit. Das Außerzeitliche bei Proust ist die Zeit im Zustand der Geburt und das Künstler-Subjekt, das sie wiederfindet. Daher gibt es in aller Strenge nur das Kunstwerk, das uns die Zeit wiederfinden läßt: das Kunstwerk, »le seul moyen de retrouver le temps perdu«[22]. Es trägt die höchsten Zeichen, und deren Bedeutung liegt in einer uranfänglichen Komplikation, einer wahrhaften Ewigkeit, einer ursprünglichen absoluten Zeit.

Aber wie eigentlich verkörpert sich die Essenz im Kunstwerk? Oder, was aufs gleiche hinauskommt: wie gelingt es dem Künstler-Subjekt, die Essenz »mitzuteilen«, die es individuiert und ewig macht? Sie verkörpert sich in Stoffen. Doch diese Stoffe sind biegsam, so wohl geknetet und zerfasert, daß sie gänzlich spirituell werden. Diese Stoffe mögen wohl die Farbe für den Maler sein, wie das Gelb bei Vermeer, der Ton für den Musiker, das Wort für den Schriftsteller. Auf einer tieferen Ebene aber sind es freie Stoffe, die sich gleichermaßen durch Worte, Töne und Farben hindurch ausdrücken. Bei Thomas Hardy zum Beispiel bilden die Steinblöcke, die

Geometrie dieser Blöcke, der Parallelismus der Linien eine spiritualisierte Materie, aus der die Wörter selbst ihre Ordnung schöpfen; bei Stendhal ist die Höhe eine luftige Materie, »se liant à la vie spirituelle«[23]. Das wahre Thema eines Werks ist daher nicht das behandelte Sujet, das bewußte und gewollte Sujet, das sich mit dem vermischt, was die Wörter bezeichnen, sondern die unbewußten Themen, die unwillkürlichen Archetypen, wo die Wörter, aber auch die Farben und die Töne Bedeutung und Leben annehmen. Die Kunst ist eine wahrhafte Verwandlung der Materie. Die Materie wird in ihr spiritualisiert, die physischen Atmosphären werden entmaterialisiert, damit an ihnen die Essenz sich brechen kann, das heißt die Qualität einer ursprünglichen Welt. Und diese Behandlung des Stoffes ist eins mit dem »Stil«.

Insofern sie die Qualität einer Welt ist, vermischt die Essenz sich nie mit dem Objekt, sie nähert vielmehr zwei völlig voneinander verschiedene Gegenstände einander an, so daß offenkundig wird, die sie in der enthüllenden Atmosphäre jene Qualität haben. Gleichzeitig verkörpert sich die Essenz in einer Materie, die höchste Qualität, die sie konstituiert, drückt sich also als *gemeinsame Qualität* zweier verschiedener Objekte aus, durchdrungen von jener lichten Materie, eingetaucht in jene lichtbrechende Atmosphäre. Darin besteht der Stil: »On peut faire se succéder indéfiniment dans une description les objets qui figuraient dans le lieu décrit, la vérité ne commencera qu'au moment où l'écrivain prendra deux objets différents, posera leur rapport, analogue dans le monde de l'art à celui qu'est le rapport unique de la loi causale dans le monde de la science, et les enfermera dans les anneaux nécessaires d'un beau style.«[24] Will sagen, der Stil ist wesentlich Metapher. Die Metapher aber ist wesentlich Metamorphose und verweist darauf, wie die beiden Gegenstände ihre Bestimmungen austauschen, selbst den Namen austauschen, der sie bezeichnet, in der neuen Atmosphäre, die die gemeinsame Qualität ihnen überträgt. So auf den Bildern von Elstir, wo das Meer Land wird, das Land Meer, oder die Stadt nur mit »termes marins« bezeichnet wird, das Wasser mit »termes urbains«[25]. Und zwar weil der Stil, um die Materie zu spiritualisieren und der Essenz adäquat zu machen, den instabilen Gegensatz, die ursprüngliche Komplikation, den Kampf und den Austausch der uranfänglichen Elemente reproduziert, welche die Essenz selbst ausmachten. Bei Vinteuil hört man zwei Motive kämpfen, wie in einem Mann gegen Mann: »corps à corps d'énergies seulement, à vrai dire, car si ces êtres s'affrontaient, c'est débarrassés de leur corps physique, de leur apparence, de leur nom . . .«[26]. Eine Essenz ist immer eine Geburt der Welt; der Stil aber ist diese Geburt, fortgesetzt und vielfältig gebrochen, wiedergefunden in den den Essenzen adäquaten Stoffen, Metamorphose der Objekte geworden. Der Stil ist nicht der Mensch, der Stil ist die Essenz selbst.

Die Essenz ist nicht nur besonders, individuell, sondern auch individuierend. Sie selbst individuiert und bestimmt die Stoffe, in denen sie sich verkörpert, wie die Gegenstände, die sie in die Ringe des Stils einschließt: so das ins Rötliche gehende Septett und die weiße Sonate von Vinteuil, oder auch die schöne Vielfältigkeit in Wagners Werk.[27] Das rührt daher, daß die Essenz in sich selbst Differenz ist. Doch hat sie nicht nur das Vermögen, zu diversifizieren und sich zu diversifizieren, wenn sie nicht die Macht hat, sich zu wiederholen, mit sich identisch. Was ließe sich mit der Essenz, welche die äußerste Differenz ist, anderes tun, als sie wiederholen, kann sie doch durch nichts ersetzt werden, kann doch nichts an ihre Stelle treten? Daher muß eine große Musik immer wieder gespielt werden, ein Gedicht auswendig gelernt und rezitiert werden. Differenz und Wiederholung bilden nur scheinbar einen Gegensatz. Es gibt keinen großen Künstler, vor dessen Werk wir nicht sagen müßten: »la même et pourtant autre«[28].

Dies kommt daher, daß die Differenz als Qualität einer Welt sich nur mittels einer Art Selbst-Wiederholung affirmiert, die verschiedene Atmosphären durchläuft und vielfältige Gegenstände vereint; die Wiederholung konstituiert die Stufen einer ursprünglichen Differenz, aber ebenso konstituiert die Vielfalt die Ebenen einer nicht weniger grundlegenden Wiederholung. Vom Werk eines großen Künstlers sagen wir: das ist dasselbe, mit dem Unterschied der Ebene dabei – aber auch: das ist etwas anderes, mit der Ähnlichkeit der Stufe dabei. In Wirklichkeit sind Differenz und Wiederholung die beiden Vermögen der Essenz, untrennbar und korrelativ. Ein Künstler altert nicht, weil er sich wiederholt; denn Wiederholung ist das Vermögen der Differenz, nicht weniger als Differenz das Vermögen der Wiederholung ist. Ein Künstler altert, wenn er, »par l'usure de son cerveau«[29], es für einfacher hält, unmittelbar als Vorgefertigtes das im Leben zu finden, was er in seinem Werk nicht ausdrücken konnte, was er durch sein Werk hätte unterscheiden und wiederholen sollen. Der alternde Künstler vertraut dem Leben, der »Schönheit des Lebens«; aber er hat nur noch Surrogate für das, was die Kunst ausmacht, Wiederholungen, die, weil äußerlich, mechanisch geworden sind, fingierte Differenzen, die in eine Materie zurückfallen, welche sie nicht mehr leicht und spirituell zu machen vermögen. Das Leben besitzt die beiden Vermögen der Kunst nicht; es empfängt sie nur, indem es sie beschädigt, und es reproduziert die Essenz nur auf der untersten Ebene, auf der schwächsten Stufe.

Die Kunst also hat ein absolutes Privileg. Dies Privileg drückt sich auf verschiedene Arten aus. In der Kunst sind die Stoffe spiritualisiert, die Atmosphären entmaterialisiert. Das Kunstwerk ist also eine Welt von Zeichen, diese Zeichen jedoch sind immateriell und haben nichts Opakes mehr: zumindest für künstlerische Augen und Ohren. Zweitens ist die Bedeutung dieser Zeichen eine Essenz, eine in ihrer ganzen Macht gesicherte Essenz. Drittens vermischen oder vereinigen sich Zeichen und Bedeutung, Essenz und verwandelte Materie in vollendeter Adäquatheit. Identität zwischen einem Zeichen als Stil und einer Bedeutung als Essenz: das ist das Merkmal eines Kunstwerks. Und sicherlich war die Kunst selbst Gegenstand eines Lehrgangs. Wir sind durch die objektivistische Versuchung hindurchgegangen, durch die subjektive Kompensation: wie in jedem anderen Bereich. Dennoch bleibt die Offenbarung der Essenz (jenseits des Objekts und selbst jenseits des Subjekts) einzig dem Bereich der Kunst zugehörig. Wenn sie geschehen soll, dann wird sie dort stattfinden. Weil nämlich die Kunst die Finalität der Welt ist und die unbewußte Bestimmung des Lehrlings.

Jetzt stehen wir vor zwei Arten von Fragen. Was sind die anderen Zeichen wert, jene, die die Bereiche des Lebens ausmachen? Was können sie selbst uns lehren? Können wir sagen, daß sie uns bereits auf den Weg der Kunst schicken, und wie? Vor allem aber, wenn wir erst einmal von der Kunst die letztendliche Offenbarung erhalten haben, wie wird sie sich auf die anderen Bereiche auswirken, und wie wird sie zum Zentrum eines Systems werden, das nichts außer sich bestehen läßt? Die Essenz ist immer eine künstlerische Essenz. Ist sie aber erst einmal entdeckt, so verkörpert sie sich nicht allein in den spiritualisierten Stoffen, in den immateriellen Zeichen des Kunstwerks. Sie verkörpert sich auch in den anderen Bereichen, die von nun an in das Kunstwerk integriert sein werden. Also geht sie durch trübere Atmosphären, durch stofflichere Zeichen hindurch. Sie verliert dort manche ihrer ursprünglichen Merkmale, nimmt andere an, die den Abstieg der Essenz in zunehmend widerspenstigere Stoffe ausdrücken. Es gibt Gesetze für die Transformation der Essenz im Verhältnis zu den Bestimmungen des Lebens.

Kapitel V: Die sekundäre Rolle des Gedächtnisses

Die gesellschaftlichen Zeichen und die Zeichen der Liebe richten sich, um interpretiert zu werden, an den Verstand. Der Verstand ist es, der entziffert: unter der Bedingung, daß er »nachher kommt«, daß er irgendwie verpflichtet wird, sich in Bewegung zu setzen, durch die nervöse Erregung, die uns das Gesellschaftliche vermittelt, oder stärker noch durch das Leiden, das die Liebe uns einflößt. Gewiß mobilisiert der Verstand auch andere Kräfte. Man sieht, wie der Eifersüchtige alle Quellen des Gedächtnisses in den Dienst der Interpretation von Zeichen der Liebe, das ist von Lügen der Geliebten, setzt. Das Gedächtnis aber, weil es nicht direkt gereizt wurde, kann nur eine willkürliche Unterstützung beibringen. Und gerade weil es nur »willkürlich« ist, kommt dies Gedächtnis im Verhältnis zu den Zeichen, die es zu entziffern gilt, immer zu spät. Das Gedächtnis des Eifersüchtigen will alles festhalten, weil das geringste Detail sich als Zeichen oder Symptom der Lüge herausstellen könnte; es will alles horten, damit der Verstand über den für seine nächsten Interpretationen erforderlichen Stoff verfügen kann. Freilich gibt es auch etwas Sublimes im Gedächtnis des Eifersüchtigen: es trotzt seinen eigenen Grenzen und, auf die Zukunft gerichtet, versucht es, sie zu überschreiten. Aber es kommt zu spät, weil es nicht im rechten Augenblick den Satz zu unterscheiden wußte, den es hätte zurückbehalten sollen, die Geste, von der man noch nicht wußte, daß sie jenen Sinn annehmen würde.[1] »Plus tard, devant le mensonge parlant, ou pris d'un doute anxieux, j'aurais voulu me rappeler; c'était en vain; ma mémoire n'avait pas été prévenua à temps; elle avait cru inutile de garder copie.«[2] Kurz, bei der Interpretation der Zeichen der Liebe greift das Gedächtnis nur in willkürlicher Gestalt ein, wodurch es zu einem pathetischen Scheitern verdammt ist. Es ist nicht die Anstrengung des Gedächtnisses, so wie sie in jeder Liebe erscheint, die beim Entziffern der korrespondierenden Zeichen erfolgreich ist; es ist der Trieb des Verstandes, in der Reihe der aufeinanderfolgenden Lieben von Vergessen und unbewußten Wiederholungen markiert.

Auf welcher Ebene nun greift das berühmte *unwillkürliche* Gedächtnis ein? Bemerkenswerterweise es nur bei einer ganz besonderen Art von Zeichen: den sinnlichen Zeichen. Wir fassen eine sinnliche Qualität als Zeichen auf; wir verspüren einen Imperativ, seine Bedeutung zu suchen. Nun geschieht es, daß das unwillkürliche Gedächtnis, unmittelbar durch das Zeichen erregt, uns die Bedeutung liefert (so Combray für die Madeleine, Venedig für die Pflastersteine . . . etcetera).

Zweitens ist festzustellen, daß dies unwillkürliche Gedächtnis nicht über das Geheimnis sämtlicher sinnlicher Zeichen verfügt: manche verweisen auf das Begehren und auf Gestalten der Imagination (so die Türme von Martinville). Deswegen unterscheidet Proust sorgfältig zwischen zwei Arten von sinnlichen Zeichen: den Reminiszenzen und den Entdeckungen; den »résurrections de la mémoire« und den »vérités écrites à l'aide de figures«[3]. Morgens, wenn der Held aufsteht, erfährt er in sich nicht nur den Druck unwillkürlicher Erinnerungen, die sich mit einer Beleuchtung oder einem Geruch vermischen, sondern auch den Aufschwung unwillkürlicher Wünsche, die sich in einer vorübergehenden Frau verkörpern – Bäckersfrau, Wäscherin oder hochmütiges junges Mädchen, »une image enfin . . .«[4]. Anfangs können wir noch nicht einmal sagen, von welcher Seite her das Zeichen kommt. Wendet sich die Qualität an die Imagination oder einfach ans Gedächtnis? Alles muß versucht werden, um jene Kraft zu entdecken, die uns die adäquate Bedeutung liefern wird. Und wenn wir scheitern, können wir nicht wissen, ob die Bedeutung, die uns verschleiert bleibt, eine Traumgestalt war oder eine im unwillkürlichen Gedächtnis verborgene Erinnerung. Die drei Bäume beispielsweise, waren sie eine Landschaft des Gedächtnisses oder des Traums?[5]

Die sinnlichen Zeichen, die sich durch das unwillkürliche Gedächtnis explizieren, sind von doppelter Inferiorität, nicht allein im Verhältnis zu den Zeichen der Kunst, sondern sogar im Verhältnis zu jenen sinnlichen Zeichen, die auf die Imagination zurückverweisen. Einerseits ist ihr Stoff trüber und widerspenstiger, ihre Explikation bleibt materieller. Andererseits übersteigen sie nur scheinbar den Widerspruch zwischen Sein und Nichts (wir haben es bei der Erinnerung an die Großmutter gesehen). Proust spricht von der Fülle der Reminiszenzen oder der unwillkürlichen Erinnerungen, von der überirdischen Freude, die uns die Zeichen des Gedächtnisses vermitteln, und von der Zeit, die sie uns plötzlich wiederfinden lassen. Gewiß, die sinnlichen Zeichen, die sich durch das Gedächtnis explizieren, bilden einen »commencement d'art«, sie schicken uns »sur la voie de l'art«[6]. Niemals würde unsere Lehre in der Kunst gipfeln, wenn sie nicht durch jene Zeichen hindurchgehen würde, die uns einen Vorgeschmack der wiedergefundenen Zeit geben, die uns auf die Fülle der ästhetischen Ideen vorbereiten. Dennoch tun sie nichts anderes als vorbereiten: einfach ein Anfang. Es sind noch Zeichen des Lebens, nicht Zeichen der Kunst selbst.[7]

Sie sind den gesellschaftlichen Zeichen überlegen, den Zeichen der Liebe überlegen, denen der Kunst aber unterlegen. Und selbst in ihrer eigenen Gattung sind sie den sinnlichen Zeichen der Imagination unterlegen, welche der Kunst näherstehen (obwohl sie immer dem Leben angehören).[8] Proust stellt die Zeichen des Gedächtnisses oft als entscheidend dar; Erinnerungen scheinen ihm fürs Kunstwerk konstitutiv zu sein, nicht allein in der Perspektive seines eigenen Projekts, sondern auch bei den großen Vorläufern wie Baudelaire, Nerval oder Chateaubriand. Doch wenn die Reminiszenzen in die Kunst als konstitutive Teile eingebaut sind, so eher in dem Maße, in dem sie leitende Elemente sind, Elemente, die den Leser zum Verständnis des Werkes leiten, den Künstler zum Begreifen seiner Aufgabe und der Einheit dieser Aufgabe: »Que ce fût justement et uniquement ce genre de sensations qui dût *conduire* à l'œuvre d'art, j'allais essayer d'en trouver la raison objective.«[9] Erinnerungen sind Metaphern des Lebens, Metaphern sind Erinnerungen der Kunst. Beide haben tatsächlich etwas Gemeinsames: sie bestimmen ein Verhältnis zwischen zwei gänzlich verschiedenen Gegenständen, »pour les soustraire des contingences du temps«[10]. Allein der Kunst aber gelingt in Fülle, was das Leben nur zu skizzieren vermochte. Die Reminiszenzen im unwillkürlichen Gedächtnis gehören noch dem Leben an: sie sind Kunst auf der Ebene des Lebens, also schlechte Metaphern. Umgekehrt beruht die Kunst in ihrem Wesen, die höhere Kunst nicht auf dem unwillkürlichen Gedächtnis. Sie beruht nicht einmal auf unbewußten Imaginationen und Figuren. Die Zeichen der Kunst explizieren sich durch das reine Denken als Vermögen der Essenzen. Von den sinnlichen Zeichen im allgemeinen, ob sie sich nun an das Gedächtnis richten oder selbst an die Imagination, müssen wir einmal sagen, daß sie vor der Kunst sind und daß sie uns nur auf sie hinführen; zugleich aber, daß sie nach der Kunst sind und nur deren nächste Reflexe erfassen.

Wie läßt sich der komplexe Mechanismus der Erinnerungen erklären? Auf den ersten Blick handelt es sich um einen assoziativen Mechanismus: einerseits die Ähnlichkeit zwischen einer gegenwärtigen und einer vergangenen Empfindung, andererseits die Kontiguität der vergangenen Empfindung mit einer Gesamtheit, die wir damals erlebten und die unter der Wirkung der gegenwärtigen Empfindung aufsteigt. So ist der Geschmack der Madeleine jenem ähnlich, den wir in Combray schmeckten; und er läßt Combray aufsteigen, wo wir ihn das erstemal schmeckten. Man hat oft die formale Relevanz einer assoziationistischen Psychologie für Proust bemerkt. Doch hatte man Unrecht, ihm daraus einen Vorwurf zu machen: der Assoziationismus ist weniger veraltet als die Kritik des Assoziationismus. Daher müssen wir uns fragen, unter welcher Perspektive die Fälle von Erinnerungen wirklich über Assoziationsmechanismen hinausgehen, aber auch, unter welcher Perspektive sie tatsächlich an solche Mechanismen gebunden sind.

Die Erinnerung stellt mehrere Probleme, die sich nicht durch Ideenassoziation lösen lassen. Einerseits, woher kommt die außergewöhnliche Freude, die wir bereits bei der gegenwärtigen Empfindung erfahren? Eine so mächtige Freude, daß sie ausreicht, uns den Tod gleichgültig zu machen. Sodann, wie läßt es sich erklären, daß keine einfache Ähnlichkeit zwischen den beiden Empfindungen besteht, der gegenwärtigen und der vergangenen?

Jenseits von Ähnlichkeit zwischen zwei Empfindungen entdecken wir die Identität einer und derselben Qualität in der einen und der anderen. Schließlich, wie läßt sich erklären, daß Combray nicht so aufsteigt, wie es in Kontiguität mit der vergangenen Empfindung erlebt wurde, sondern in einem Glanz, mit einer »Wahrheit«, die nie ein Äquivalent im Realen hatten?

Diese Freude der wiedergefundenen Zeit, diese Identität der Qualität, diese Wahrheit der Erinnerung, wir erfahren sie und wir spüren, daß sie alle Assoziationsmechanismen übersteigen. Doch wodurch? Wir sind nicht imstande, es zu sagen. Wir stellen fest, was geschieht, aber wir haben noch keine Mittel, es zu verstehen. Unter dem Geschmack der Madeleine ist Combray in all seinem Glanz aufgestiegen; doch haben wir keineswegs die Gründe für eine derartige Erscheinung entdeckt. Der Eindruck der drei Bäume bleibt unerklärt; umgekehrt scheint der Eindruck der Madeleine durch Combray erklärt zu sein. Und dennoch sind wir kaum vorangekommen: warum jene Freude, warum jener Glanz in der Auferstehung von Combray? (»j'avais alors ajourné de chercher les causes profondes.«[11])

Das *willkürliche* Gedächtnis geht von einer anwesenden Gegenwart zu einer Gegenwart, die »gewesen ist«, das heißt, zu etwas, was gegenwärtig war und es nicht mehr ist. Die Vergangenheit des willkürlichen Gedächtnisses ist daher zweifach relativ: relativ zur Gegenwart, die gewesen ist, aber auch relativ zu jener Gegenwart, im Verhältnis zu der sie nun vergangen ist. Will sagen, dies Gedächtnis ergreift die Vergangenheit nicht unmittelbar: es setzt sie aus Gegenwarten zusammen. Daher macht Proust dem willkürlichen Gedächtnis die gleichen Vorwürfe wie der bewußten Wahrnehmung: diese glaubt, das Geheimnis des Eindrucks im Gegenstand zu finden, jenes glaubt, das Geheimnis der Erinnerung in der Aufeinanderfolge von Gegenwarten zu finden; und gerade die Gegenstände sind es, die die aufeinanderfolgenden Gegenwarten voneinander unterscheiden. Das willkürliche Gedächtnis schreitet mittels Momentaufnahmen voran: »Rien que ce mot me la rendait ennuyeuse comme une exposition de photographies, et je ne me sentais pas plus de goût, plus de talent, pour décrire maintenant ce que j'avais vu autrefois qu'hier ce que j'observais d'un œil minutieux et morne, au moment même.«[12]

Es ist offenkundig, daß dem willkürlichen Gedächtnis etwas Wesentliches entgeht: *Das Sein der Vergangenheit an sich.* Es tut so, als ob die Vergangenheit sich als solche konstituiere, nachdem sie gegenwärtig gewesen war. Es müßte also eine neue Gegenwart erwartet werden, damit die vorhergehende vergehe oder vergangen würde. Doch auf diese Art entgeht uns das Wesen der Zeit. Denn wenn die Gegenwart nicht zugleich vergangen und anwesend wäre, wenn der gleiche Augenblick nicht mit sich als gegenwärtigem und vergangenem koexistieren würde, würde er nie vergehen, niemals würde eine neue Gegenwart ihn ersetzen können. Zwar begreifen wir nie etwas in dem Augenblick als vergangen, in dem wir es als gegenwärtig erfahren (außer im Falle der Paramnesie, der vielleicht bei Proust die Vision der drei Bäume entspricht).[13] Das liegt indessen daran, daß die vereinten Erfordernisse der bewußten Wahrnehmung und des bewußten Gedächtnisses dort eine reale Aufeinanderfolge errichten, wo auf einer tieferen Ebene eine virtuelle Koexistenz besteht.

Wenn es denn eine Ähnlichkeit zwischen den Konzeptionen von

Proust und Bergson gibt, so liegt sie auf dieser Ebene. Nicht auf der Ebene der Dauer, sondern des Gedächtnisses. Daß man nicht von einer anwesenden Gegenwart zu einer Vergangenheit voranschreitet, daß man die Vergangenheit nicht aus Gegenwarten zusammensetzt, sondern daß man sich ohne weiteres in die Vergangenheit versetzt. Daß diese Vergangenheit nicht etwas darstellt, was gewesen ist, sondern einfach etwas, was ist, und was mit sich als Gegenwärtigem koexistiert. Daß die Vergangenheit sich nicht in etwas anderem als ihr selbst bewahren muß, weil sie an sich ist, an sich weiterlebt und sich bewahrt – daß sind die berühmten Thesen von *Matière et Mémoire.* Dies Ansichsein der Vergangenheit nannte Bergson das Virtuelle. Ebenso Proust, wenn er von den durch Zeichen des Gedächtnisses induzierten Zuständen spricht: »Réels sans être actuels, idéaux sans être abstraits.«[14] Von hier an freilich stellt sich für Proust und für Bergson nicht mehr das gleiche Problem: Bergson ist mit der Erkenntnis zufrieden, daß die Vergangenheit sich an sich bewahrt. Trotz seiner tiefsinnigen Seiten über den Traum, oder über die Paramnesie, fragt sich Bergson nicht grundlegend, auf welche Weise die Vergangenheit, wie sie an sich ist, auch für uns gerettet werden kann. Selbst der tiefste Traum impliziert für ihn eine Entwertung der reinen Erinnerung, einen Abstieg der Erinnerung in ein Bild, das sie verformt. Während Prousts Problem gerade ist: auf welche Weise für uns die Vergangenheit zu retten sei, so wie sie sich an sich bewahrt, so wie sie an sich überlebt. Einmal stellt Proust Bergsons These vor, nicht direkt, sondern nach einer Anekdote »des norwegischen Philosophen«, der sie selbst von Boutroux hat. Prousts Reaktion ist bemerkenswert: »Nous possédons tous nos souvenirs, sinon la faculté de nous les rappeler, dit d'après M. Bergson le grand philosophe norvégien ... Mais qu'est-ce qu'un souvenir qu'on ne se rappelle pas?«[15] Proust stellt die Frage: Auf welche Weise können wir uns die Vergangenheit, so wie sie an sich ist, erretten? Diese Frage ist es, auf die das unwillkürliche Gedächtnis eine Antwort gibt.

Das unwillkürliche Gedächtnis scheint zunächst auf der Ähnlichkeit von zwei Empfindungen, von zwei Augenblicken zu beruhen. Doch auf einer tieferen Ebene verweist uns die Ähnlichkeit auf eine strenge *Identität:* die Identität der den beiden Empfindungen gemeinsamen Qualität, oder der den beiden Augenblicken gemeinsamen Empfindung, dem gegenwärtigen und dem einstigen. So der Geschmack: man könnte sagen, daß er einen Umfang an Dauer enthält, der sich über zwei Augenblicke gleichzeitig erstreckt. Ihrerseits aber impliziert die Empfindung, die identische Qualität ein Verhältnis zu einem *Differenten.* Der Geschmack der Madeleine hat in seinem Umfang Combray eingeschlossen und umhüllt. Solange wir bei der bewußten Wahrnehmung bleiben, hat die Madeleine nur eine ganz äußere Beziehung der Kontiguität zu Combray. Solange wir beim willkürlichen Gedächtnis bleiben, bleibt Combray der Madeleine äußerlich, als abtrennbarer Kontext der früheren Empfindung. Dies aber ist das Eigentümliche des unwillkürlichen Gedächtnisses: es verinnerlicht den Kontext, es macht den alten Kontext von der gegenwärtigen Empfindung unablösbar. Wenn die Ähnlichkeit zwischen den beiden Augenblicken auf eine tiefere Identität hin überschritten wird, wird gleichzeitig die Kontiguität, die zu dem vergangenen Augenblick gehörte, auf eine tiefere Differenz hin überschritten. Combray taucht in der gegenwärtigen Empfindung auf, seine Differenz von der früheren Empfindung hat sich in der jetzigen verinnerlicht. Die gegenwärtige Empfindung läßt sich also von diesem Verhältnis zu dem unterschiedenen Gegenstand nicht ablösen. Das Wesentliche beim unwillkürlichen Gedächtnis ist also nicht die Ähnlichkeit, nicht einmal die Identität, die nur Bedingungen sind. *Das Wesentliche ist die verinnerlichte, immanent gewordene Differenz.* In diesem Sinne ist die Erinnerung der Kunst analog und das unwillkürliche Gedächtnis der Metapher: es nimmt »zwei verschiedene Gegenstände«, die Madeleine mit ihrem Geschmack, Combray mit seinen Qualitäten von Farbe und Temperatur, sie hüllt das eine in das andere ein, sie macht aus ihrem Verhältnis etwas Innerliches.

Der Geschmack, die gemeinsame Qualität der beiden Empfindungen, die gemeinsame Empfindung der beiden Augenblicke, ist nur da, um etwas anderes zurückzurufen: Combray. Doch so aufgerufen, steigt Combray in absolut neuer Gestalt wieder auf. Combray steigt nicht auf, wie es gegenwärtig gewesen ist. Combray steigt als Vergangenes auf, aber diese Vergangenheit ist nicht bezogen auf eine Gegenwart, die gewesen ist, sie ist nicht bezogen auf die Gegenwart, im Verhältnis zu der sie jetzt vergangen ist. Es ist nicht mehr das Combray der Wahrnehmung, nicht das des willkürlichen Gedächtnisses. Combray erscheint, wie es niemals erlebt werden konnte: nicht in seiner Realität, sondern in seiner Wahrheit, nicht in seinen Beziehungen der Äußerlichkeit und Kontiguität, sondern in seiner verinnerlichten Differenz, in seiner Essenz. Combray steigt auf in einer reinen Vergangenheit, mit den beiden Gegenwarten koexistierend, aber außerhalb ihres Zugriffs, unerreichbar für das gegenwärtige willkürliche Gedächtnis und für die frühere bewußte Wahrnehmung. »Un peu de temps à l'état pur.«[16] Will sagen: keine einfache Ähnlichkeit zwischen der Gegenwart und der Vergangenheit, zwischen einer Gegenwart, die anwesend ist, und einer Vergangenheit, die gegenwärtig war; nicht einmal eine Identität zwischen den beiden Augenblicken; sondern jenseits davon *das Sein der Vergangenheit an sich*, tiefer als jede Vergangenheit, die gewesen ist, als jede Gegenwart, die war. »Un peu de temps à l'état pur«, das ist die Essenz der lokalisierten Zeit.

»Réels sans être actuels, idéaux sans être abstraits.« Dies ideale Reale, dies Virtuelle ist die Essenz. Die Essenz realisiert oder verkörpert sich im unwillkürlichen Gedächtnis. Hier wie in der Kunst bleibt die Umhüllung, das Zusammengerolltsein der höhere Zustand der Essenz. Und das unwillkürliche Gedächtnis erhält sich ihre beiden Vermögen: die Differenz im einstigen Augenblick, die Wiederholung im gegenwärtigen. Indessen realisiert sich die Essenz im unwillkürlichen Gedächtnis auf einer niedrigeren Stufe als in der Kunst, sie verkörpert sich in einer trüberen Materie. Zunächst erscheint die Essenz nicht mehr als äußerste Qualität einer einzigartigen Perspektive, wie die künstlerische Essenz es war, individuell und individuierend. Wohl ist sie ein Besonderes, aber sie ist eher ein Prinzip der Lokalisierung als der Individuation. Sie erscheint als lokale Essenz: Combray, Balbec, Venedig . . . Sie ist noch ein Besonderes, weil sie die differentielle Wahrheit eines Ortes, eines Augenblicks enthüllt. Unter einem anderen Gesichtspunkt jedoch ist sie schon allgemein, weil sie diese Enthüllung mittels einer Empfindung ermöglicht, die zwei Orten, zwei Augenblicken »gemeinsam« ist. Auch in der Kunst drückte sich die Qualität der Essenz als gemeinsame Qualität zweier Objekte aus; die künstlerische Essenz aber verlor nichts von ihrer Singularität, entfremdete sich in nichts, weil die zwei Gegenstände und deren Verhältnis gänzlich vom Sehepunkt der Essenz bestimmt waren, ohne irgendeinen Rand von Kontiguität. Dies ist für das unwillkürliche Gedächtnis nicht mehr der Fall: Die Essenz beginnt, ein Minimum an Allgemeinheit anzunehmen. Daher sagt Proust, daß die sinnlichen Zeichen bereits auf eine »allgemeine Essenz«

verweisen wie die Zeichen der Liebe oder die gesellschaftlichen Zeichen.[17]

Ein zweiter Unterschied erscheint unter dem Gesichtspunkt der Zeit. Die künstlerische Essenz enthüllt uns eine ursprüngliche Zeit, die ihre Reihen und Dimensionen übersteigt. Es ist eine in der Essenz selbst »komplizierte« Zeit, identisch mit der Ewigkeit. So handelt es sich, wenn wir von einer »wiedergefundenen Zeit« im Kunstwerk sprechen, um jene uranfängliche Zeit, entgegengesetzt der entfalteten und entwickelten Zeit, will sagen der aufeinanderfolgenden Zeit, die vergeht, der Zeit überhaupt, die sich verliert. Im Gegensatz dazu gibt uns die Essenz, die sich im unwillkürlichen Gedächtnis verkörpert, nicht mehr jene ursprüngliche Zeit. Sie läßt uns die Zeit wiederfinden, aber auf eine ganz andere Weise. Was wir durch sie wiederfinden, ist die verlorene Zeit selbst. Sie bricht plötzlich herein, in eine schon entfaltete, entwickelte Zeit. Im Innern der Zeit, die vergeht, findet sie ein Zentrum der Umhüllung wieder, das freilich nur mehr ein Bild der ursprünglichen Zeit ist. Daher sind die Enthüllungen des unwillkürlichen Gedächtnisses außerordentlich kurz und können sich nicht ohne Schaden für uns verlängern: »Dans l'étourdissement d'une incertitude pareille à celle qu'on éprouve parfois devant une vision ineffable, au moment de s'endormir.«[18] Die Erinnerung gibt uns die reine Vergangenheit, das Sein der Vergangenheit an sich. Zweifellos geht dies Sein an sich über alle empirischen Dimensionen der Zeit hinaus. Aber eben durch seine Ambiguität ist es der Ursprung, von dem her jene Dimensionen sich in die verlorene Zeit hinein entfalten, ebenso wie der Ursprung, in dem die verlorene Zeit selbst wiedergefunden werden kann, das Zentrum, um das man sie erneut zusammenrollen kann, um ein Bild der Ewigkeit zu haben. Diese reine Vergangenheit ist eine Instanz, die sich auf keine Gegenwart, die vergeht, reduzieren läßt, sie ist aber auch die Instanz, die alle Gegenwarten vergehen läßt, die ihrem Vergehen vorsteht: In diesem Sinne impliziert sie noch den Widerspruch zwischen Nachleben und Nichts. Aus deren Vermischung ist die unaussprechliche Vision gemacht. Das unwillkürliche Gedächtnis gibt uns die Ewigkeit, aber in einer Weise, daß wir nicht die Kraft haben, sie länger als einen Augenblick zu ertragen, noch die Mittel, ihr Wesen zu entdecken. Was sie uns gibt, ist eher das augenblickliche Bild der Ewigkeit. Und alle Ich des unwillkürlichen Gedächtnisses sind aus der Perspektive der Essenzen selbst dem Ich der Kunst unterlegen.

Und schließlich läßt sich die Realisierung der Essenz im unwillkürlichen Gedächtnis nicht von den Bestimmungen trennen, die in einem äußerlichen Verhältnis der Kontiguität bleiben. Daß etwas dank der Kraft des unwillkürlichen Gedächtnisses in seiner Essenz oder in seiner Wahrheit aufsteigt, hängt nicht von den Umständen ab. Aber ob dies »etwas« Combray, Balbec oder Venedig ist, ob diese Essenz eher als jene ausgewählt wird und nun den Augenblick ihrer Verkörperung findet, das bringt vielfältige Umstände und Kontingenzen ins Spiel. Einerseits ist es offenkundig, daß die Essenz von Combray sich nicht im wiedergefundenen Geschmack der Madeleine realisieren würde, wenn es nicht anfangs eine reale Kontiguität zwischen der Madeleine, wie sie in Combray geschmeckt wurde, und wie sie es jetzt wurde, gegeben hätte. Andererseits haben die Madeleine mit ihrem Geschmack, Combray mit seinen Qualitäten noch unterschiedene Stoffe, die der Einhüllung, der Durchdringung des einen mit dem andern, widerstehen.

Wir müssen also auf zwei Punkten insistieren: Eine Essenz verkörpert sich im unwillkürlichen Gedächtnis, aber sie findet dort weit weniger spiritualisierte Stoffe, weniger »entmaterialisierte« Atmosphären als in der Kunst. Und im Gegensatz zu dem, was in der Kunst geschieht, hängen die Selektion und die Wahl dieser Essenz noch von Gegebenheiten ab, die der Essenz selbst äußerlich sind, verweisen in letzter Instanz auf erlebte Zustände, auf Assoziationsmechanismen, die subjektiv und in Kontiguität bleiben. (Andere Kontiguitäten hätten andere Essenzen induziert oder ausgewählt.) Im unwillkürlichen Gedächtnis gilt aufgrund der Physik der Widerstand der Materie, aufgrund der Psychologie die Irreduziblität der subjektiven Assoziationen. Daher führen die Zeichen des Gedächtnisses uns unaufhörlich in die Falle der objektivistischen Interpretation, aber auch und vor allem in die Versuchung zur gänzlich subjektiven Interpretation. Deswegen letztlich sind die Erinnerungen minderwertige Metaphern: Statt zwei differente Gegenstände zu vereinen, deren Auswahl und Verhältnis gänzlich von einer Essenz bestimmt wären, die sich in einer formbaren oder transparenten Atmosphäre verkörperte, vereint das Gedächtnis zwei Gegenstände, die noch einer opaken Materie angehören, und deren Verhältnis von einer Assoziation abhängt. So ist die Essenz selbst nicht Herrin ihrer eigenen Verkörperung, ihrer eigenen Auswahl, sondern sie wird nach Gegebenheiten ausgewählt, die ihr äußerlich bleiben: Eben dadurch nimmt sie jenes Minimum an Allgemeinheit an, von dem wir gerade sprachen.

Das heißt, daß die sinnlichen Zeichen des Gedächtnisses Leben sind, nicht Kunst. Das unwillkürliche Gedächtnis nimmt einen zentralen Ort ein, nicht die äußerste Spitze. Als unwillkürliches bricht es mit der gewohnten Haltung der bewußten Wahrnehmung und des willkürlichen Gedächtnisses. Es macht uns empfindungsfähig für Zeichen und vermittelt uns die Interpretation für einige von ihnen, in privilegierten Augenblicken. Die sinnlichen Zeichen, die ihm entsprechen, sind sogar den gesellschaftlichen Zeichen und den Zeichen der Liebe überlegen. Aber sie sind anderen, weniger sinnlichen Zeichen unterlegen, den Zeichen des Verlangens, der Imagination und des Traums (als welche schon spirituellere Stoffe haben und auf tiefere Assoziationen verweisen, die nicht mehr von erlebten Kontiguitäten abhängen). Um so mehr sind die sinnlichen Zeichen des unwillkürlichen Gedächtnisses denen der Kunst unterlegen; sie haben die vollkommene Identität von Zeichen und Essenz verloren. Sie stellen nur die Bemühung des Lebens dar, uns auf die Kunst und auf die letztendliche Offenbarung der Kunst vorzubereiten.

In der Kunst ist also nicht ein tieferes Mittel zu sehen, um das unwillkürliche Gedächtnis zu erforschen. Vielmehr ist im unwillkürlichen Gedächtnis eine Etappe, noch nicht einmal die wichtigste, in der Lehre der Kunst zu sehen. Sicher bringt uns dies Gedächtnis auf den Weg der Essenzen. Überdies besitzt die Erinnerung bereits die Essenz, sie hat sie zu fangen gewußt. Aber sie liefert sie uns in einem ermüdeten, in einem sekundären Zustand aus, so verdunkelt noch, daß wir nicht imstande sind, das Geschenk zu verstehen, das uns zukommt, und die Freude, die wir erfahren. Lernen heißt sich wiedererinnern, aber Sich-Wiedererinnern ist nichts anderes als Lernen, ein Vorgefühl haben. Wenn wir, vorangetrieben von den aufeinanderfolgenden Etappen der Lehre, nicht bei der letztendlichen Offenbarung der Kunst anlangen würden, blieben wir unfähig, die Essenz zu verstehen, und sogar zu verstehen, daß sie schon im unwillkürlichen Gedächtnis oder in der Freude des sinnlichen Zeichens da war (immer würden wir dabei bleiben, die Untersuchung der Ursachen »aufzuschieben«). Alle Etappen müssen in der Kunst münden, wir müssen bei der Offenbarung der Kunst anlangen: dann steigen wir die Stufen wieder herab, integrieren sie ins Kunstwerk selbst, erkennen die Essenz in ihren aufeinanderfolgenden Realisierungen, geben jeder Realisierungsstufe den Ort und den Sinn, der ihnen im Werk zukommt. Wir entdecken also die Rolle des unwillkürlichen Gedächtnisses und die Gründe für diese Rolle, die in der Verkörperung der Essenzen relevant, aber sekundär ist. Die Paradoxa des unwillkürlichen Gedächtnisses explizieren sich durch eine höhere Instanz, die über das Gedächtnis hinausreicht, die Erinnerungen inspiriert und ihnen nur einen Teil ihres Geheimnisses mitteilt.

Kapitel VI: Reihe und Gruppe

Die Verkörperung der Essenzen setzt sich in den Zeichen der Liebe und selbst in den gesellschaftlichen Zeichen fort. Differenz und Wiederholung bleiben auch hier die beiden Vermögen der Essenz. Nach wie vor läßt sich die Essenz nicht auf den Gegenstand zurückführen, der das Zeichen trägt, aber auch nicht auf das Subjekt, das es erfährt. Unsere Lieben explizieren sich nicht durch die, die wir lieben, noch durch die vergänglichen Zustände, in denen wir verliebt sind. Doch wie läßt sich hier die Vorstellung von einer Anwesenheit der Essenz mit dem trügerischen Charakter der Zeichen der Liebe versöhnen, mit dem leeren Charakter der Zeichen des Gesellschaftlichen? Nur dadurch, daß es der Essenz geschieht, eine zunehmend allgemeinere Form anzunehmen, eine immer größere Allgemeinheit. Im Grenzfall neigt sie dazu, sich mit einem »Gesetz« zu vermischen (gerade im Zusammenhang mit Liebe und Gesellschaft liebt Proust es, seinen Geschmack am Allgemeinen, seine Leidenschaft für Gesetze zu bekunden). Die Essenzen können sich also in den Zeichen der Liebe verkörpern, und zwar als allgemeine Gesetze der Lüge, und in den gesellschaftlichen Zeichen als allgemeine Gesetze des Leeren.

Eine ursprüngliche Differenz steht vor allen unseren Lieben. Vielleicht ist es das Mutterbild – oder das Vaterbild für eine Frau, für Mademoiselle Vinteuil. Auf tieferer Ebene ist es ein fernes Bild, jenseits unserer Erfahrung, ein Thema, das uns überschreitet, eine Art Archetypus. Bild, Idee oder Essenz, reich genug, um sich in den Wesen, die wir lieben, zu diversifizieren, oder selbst in einem einzigen geliebten Wesen; und doch so beschaffen, daß in unseren aufeinanderfolgenden Lieben Wiederholung stattfindet, und in jeder von unseren Lieben für sich genommen. Albertine ist die gleiche und eine andere, im Verhältnis zu den anderen Lieben des Helden, aber auch im Verhältnis zu ihr selbst. Es gibt so viele Albertinen, daß einer jeden ein unterschiedlicher Name gegeben werden müßte; und dennoch gibt es etwas wie ein gleiches Thema, eine gleiche Qualität unter den wechselnden Aspekten. Erinnerungen und Entdeckungen vermischen sich daher eng in jeder Liebe. Gedächtnis und Imagination lösen einander ab und berichtigen einander; wenn eins von ihnen einen Schritt macht, treibt es das andere zu einem zusätzlichen Schritt.[1] Um so mehr in unseren aufeinanderfolgenden Lieben: Jede

Liebe bringt ihre Differenz mit sich, doch diese Differenz war schon in der vorhergehenden inbegriffen, und alle Differenzen sind in einem uranfänglichen Bild inbegriffen, das wir wieder und wieder auf verschiedenen Ebenen reproduzieren und als erkennbares Gesetz aller unserer Lieben wiederholen. »Ainsi mon amour pour Albertine, et tel qu'il en différa, était déjà inscrit dans mon amour pour Gilberte ...«[2]

In den Zeichen der Liebe sind die beiden Vermögen der Essenz nicht mehr vereint. Das Bild oder das Thema enthält den besonderen Charakter unserer Lieben. Dies Bild aber wiederholen wir um so mehr, umso besser, als es uns in Wirklichkeit entflieht und unbewußt bleibt. Weit entfernt davon, die unmittelbare Kraft der Idee auszudrücken, bezeugt die Wiederholung hier eine Abweichung, eine Inadäquatheit zwischen Bewußtsein und Idee. Die Erfahrung nützt uns nichts, weil wir verneinen, daß wir wiederholen, und immer an etwas Neues glauben; aber auch, weil wir die Differenz übersehen, die unsere Lieben erkennbar machen und sie auf ein Gesetz beziehen würde als auf ihre lebendige Quelle. Das Unbewußte in der Liebe ist die Trennung der beiden Aspekte der Essenz, Differenz und Wiederholung.

Die Wiederholung in der Liebe ist eine serielle Wiederholung. Die Lieben des Helden, zu Gilberte, zu Madame de Guermantes, zu Albertine, bilden eine Reihe, in der jedes Glied seine kleine Differenz mit sich bringt. »Tout au plus, à cet amour, celle que nous avons tant aimée a-t-elle ajouté une forme particulière, qui nous fera lui être fidèle même dans l'infidélité. Nous aurons besoin, avec la femme suivante, des mêmes promenades du matin ou de la reconduire de même le soir, ou de lui donner cent fois trop d'argent.«[3] Doch zwischen zwei Gliedern der Reihe erscheinen auch Kontrastverhältnisse, die die Wiederholung komplizieren: »Ah! combien mon amour pour Albertine, dont j'avais cru que je pourrais prévoir le destin, s'était développé en parfait contraste avec ce dernier.«[4] Und vor allem müssen wir, wenn wir von einem Glied zum andern voranschreiten, einer im verliebten Subjekt akkumulierten Differenz Rechnung tragen, als eines Grundes für das Fortschreiten in der Reihe, »indice de variation qui s'accuse au fur et à mesure qu'on arrive dans de nouvelles régions, sous d'autres latitudes de la vie«[5]. Weil nämlich die Reihe, durch die kleinen Differenzen und die Kontrastverhältnisse hindurch, sich derart entwickelt, daß sie auf ihr Gesetz hin konvergiert und der Liebende sich selbst immer mehr einem Verständnis des ursprünglichen Themas nähert. Einem Verständnis, das er nicht erreichen wird, bevor er nicht aufgehört haben wird zu lieben, bevor er nicht weder den Wunsch noch die Zeit noch das Alter zu lieben haben wird. In diesem Sinn ist die Reihe der Lieben ein Lehrgang: in den ersten Elementen erscheint die Liebe als an ihr Objekt gebunden, so daß das Wichtigste das Geständnis ist; dann lernen wir die Subjektivität der Liebe, sowie die Notwendigkeit, nicht zu gestehen, um solcherart unsere nächsten Lieben zu retten. Doch in dem Maße, in dem die Reihe sich ihrem eigenen Gesetz nähert und unsere Liebesfähigkeit ihrem eigenen Ende, ahnen wir die Existenz des ursprünglichen Themas oder der Idee, welche unsere subjektiven Zustände nicht weniger überschreitet als die Gegenstände, in denen sie sich verkörpert.

Es gibt nicht allein eine Reihe der aufeinanderfolgenden Lieben. Jede Liebe nimmt selbst die Form einer Reihe an. Die kleinen Differenzen und die Kontrastverhältnisse, die wir von einer Liebe zur andern finden, treffen wir schon innerhalb einer einzigen Liebe: von einer Albertine zur andern, hat doch Albertine vielfältige Seelen und vielfältige Gesichter. Diese Seelen und Gesichter befinden sich jedoch nicht auf einer Ebene, sie gestalten sich zur Reihe. (Nach dem Gesetz des Kontrastes »le minimum de variété . . . est de deux. Nous souvenant d'un coup d'œil énergique, d'un air hardi, c'est inévitablement la fois suivante par un profil quasi languide, par une sorte de douceur rêveuse, choses négligées par nous dans le précédant souvenir, que nous serons, à la prochaine rencontre, étonnés, c'est-à-dire presque uniquement frappés«[6].) Überdies entspricht jeder Liebe ein Anzeichen subjektiver Variation, es mißt deren Beginn, Verlauf und Ende. In diesem Sinne bildet die Liebe zu Albertine selbst eine Reihe, in der sich zwei verschiedene Perioden der Eifersucht unterscheiden lassen. Und am Ende entwickelt sich das Vergessen Albertines nur in dem Maße, in dem der Held die Stufen zurückgeht, die den Anfang seiner Liebe kennzeichneten: »Je sentais bien maintenant qu'avant de l'oublier tout à fait, avant d'atteindre à la indifférence initiale, il me faudrait, comme un voyageur qui revient par la même route au point d'où il est parti, traverser en sens inverse tous les sentiments par lesquels j'avais passé avant d'arriver à mon grand amour«.[7] So wird das Vergessen von drei Etappen wie von einer umgekehrten Reihe markiert: die Rückkehr zum Ungeteilten, Rückkehr zu einer Gruppe junger Mädchen, die jener entspricht, aus der Albertine extrahiert wurde; die Enthüllung von Albertines Vorlieben, die sich in gewisser Weise mit den ersten Einsichten des Helden trifft, jedoch zu einem Zeitpunkt, wo die Wahrheit nicht mehr interessieren kann; schließlich die Vorstellung, daß Albertine für immer lebendig ist, eine Vorstellung, die kaum Freude vermittelt, im Gegensatz zur Erfahrung des Schmerzes, als er sie tot wußte und noch liebte.

Nicht allein jede Liebe bildet eine besondere Reihe. Sondern die Reihe unserer Lieben überschreitet am anderen Pol unsere Erfahrung, verkettet sich mit anderen Erfahrungen, öffnet sich auf eine transsubjektive Realität hin. Swanns Liebe zu Odette ist bereits ein Teil der Reihe, die sich mit der Liebe des Helden zu Gilberte, zu Madame de Guermantes, zu Albertine fortsetzt. Swann spielt die Rolle eines Initiators innerhalb eines Schicksals, das er für sich selbst nicht zu realisieren wußte: »En somme, si j'y réfléchissais, la matière de mon expérience me venait de Swann, non pas seulement par ce qui le concernait lui-même et Gilberte. Mais c'etait lui qui m'avait, dès Combray, donné le désir d'aller à Balbec . . . Sans Swann je n'aurais pas connu même les Guermantes . . .«[8] Swann ist hier nur der Anlaß, aber ohne diesen Anlaß hätte die Reihe anders ausgesehen. Und in mancherlei Hinsicht ist Swann viel mehr. Er ist es, der von Anbeginn das Gesetz der Reihe oder das Geheimnis des Voranschreitens besitzt, und er vertraut es dem Helden in einer »prophetischen Warnung«: das geliebte Wesen als gefangenes.[9]

Es ist immer möglich, den Ursprung der Reihe der Lieben in der Liebe des Helden zu seiner Mutter zu finden; doch auch hier treffen wir Swann, der, wenn er nach Combray zum Essen kommt, das Kind der mütterlichen Anwesenheit beraubt. Und die Sorge des Helden, seine Angst um seine Mutter sind schon die Angst und die Sorge, die Swann für Odette empfand: »Lui, cette angoisse qu'il y a à sentir l'être qu'on aime dans un lieu de plaisir où l'on n'est pas, où l'on ne peut pas le rejoindre, c'est l'amour qui la lui a fait connaître, l'amour auquel elle est en quelque sorte prédestinée, par lequel elle sera accaparée, spécialisée; mais quand, comme pour moi, elle est entrée en nous avant qu'il ait encore fait son apparition dans notre vie, elle flotte en l'attendant, vague et libre . . .«[10] Daraus wird zu schließen sein, daß das Bild der Mutter vielleicht nicht das tiefste Thema noch die Ursache der Reihe der Lieben ist: sicherlich wiederholen unsere

Lieben die Gefühle für unsere Mutter, diese aber wiederholen bereits andere Lieben, die wir selbst nicht erlebt haben. Die Mutter erscheint eher als ein Übergang von einer Erfahrung zur anderen, die Art, in der unsere Erfahrung beginnt, sich aber schon mit anderen Erfahrungen verkettet, die ein anderer gemacht hat. Im Grenzfall ist die Liebeserfahrung die der ganzen Menschheit, die den Strom einer transzendenten Erblichkeit durchquert.

So verweist die persönliche Reihe unserer Lieben zum einen auf eine umfangreichere, transpersonelle Reihe; zum andern auf die begrenzteren Reihen, die aus jeder einzelnen Liebe gebildet werden. Die Reihen sind also ineinander impliziert, die Indizien der Variation und die Gesetze des Voranschreitens ineinander eingehüllt. Wenn wir uns fragen, wie die Zeichen der Liebe interpretiert werden müssen, suchen wir eine Instanz, nach der die Reihen sich explizieren, die Indizien und die Gesetze sich entwickeln. Wie bedeutend nun auch die Rolle des Gedächtnisses und der Imagination sein mag, greifen diese Vermögen nur auf der Ebene jeder einzelnen Liebe ein, und zwar weniger, um die Zeichen zu interpretieren, als um sie zu überraschen und zu sammeln, um einer Empfindungsfähigkeit zu sekundieren, die sie begreift. Der Übergang von einer Liebe zur anderen findet sein Gesetz im Vergessen, nicht im Gedächtnis; in der Empfindungsfähigkeit, nicht in der Imagination. In Wahrheit ist allein der Verstand das Vermögen, das die Zeichen der Liebe zu interpretieren und ihre Reihen zu explizieren vermag. Daher insistiert Proust auf folgenden Punkt: Es gibt Bereiche, wo der Verstand, gestützt auf die Empfindungsfähigkeit, tiefer und reicher als Gedächtnis und Imagination ist.[11]

Nicht etwa, daß die Wahrheiten der Liebe ein Teil jener abstrakten Wahrheiten wären, die ein Denker durch die Bemühung einer Methode oder freier Reflexion entdecken könnte. Es ist notwendig, daß der Verstand gezwungen wird, daß er einem Druck unterliegt, der ihm keine Wahl läßt. Dieser Zwang ist auf der Ebene jeder Liebe der der Empfindungsfähigkeit, der des Zeichens selbst. Weil nämlich die Zeichen der Liebe ebensoviele Schmerzen bedeuten, weil sie immer eine Lüge der Geliebten implizieren, als eine grundlegende Ambiguität, die unserer Eifersucht nützt und sie nährt. So zwingt das Leiden unserer Empfindungsfähigkeit unseren Verstand, die Bedeutung des Zeichens und die Essenz, die sich darin verkörpert, zu suchen. »Un homme né sensible et qui n'aurait pas d'imagination pourrait malgré cela écrire des romans admirables. La souffrance que les autres lui causeraient, ses efforts pour la prévenir, les conflits qu'elle et la seconde personne cruelle créeraient, tout cela, interprété par l'intelligence, pourrait faire la matière d'un livre . . . aussi beau que s'il était imaginé, inventé.«[12]

Worin besteht die Interpretation durch den Verstand? Im Entdekken der Essenz als dem Gesetz der Reihe der Lieben. Das heißt, daß die Essenz im Bereich der Liebe nicht von einem Typus der Allgemeinheit trennbar ist: der Allgemeinheit der Reihe, der im eigentlichen Sinne seriellen Allgemeinheit. Jedes Leiden ist besonders, insofern es erfahren wird, insofern es von diesem oder jenem Wesen produziert wird, innerhalb dieser oder jener Liebe. Da sich aber diese Leiden reproduzieren und einander implizieren, leitet der Verstand aus ihnen etwas Allgemeines ab, was zugleich Freude ist. Das Kunstwerk »est signe de bonheur, parce qu'elle nous apprend que dans tout amour le général gît à côté du particulier, et à passer du second au premier par une gymnastique qui fortifie contre le chagrin en faisant négliger sa cause pour approfondir son essence«[13]. Was wir wiederholen, ist jedesmal ein besonderes Leiden; aber die Wiederholung selbst ist immer freudevoll, das Faktum der Wiederholung bildet eine allgemeine Freude. Oder vielmehr sind die Fakten immer traurig und besonders; die Idee jedoch, die man daraus ableitet, ist allgemein und fröhlich. Denn die liebende Wiederholung läßt sich nicht von einem Progressionsgesetz trennen, durch das wir uns einem Bewußtwerden nähern, das unsere Leiden in Freude verwandelt. Wir nehmen wahr, daß unsere Leiden nicht von dem Objekt abhängen. Es waren »Umwege« oder »Farcen«, die wir uns selbst bereitet haben, oder eher Attrappen und Koketterien der Idee, vergnügte Spiele der Essenz. Es gibt eine Tragik dessen, was sich wiederholt, aber eine Komik der Wiederholung, und tiefer noch eine Freude der verstandenen Wiederholung oder des Verstehens des Gesetzes. Aus unserem besonderen Kummer extrahieren wir eine allgemeine Idee; weil nämlich die Idee das erste war, schon da war, als Gesetz der Reihe und in ihren ersten Gliedern. Der Humor der Idee besteht darin, im Kummer aufzutreten, selbst als Kummer zu erscheinen. So liegt das Ende schon im Anfang: »Les idées sont des succédanés des chagrins . . . Succédanés dans l'ordre du temps seulement, d'ailleurs, car il semble que l'élément premier, ce soit l'idée, et le chagrin seulement le mode selon lequel certaines idées entrent d'abord en nous.«[14]

So also ist die Operation des Verstandes beschaffen: Unter einem Zwang der Sensibilität verwandelt er unser Leiden in Freude und gleichzeitig das Besondere in ein Allgemeines. Allein der Verstand kann die Allgemeinheit entdecken und sie für freudig befinden. Er entdeckt am Ende, was seit dem Beginn anwesend war, aber notwendigerweise unbewußt blieb. Daß nämlich die geliebten Wesen keine Ursachen waren, die auf autonome Weise gehandelt hätten, sondern Glieder einer Reihe, die in uns vorüberzog, lebende Bilder eines inneren Schauspiels, Reflexe einer Essenz. »Chaque personne qui nous fait souffrir peut être rattachée par nous à une divinité dont elle n'est qu'un reflet fragmentaire et le dernier degré, divinité dont la contemplation en tant qu'idée nous donne aussitôt de la joie au lieu de la peine que nous avions. Tout l'art de vivre, c'est de nous servir des personnes qui nous font souffrir que comme d'un degré permettant d'accéder à (sa) forme divine et de peupler ainsi journellement notre vie de divinités.«[15]

Die Essenz verkörpert sich in den Zeichen der Liebe, aber notwendigerweise in einer seriellen, also allgemeinen Form. Die Essenz ist immer Differenz. In der Liebe aber ist die Differenz ins Unbewußte übergegangen: Sie wird auf gewisse Weise der Gattung zugehörig oder spezifisch und bestimmt eine Wiederholung, deren Glieder sich nur durch infinetisimale Differenzen und subtile Kontraste unterscheiden. Kurz, die Essenz hat die Allgemeinheit eines Themas oder einer Idee angenommen, die der Reihe unserer Lieben als Gesetz dient. Daher hängt die Verkörperung der Essenz, die Auswahl jener Essenz, die sich in den Zeichen der Liebe verkörpert, von äußeren Bedingungen und subjektiven Kontingenzen ab, stärker noch als bei den sinnlichen Zeichen. Swann ist der große unbewußte Initiator, der Ausgangspunkt der Reihe; aber ist es nicht schade um die geopferten Themen, die ausgeschiedenen Essenzen, gleich den Leibnizschen Möglichkeiten, die nicht in die Existenz übergehen, welche anderen Reihen Raum gegeben hatten, unter anderen Umständen und unter anderen Bedingungen?[16] Wohl bestimmt die Idee die Reihe unserer subjektiven Zustände, aber ebenso bestimmen die Zufälle unserer persönlichen Beziehungen die Auswahl der Idee. Daher ist die Versuchung einer subjektivistischen Interpretation in der Liebe noch größer als bei den sinnlichen Zeichen: Jede Liebe haftet an völlig subjektiven Assoziationen von Vorstellungen und Eindrücken, und das Ende einer Liebe vermischt sich mit der Vernichtung einer gewissen »Portion« von Assoziationen, wie bei einem Gehirnschlag, wenn eine abgenutzte Arterie ausfällt.[17]

Nichts zeigt deutlicher die Äußerlichkeit der Auswahl als die Kontingenz in unserer Wahl des geliebten Wesens. Es gibt nicht nur Lieben, die verfehlt wurden, und von denen wir wohl wissen, daß sie erfolgreich hätten sein können, mit einer kleinen Differenz (Mademoiselle de Stermaria). Selbst unsere Lieben, die sich realisieren, und die Reihe, die sie durch ihre Verkettung bilden, das heißt durch die Verkörperung jener Idee eher als einer anderen, hängen von Gelegenheiten ab, von Umständen, von äußerlichen Faktoren.

Einer der erstaunlichsten Fälle ist der folgende: Das geliebte Wesen ist anfangs Teil einer Gruppe, in der es noch nicht individualisiert ist. Welches wird innerhalb der homogenen Gruppe das geliebte Mädchen sein? Und durch welchen Zufall verkörpert Albertine die Essenz, mit der sich auch eine andere hätte beladen können? Oder auch eine andere Essenz, in einem anderen jungen Mädchen verkörpert, für die der Held hätte empfänglich sein können und die die Reihe der Lieben zumindest abgelenkt hätte? »Maintenant encore la vue de l'une me donnait un plaisir où entrait, dans une proportion que je n'aurais pas su dire, de voir les autres la suivre plus tard, et, même si elles ne venaient pas ce jour-là, de parler d'elles et de savoir qu'il leur serait dit que j'étais allé sur la plage.«[18] Es gibt in der Gruppe der jungen Mädchen eine Mixtur, eine Mischung von zweifellos benachbarten Essenzen, denen der Held fast gleichermaßen zur Verfügung steht: »Chacune avait pour moi, comme le premier jour, quelque chose de l'essence des autres.«[19]

Albertine tritt also ein in die Reihe der Lieben, aber weil sie aus einer Gruppe extrahiert wurde, mit aller Kontingenz, die diesem Vorgang entspricht. Die Freuden, die der Held in der Gruppe erfährt, sind sinnliche Freuden. Diese Freuden aber sind nicht Teil der Liebe. Um Glied der Reihe der Lieben zu werden, muß Albertine aus der Gruppe isoliert werden, in der sie zunächst erschien. Sie muß gewählt werden: Diese Wahl geht nicht ohne Unsicherheit und Kontingenz vor sich. Umgekehrt endet die Liebe zu Albertine erst wirklich mit der Rückkehr zu der Gruppe: sei es zu der alten Gruppe junger Mädchen, so wie Andrée sie nach Albertines Tod verkörpert (»à ce moment-là j'avais plaisir à voir des demi-relations charnelles avec (Andrée), à cause du côté collectif qu'avait eu au début et que reprenait maintenant mon amour pour les jeunes filles de la petite bande, longtemps indivis entre elles«[20]). Sei es zu einer analogen Gruppe, bei Gelegenheit einer Begegnung auf der Straße, die in umgekehrtem Sinne eine Gestaltung der Liebe, eine Auswahl der Geliebten reproduziert.[21] In gewisser Weise sind Gruppe und Reihe einander entgegengesetzt; auf andere Weise sind sie untrennbar und komplementär.

Die Essenz, wie sie sich in den Zeichen der Liebe verkörpert, manifestiert sich nacheinander unter zwei Aspekten. Zunächst in Gestalt der allgemeinen Gesetze der Lüge. Denn nur gegenüber jemandem, der uns liebt, ist es notwendig zu lügen, sind wir bestimmt zu lügen. Die Lüge folgt nur deswegen allgemeinen Gesetzen, weil sie im Lügner selbst eine gewisse Spannung impliziert, als System physischer Beziehungen zwischen der Wahrheit und den Verneinungen oder Erfindungen, unter denen man sie zu verbergen vorgibt: Es herrschen also Gesetze des Kontaktes, der Anziehung und der Abstoßung, die eine wahre »Physik« der Lüge bilden. Tatsächlich ist ja die Wahrheit im lügenden Geliebten da und anwesend; er weiß sie unablässig, er vergißt sie nicht, während er rasch eine improvisierte Lüge vergißt. Die verborgene Sache wirkt dergestalt in ihm, daß er aus ihrem Kontext ein kleines wahres Faktum herausnimmt, das bestimmt ist, die Gesamtheit der Lüge zu sichern. Aber gerade dies kleine Faktum verrät ihn, weil seine Kanten und Winkel sich schlecht dem Übrigen anpassen, das von einem anderen Ursprung, der Zugehörigkeit zu einem anderen System herrührt. Oder die verborgene Sache wirkt aus der Entfernung, sie zieht den Lügner an, der sich ihr immer wieder nähert. Er zeichnet Asymptoten, er glaubt, sein Geheimnis mittels verkleinernder Anspielungen bedeutungslos zu machen: so Charlus, wenn er sagt: »moi qui ai poursuivi la beauté sous toutes ses formes«. Oder wir erfinden eine Masse von wahrscheinlichen Details, weil wir glauben, daß die Wahrscheinlichkeit selbst eine Annäherung an das Wahre ist; gerade der Exzess der Wahrscheinlichkeit jedoch, wie zu viele Versfüße in einem Vers, verrät unsere Lüge und enthüllt die Anwesenheit des Falschen.

Doch nicht nur die verborgene Sache bleibt im Lügner anwesend, »car le plus dangereux de tous les recels, c'est celui de la faute elle-même dans l'esprit du coupable«[22]. Da nun die verborgenen Dinge sich unaufhörlich aneinanderreihen und wie eine schwarze Kugel von Schnee zunehmen, wird der Lügner immer verraten: da er sich dieser Progression nicht bewußt ist, erhält er einen gleichen Abstand zwischen dem, was er zugibt, und dem, was er bestreitet, aufrecht. Indem er vermehrt, was er bestreitet, gesteht er immer mehr. Beim Lügner selbst würde die vollkommene Lüge ein unglaubliches auf die Zukunft gerichtetes Gedächtnis voraussetzen, das ebenso wie die Wahrheit in der Zukunft Spuren zu hinterlassen vermöchte. Und vor allem müßte die Lüge »total« sein. Solche Bedingungen sind nicht von dieser Welt; und schließlich sind Lügen Teil der Zeichen. Zeichen sind sie gerade jener Wahrheiten, die sie zu verbergen vorgeben: »Illisibles et divins vestiges.«[23] Unlesbar, aber nicht unerklärlich oder ohne Interpretation.

Die geliebte Frau verbirgt ein Geheimnis, selbst wenn es allen anderen bekannt ist. Der Liebende verbirgt das geliebte Wesen selbst: ein mächtiger Kerkermeister. Mit dem, was man liebt, muß man hart, grausam und arglistig sein. In Wahrheit lügt der Liebende nicht weniger als die Geliebte: er belegt sie mit Beschlag und hütet sich, ihr seine Liebe zu gestehen, um ein um so besserer Polizist, ein um so besserer Kerkermeister zu bleiben. Das Wesentliche der Frauen ist es nun, den Ursprung der Welten zu verbergen, die sie in sich implizieren, den Ausgangspunkt der Gesten, der Gewohnheiten und Vorlieben, die sie uns vorübergehend widmen. Die geliebten Frauen sind wie auf eine Erbsünde auf ein Geheimnis von Gomorrha ausgerichtet: »hideur d'Albertine«[24]. Doch die Liebenden selbst haben ein entsprechendes Geheimnis, ein analoges Laster. Ob bewußt oder nicht, es ist das Geheimnis von Sodom. So daß die Wahrheit der Liebe dualistisch ist und die Reihe der Lieben nur scheinbar einfach ist, da sie sich in zwei tiefere Reihen teilt, die von Mademoiselle Vinteuil und von Charlus repräsentiert werden. Der Held der Recherche hat also zwei umstürzende Offenbarungen, wenn er unter analogen Umständen erst Mademoiselle Vinteuil, dann Charlus überrascht.[25] Was bezeichnen diese beiden Reihen der Homosexualität?

Das zu sagen versucht Proust in jener Passage von Sodom und Gomorrha, wo beharrlich eine pflanzliche Metaphorik wiederkehrt. Die Wahrheit der Liebe ist zunächst die Abgeschlossenheit der Geschlechter. Wir leben unter der Wahrsagung von Samson: »Les deux sexes mourront chacun de son côté.«[26] Alles aber kompliziert sich, weil die getrennten, abgeschlossenen Geschlechter in ein und demselben Individuum koexistieren: ein »ursprünglicher Hermaphroditismus« wie bei einer Pflanze oder einer Schnecke, die nicht von sich selbst befruchtet werden können, sondern »peuvent l'être par d'autres hermaphrodites«[27]. Nun kann es geschehen, daß die Vermittlung, statt die Kommunikation zwischen dem männlichen und dem weiblichen Exemplar zu sichern, jedes Geschlecht mit ihm selbst verdoppelt. Symbol einer Selbstbefruchtung, das um so bewegender ist, als sie homosexuell, steril, indirekt ist. Und das ist mehr als ein Abenteuer, es ist die Essenz der Liebe. Der ursprüngliche Hermaphrodit produziert unablässig die beiden divergierenden homosexuellen Reihen. So daß Männer und Frauen sich letztlich nur scheinbar kreuzen. Von allen Liebhabern und von allen geliebten Frauen muß eigentlich behauptet werden, was nur in einigen besonderen Fällen offenkundig wird: Die Liebenden »jouent pour la femme qui aime les femmes le rôle d'une autre femme, et la femme leur offre en même temps à peu près ce qu'ils trouvent chez l'homme«[28].

Die Essenz verkörpert sich in der Liebe zunächst in den Gesetzen der Lüge, an zweiter Stelle jedoch in den Geheimnissen der Homosexualität: Die Lüge hätte nicht jene Allgemeinheit, die sie wesentlich und signifikativ macht, wenn sie sich nicht auf sie als die von ihr verborgene Wahrheit beziehen würde. Alle Lügen organisieren sich und drehen sich um sie als um ihr Zentrum. Die Homosexualität ist die Wahrheit der Liebe. Daher ist die Reihe der Lieben wirklich doppelt: Sie organisiert sich in zwei Reihen, die nicht allein ihre Quelle in den Bildern von Vater und Mutter finden, sondern in einer viel tieferen phylogenetischen Kontinuität. Der anfängliche Hermaphroditismus ist das fortlaufende Gesetz der divergierenden Reihen; von der einen Reihe zur andern ist unablässig sichtbar, wie die Liebe *Zeichen* absondert, die die von Sodom sind und die von Gomorrha.

Die Allgemeinheit bedeutet zweierlei: entweder das Gesetz einer Reihe (oder mehrerer Reihen), deren Glieder sich unterscheiden; oder den Charakter einer Gruppe, deren Elemente einander ähneln. Und zweifellos greifen auch Gruppen in der Liebe ein. Der Liebende extrahiert das geliebte Wesen aus einem vorgängigen Ensemble und interpretiert Zeichen, die zunächst kollektiver Natur sind. Mehr noch, die Frauen von Gomorrha und die Männer von Sodom senden »astrale Zeichen« aus, an denen sie einander erkennen und bilden verfemte Gruppierungen, welche die beiden biblischen Städte reproduzieren.[29] Nur ist die Gruppe nicht das Wesentliche der Liebe: sie gibt ihr einzig die Gelegenheiten. Die wirkliche Allgemeinheit der Liebe ist seriell, unsere Lieben werden nur gemäß den Reihen, in denen sie sich organisieren, tief erlebt. Anders ist es nun im Gesellschaftlichen. Die Essenzen verkörpern sich auch noch in den gesellschaftlichen Zeichen, aber auf einer letzten Ebene der Kontingenz und Allgemeinheit. Sie verkörpern sich unmittelbar in den Gesellschaften, ihre Allgemeinheit ist nurmehr eine Allgemeinheit der Gruppe: *die letzte Stufe der Essenz.*

Sicherlich drückt »die Gesellschaft« soziale, historische und politische Kräfte aus. Die gesellschaftlichen Zeichen aber werden ins Leere ausgesendet. Eben deswegen durchqueren sie astronomische Entfernungen, so daß die Beobachtung des Gesellschaftlichen nicht einer mikroskopischen, sondern eher einer teleskopischen Untersuchung gleicht. Und Proust sagt es häufig: Auf einer gewissen Ebene der Essenzen ist, was ihn interessiert, nicht die Individualität, nicht das Detail, sondern es sind die Gesetze, die weiten Entfernungen und die großen Allgemeinheiten. Das Teleskop, nicht das Mikroskop.[30] Das trifft schon für die Liebe zu, um so mehr für die Gesellschaft. Das Leere ist die genau richtige Atmosphäre als Träger von Allgemeinheit; es ist die privilegierte physische Umgebung für die Manifestation eines Gesetzes. Ein leeres Hirn stellt bessere statistische Gesetze vor als ein dichterer Stoff: »Les êtres les plus bêtes, par leurs gestes, leurs propos, leurs sentiments involontairement exprimés, manifestent des lois qu'ils ne perçoivent pas, mais que l'artiste surprend en eux.«[31] Zweifellos kommt es vor, daß ein einzigartiges Genie, eine leitende Seele dem Lauf der Sterne vorsteht: so Charlus. Aber ebenso wie die Astronomen aufgehört haben, an leitende Seelen zu glauben, glaubt die Gesellschaft nicht mehr an Charlus. Die Gesetze, welche die Veränderungen der Gesellschaft bestimmen, sind mechanisch, in ihnen herrscht das Vergessen. (Die Seiten sind berühmt, wo Proust die Macht des sozialen Vergessens für die Entwicklung der Salons von der Dreyfus-Affäre bis zum Krieg von 1914 analysiert. Nur wenige Texte bilden einen besseren Kommentar zu Lenins Wort von der Befähigung der Gesellschaft, »die alten verdorbenen Vorurteile« durch neue, noch schändlichere oder noch dümmere Vorurteile zu ersetzen.)

Leere, Dummheit, Vergessen: das ist die Dreifaltigkeit der gesellschaftlichen Gruppe. Doch daraus gewinnt das Gesellschaftliche Geschwindigkeit, Mobilität im Aussenden von Zeichen, Perfektion im Formalismus, Allgemeinheit in der Bedeutung: lauter Dinge, die sie zum notwendigen Milieu der Lehre machen. In dem Maße, in dem die Essenz sich immer schlaffer verkörpert, nehmen die Zeichen eine komische Kraft an. Sie rufen in uns eine immer äußerlichere Art von nervöser Erregung hervor; sie erregen den Verstand, um interpretiert zu werden. Denn nichts gibt mehr zu denken als das, was im Hirn eines Schwachsinnigen vor sich geht. Diejenigen in einer Gruppe, die wie Papageien sind, sind zugleich »oiseaux prophètes«[32]: ihr Gerede signalisiert die Anwesenheit eines Gesetzes. Gruppen geben deswegen noch einen reichen Stoff für die Interpretation her, weil sie verborgene Affinitäten, einen im eigentlichen Sinne unbewußten Inhalt haben. Wirkliche Familien, wirkliche Milieus, wirkliche Gruppen sind die »geistigen« Milieus und Gruppen. Will sagen: man gehört immer der Gesellschaft an, aus der die Vorstellungen und Werte hervorgehen, an die man glaubt. Es ist nicht der geringste unter den Irrtümern von Taine oder von Sainte-Beuve, den unmittelbaren Einfluß des einfach physischen oder realen Milieus beschworen zu haben. In Wirklichkeit muß der Interpret die Gruppen neu zusammensetzen, indem er die *geistigen* Familien aufdeckt, an die sie sich heften. Es geschieht Herzoginnen oder Monsieur de Guermantes, wie Kleinbürger zu sprechen: weil nämlich das Gesetz der Gesellschaft und allgemeiner das Gesetz der Sprache darin besteht, »qu'on s'exprime toujours comme les gens de sa classe mentale et non de sa caste d'origine«[33].

Kapitel VII: Der Pluralismus im System der Zeichen

Die Recherche du temps perdu stellt sich als ein System von Zeichen dar. Dies System jedoch ist pluralistisch. Nicht allein weil die Klassifikation der Zeichen vielfältige Kriterien ins Spiel bringt, sondern weil wir beim Aufstellen der Kriterien zwei unterschiedene Perspektiven in Konjunktion bringen müssen. Einerseits müssen wir die Zeichen aus der Perspektive einer gerade ablaufenden Lehre würdigen. Worin besteht die Kraft und die Wirksamkeit eines jeden Zeichentyps? Will sagen: in welchem Maße trägt er dazu bei, uns auf die letztendliche Enthüllung vorzubereiten? Was macht er verständlich, er selbst in diesem Augenblick, gemäß einem Progressionsgesetz, das sich je nach Typus unterscheidet und sich nach wiederum variablen Regeln auf die anderen Typen bezieht? Anderseits müssen wir die Zeichen aus der Perspektive der letztendlichen Offenbarung betrachten. Diese vermischt sich mit der Kunst, der höchsten Art von Zeichen. Im Kunstwerk aber werden alle anderen wieder aufgenommen, finden einen Platz im Verhältnis zur Wirksamkeit, die sie im Laufe der Lehre hatten, finden selbst eine letzte Erklärung der Charakteristika, die sie damals zeigten und die wir erfuhren, ohne sie voll verstehen zu können.

Unter Berücksichtigung dieser Perspektiven bringt das System sieben Kriterien ins Spiel. Die ersten fünf können kurz in Erinnerung gerufen werden; die beiden letzten haben Konsequenzen, die erst zu entfalten sind.

1. *Der Stoff, aus dem das Zeichen gemacht ist.* – Solche Stoffe sind mehr oder weniger widerspenstig und trüb, mehr oder weniger entmaterialisiert, mehr oder weniger spiritualisiert. Die gesellschaftlichen Zeichen sind dafür, daß sie sich im Leeren entwickeln, um so materieller. Die Zeichen der Liebe lassen sich nicht vom Gewicht eines Gesichts, von einem Leberfleck, von der Größe und Röte einer Wange trennen: all dies spiritualisiert sich erst, wenn die Geliebte schläft. Auch noch die sinnlichen Zeichen haben materielle Qualitäten: vor allem solche des Geruchs und des Geschmacks. Allein in der Kunst wird das Zeichen immateriell und gleichzeitig seine Bedeutung spirituell.

2. *Die Art, in der etwas als Zeichen ausgesendet und verstanden*

wird, aber auch die Gefahren (die daraus entstehen) einer bald objektivistischen, bald subjektivistischen Interpretation. – Jeder Zeichentyp verweist uns auf einen Gegenstand, der ihn aussendet, aber auch auf ein Subjekt, das ihn versteht und interpretiert. Zunächst glauben wir, daß wir sehen und hören müssen; oder in der Liebe, daß wir ein Geständnis ablegen müssen (dem Gegenstand Bewunderung zollen); oder auch, daß wir das sinnliche Ding beobachten und beschreiben müssen; und arbeiten, ums Denken bemüht sein, um objektive Bedeutungen und Werte zu begreifen. Einmal enttäuscht, gehen wir aufs Spiel subjektiver Assoziationen zurück. Doch haben diese beiden Momente der Lehre für jede Art von Zeichen einen besonderen Rhythmus und besondere Beziehungen untereinander.

3. *Die Wirkung des Zeichens auf uns, die Art der Emotion, die es produziert.* – Nervöse Erregung bei den gesellschaftlichen Zeichen; Leiden und Angst bei denen der Liebe; außergewöhnliche Freude bei den sinnlichen Zeichen (darin aber noch Angst als weiterbestehender Widerspruch zwischen Sein und Nichts hereinragt); reine Freude bei den Zeichen der Kunst.

4. *Das Wesen der Bedeutung und das Verhältnis zwischen dem Zeichen und seiner Bedeutung.* Die gesellschaftlichen Zeichen sind leer, sie stehen anstatt Handeln und Denken, sie geben vor, den Wert ihrer Bedeutung zu haben. Die Zeichen der Liebe sind trügerisch: ihre Bedeutung findet sich im Widerspruch zwischen dem, was sie enthüllen und zu verbergen vorgeben. Die sinnlichen Zeichen sind wahrhaftig, indessen erhält sich in ihnen der Widerspruch zwischen Nachleben und Nichts; und ihre Bedeutung ist noch materiell, sie wohnt in etwas anderem. In dem Maße, in dem man sich bis zur Kunst erhebt, wird das Verhältnis zwischen Zeichen und Bedeutung immer näher und innerlicher. Die Kunst ist die letztendliche schöne Einheit zwischen einem immateriellen Zeichen und einer spirituellen Bedeutung.

5. *Das wichtigste Vermögen, welches das Zeichen expliziert oder interpretiert, seine Bedeutung entwickelt.* – Der Verstand für die gesellschaftlichen Zeichen; wiederum der Verstand, doch auf andere Art, für die Zeichen der Liebe (die Anstrengung des Verstandes wird nicht mehr durch eine Erregung hervorgerufen, die es zu beruhigen

gilt, sondern durch die Leiden der Empfindungsfähigkeit, die in Freude verwandelt werden müssen). Für die sinnlichen Zeichen bald das unwillkürliche Gedächtnis, bald die Imagination, wie sie aus dem Verlangen entsteht. Für die Zeichen der Kunst das reine Denken als Vermögen der Essenzen.

6. *Die zeitlichen Strukturen oder die Zeitlinien, die im Zeichen impliziert sind, und der entsprechende Typus von Wahrheit.* – Immer ist Zeit notwendig, um ein Zeichen zu interpretieren, jede Zeit ist eine der Interpretation, das heißt der Entwicklung. Im Fall der gesellschaftlichen Zeichen verliert man Zeit, weil die Zeichen leer sind und sich, unzerstört oder identisch, am Ausgang ihrer Entwicklung wiederfinden. Wie das Monstrum, wie die Spirale, werden sie aus ihren Metamorphosen wiedergeboren. Nichtsdestoweniger gibt es eine Wahrheit der Zeit, die man verliert, in Gestalt einer Reifung des Interpreten, der sich seinerseits nicht als identischer wiederfindet. Bei den Zeichen der Liebe befinden wir uns vor allem in der verlorenen Zeit: einer Zeit, die die Wesen und die Dinge ändert und sie vergehen macht. Wiederum gibt es hier eine Wahrheit, Wahrheiten solcher verlorenen Zeit. Doch ist nicht nur die Wahrheit der verlorenen Zeit vielfältig, approximativ, äquivok; überdies begreifen wir sie erst in dem Augenblick, wo sie uns nicht mehr interessiert, wenn das Ich des Interpreten, das Ich, das liebte, schon verschwunden ist. So bei Gilberte, so bei Albertine: was die Liebe betrifft, kommt die Wahrheit immer zu spät. Die Zeit der Liebe ist verlorene Zeit, weil das Zeichen sich nur in dem Maße entwickelt, in dem das Ich verschwindet, das seiner Bedeutung entsprach. Die sinnlichen Zeichen stellen uns eine neue Zeitstruktur vor: die Zeit, die im Innern der verlorenen Zeit selbst wiedergefunden wird, das Bild der Ewigkeit. Daher haben die sinnlichen Zeichen (im Gegensatz zu den Zeichen der Liebe) das Vermögen, das Ich, das ihrer Bedeutung entspricht, sei's durch Verlangen und Imagination hervorzurufen, sei's durch das unwillkürliche Gedächtnis wieder hervorzurufen. Die Zeichen der Kunst schließlich definieren die wiedergefundene Zeit: uranfängliche absolute Zeit, wahrhafte Ewigkeit, die Zeichen und Bedeutung vereint.

Zeit, die man verliert, verlorene Zeit, Zeit, die man wiederfindet und wiedergefundene Zeit sind die vier Linien der Zeit. Doch wird deutlich, daß, wenngleich jeder Typus von Zeichen seine besondere

Linie besitzt, er doch an den anderen teilhat, auf sie übergreift, während er sich entwickelt. *Auf den Zeitlinien also interferieren die Zeichen miteinander und vervielfachen ihre Kombinationen.* Die Zeit, die man verliert, verlängert sich in alle übrigen Zeichen hinein, außer denen der Kunst. Umgekehrt ist die verlorene Zeit schon in den gesellschaftlichen Zeichen da, ändert sie und gefährdet ihre formale Identität. Und sie unterliegt auch noch den sinnlichen Zeichen, wo sie selbst in die Freuden der Sinnlichkeit ein Gefühl des Nichts einführt. Die Zeit, die man wiederfindet, ist ihrerseits der verlorenen Zeit nicht fremd: man findet sie ja im Innern der verlorenen Zeit selbst wieder. Die wiedergefundene Zeit der Kunst schließlich umgreift und befaßt alle anderen in sich; denn in ihr allein findet jede Zeitlinie ihre Wahrheit, ihren Ort und ihr Ergebnis aus der Perspektive der Wahrheit.

Unter einem gewissen Gesichtspunkt hat jede Zeitlinie ihren Wert für sich (»tous ces plans différents suivant lesquels le Temps, depuis que je venais de le ressaisir dans cette fête, disposait ma vie . . .«[1]). Diese zeitlichen Strukturen sind daher wie »des séries différentes et parallèles«[2]. Der Parallelismus aber oder die Autonomie der Reihen schließt unter einem anderen Gesichtspunkt nicht eine gewisse Hierarchie aus. Von einer Linie zur anderen wird das Verhältnis zwischen Zeichen und Bedeutung innerlicher, notwendiger und tiefer. Jedesmal gewinnen wir auf der höheren Linie das wieder, was auf den anderen verloren blieb. Das geschieht, als ob die Zeitlinien sich ineinander brechen, ineinander verschachteln würden. So ist es die Zeit selbst, die seriell ist; jeder Aspekt der Zeit ist nun selbst ein Glied der absoluten zeitlichen Reihe und verweist auf ein Ich, das über ein immer größeres und immer besser individuiertes Forschungsfeld verfügt. Die uranfängliche Zeit der Kunst schichtet alle Zeiten, das absolute Ich der Kunst umfaßt alle Ichs.

7. *Die Essenz.* – Von den gesellschaftlichen bis zu den sinnlichen Zeichen wird das Verhältnis des Zeichens zu seiner Bedeutung immer innerlicher. Es zeichnet sich so etwas ab, was die Philosophen »aufsteigende Dialektik« nennen würden. Aber erst auf der höchsten Ebene, auf der Ebene der Kunst, wird die Essenz enthüllt: als Grund jenes Verhältnisses und seiner Variationen. So können wir, von dieser letztendlichen Offenbarung ausgehend, die Stufen wieder hinuntersteigen. Das heißt nicht, daß wir zum Leben, zur Liebe, zur

Gesellschaft zurückkehren würden. Vielmehr steigen wir in der Reihe der Zeit wieder herab und weisen dabei jeder Zeitlinie und jeder Zeichenart die ihnen eigene Wahrheit zu. Wenn wir bei der Offenbarung der Kunst angekommen sind, lernen wir, daß die Essenz auf den niedrigeren Stufen schon da war. Sie bestimmte in jedem Einzelfall das Verhältnis zwischen Zeichen und Bedeutung. Je mehr Notwendigkeit und Individualität es in der Verkörperung der Essenz gab, um so enger geknüpft war jenes Verhältnis; es war im Gegenteil um so lockerer, je mehr Allgemeinheit die Essenz annahm und sich unter kontingenteren Gegebenheiten verkörperte. In der Kunst individuiert so die Essenz selbst das Subjekt, in dem sie sich verkörpert, und bestimmt die Gegenstände, die sie ausdrücken, zur Gänze. In den sinnlichen Zeichen aber beginnt sie, ein Minimum an Allgemeinheit anzunehmen, ihre Verkörperung hängt von kontingenten Gegebenheiten und äußerlichen Bestimmungen ab. Mehr noch bei den Zeichen der Liebe und den gesellschaftlichen: ihre Allgemeinheit ist nun eine der Reihe oder eine der Gruppe; die Auswahl verweist zunehmend auf äußerliche objektive Bestimmungen, auf subjektive Assoziationsmechanismen. Daher konnten wir damals noch nicht verstehen, daß bereits die gesellschaftlichen Zeichen, die der Liebe und die sinnlichen Zeichen von Essenzen beseelt wurden. Haben die Zeichen der Kunst uns aber erst einmal ihrerseits die Offenbarung der Essenz vermittelt, erkennen wir deren Wirkung in den anderen Bereichen wieder. Wir wissen auch die Markierungen ihres ermatteten, gedämpften Glanzes zu erkennen. Nun sind wir in der Lage, der Essenz zu geben, was ihr zukommt, alle Wahrheiten der Zeit wie alle Arten von Zeichen zu verwerten, um aus ihnen integrierende Bestandteile des Kunstwerks selbst zu machen.

Implikation und Explikation, Einhüllung und Entwicklung sind die Kategorien der Recherche. Anfangs ist die Bedeutung im Zeichen impliziert; sie ist wie ein Ding, das in ein anderes eingerollt ist. Der Gefangene, die gefangene Seele bedeuten, daß es immer eine Verschachtelung, ein Zusammengerolltsein des Verschiedenen gibt. Die Zeichen gehen von Gegenständen aus, die wie Schachteln oder geschlossene Gefäße sind. Die Objekte halten eine gefangene Seele zurück, die Seele von etwas anderem, das sich anstrengt, den Verschluß zu öffnen.[3] Proust liebt »la croyance celtique que les âmes de ceux que nous avons perdus sont captives dans quelque être inférieur, dans une bête, un végétal, une chose inanimée; perdues en effet pour nous jusqu'au jour, qui pour beaucoup ne vient jamais, où nous nous trouvons passer près de l'arbre, entrer en possession de l'objet que est leur prison«[4]. Den Metaphern der Implikation antworten andererseits Bilder der Explikation. Denn das Zeichen entwickelt sich, rollt sich auf, gleichzeitig mit seiner Interpretation. Der eifersüchtige Liebhaber entwickelt die möglichen Welten, die in der Geliebten verschlossen sind. Der empfindungsfähige Mensch befreit die in den Dingen implizierten Seelen: etwa so, als ob man zusieht, wie die Papierstückchen des japanischen Spiels sich im Wasser entfalten, sich ausfalten oder explizieren und Blumen, Häuser und Personen bilden.[5] Die Bedeutung selbst vermischt sich mit der Entwicklung des Zeichens, wie das Zeichen sich mit dem Zusammenrollen der Bedeutung vermischte. Sodaß die Essenz schließlich der dritte Terminus ist, der die beiden anderen beherrscht und ihrer Bewegung vorsteht: Die Essenz kompliziert Zeichen und Bedeutung, erhält sie kompliziert, sie steckt eins ins andere. Sie bemißt in jedem Einzelfall ihr Verhältnis, ihre Stufe der Ferne oder Nähe, die Stufe ihrer Einheit. Wohl ist das Zeichen selbst nicht auf den Gegenstand zu reduzieren; doch zur Hälfte ist es noch im ihm verborgen. Wohl ist die Bedeutung nicht auf das Subjekt zu reduzieren, aber zur Hälfte ragt sie in das Subjekt hinein, in die Umstände und die subjektiven Assoziationen. Jenseits des Zeichens und der Bedeutungen gibt es die Essenz, als hinreichenden Grund für die beiden anderen Pole und ihr Verhältnis.

Das Wesentliche in der Recherche ist nicht Gedächtnis und Zeit sondern Zeichen und Wahrheit. Das Wesentliche ist nicht, sich zu erinnern, sondern zu lernen. Denn das Gedächtnis hat nur den Wert eines Vermögens, das in der Lage ist, eine gewisse Art von Zeichen zu interpretieren, die Zeit hat nur den Wert eines Stoffes oder eines Typus dieser oder jener Wahrheit. Und die Erinnerung, sei sie willkürlich oder unwillkürlich, greift nur in bestimmten Augenblicken der Lehre ein, um deren Wirkung zusammenzufassen oder einen neuen Weg zu eröffnen. Die Begriffe der Recherche sind: Zeichen, Bedeutung, Essenz; die Kontinuität der Lehrgänge, die Plötzlichkeit der Enthüllungen. Daß Charlus homosexuell ist, ist eine aufstrahlende Erkenntnis. Aber sie bedurfte der kontinuierlichen und fortschreitenden Reifung des Interpreten; dann der qualitative Sprung zu einem neuen Wissen, einem neuen Bereich der Zeichen. Die Leitmotive der Recherche sind: ich wußte noch nicht, ich sollte später verstehen; und auch: ich interessierte mich nicht mehr, nachdem ich gelernt hatte. Die Personen der Recherche haben nur insoweit eine Relevanz, als sie in einem mehr oder weniger tiefen Zeitrhythmus zu entziffernde Zeichen aussenden. Die Großmutter, Françoise, Madame de Guermantes, Charlus, Albertine: jeder hat nur den Wert dessen, was er uns lehrt. »Die Freude, mit der ich meine erste Lehre erhielt, als Françoise . . .« – » Von Albertine hatte ich nichts mehr zu lernen . . .«

Es gibt ein Weltbild Prousts. Es wird zunächst durch das definiert, was es ausschließt: roher Stoff und williger Geist. Weder Physik noch Philosophie. Die Philosophie setzt direkte Aussagen und explizite Bedeutungen voraus, Ergebnisse eines Geistes, der das Wahre will. Die Physik unterstellt eine objektive, nicht mehrdeutige Materie, die den Bedingungen des Realen unterworfen ist. Wir haben Unrecht, wenn wir an Fakten glauben, es gibt nur Zeichen. Wir haben Unrecht, wenn wir an die Wahrheit glauben, es gibt nur Interpretationen. Das Zeichen ist eine immer äquivoke, implizite und implizierte Bedeutung. »J'avais suivi dans mon existence une marche inverse de celle des peuples, qui ne se servent de l'écriture phonétique qu' après avoir considéré les caractères comme une suite de symboles.«[6] Was den Duft einer Blume und das Schauspiel eines Salons, den Geschmack einer Madeleine und das Gefühl einer Liebe vereint, ist das Zeichen und die entsprechende Lehre. Wenn der Duft einer Blume ein Zeichen gibt, geht er über die Gesetze der Materie und gleichzeitig über die Kategorien des Geistes hinaus. Wir sind weder Physiker noch Metaphysiker: wir müssen Ägyptologen werden. Denn es gibt keine mechanischen Gesetze zwischen den Dingen, keine freiwillige Kommunikation zwischen den Geistern. Alles ist impliziert, alles ist kompliziert, Zeichen, Bedeutung, Essenz. Alles existiert in jenen dunklen Zonen, in die wir wie in Krypten eindringen, um dort Hieroglyphen und Geheimsprachen zu entziffern. In allen Dingen ist der Ägyptologe einer, der eine Initiation durchläuft – der Lehrling

Es existieren keine Dinge noch Geister, es gibt nur Körper: astrale Körper, vegetabilische Körper . . . Die Biologie hätte recht, wenn sie wüßte, daß die Körper an sich schon Sprache sind. Die Linguisten hätten recht, wenn sie wüßten, daß die Sprache immer die der Körper ist. Jedes Symptom ist ein Wort, vor allem aber sind alle Worte Symptome. »Les paroles elles-mêmes ne me renseignaient qu'à la condition d'être interprétées à la façon d'un afflux de sang à la figure d'une personne qui se trouble, à la façon encore d'un silence subit.«[7] Es wird nicht erstaunlich sein, daß der Hysteriker seinen Körper sprechen läßt. Er findet eine erste Sprache wieder, die wahre Sprache der Symbole und der Hieroglyphen. Sein Körper ist ein Ägypten. Madame Verdurins Mienen, ihre Angst, daß ihr Kiefer heruntersinkt, ihre künstlichen Haltungen, die jenen des Schlafes ähneln, ihre Nase bilden ein Alphabet für den Initiierten.

Konklusion: Das Bild des Denkens

Wenn der Zeit in der Recherche eine große Relevanz zukommt, so deswegen, weil jede Wahrheit eine Wahrheit der Zeit ist. Die Recherche aber ist in erster Linie Suche nach der Wahrheit. Darin zeigt sich die »philosophische« Tragweite von Prousts Werk: es rivalisiert mit der Philosophie. Proust zeichnet ein Bild des Denkens, das sich dem der Philosophie entgegensetzt. Er greift an, was das Wesentlichste in einer klassischen Philosophie von rationalistischem Typus ist. Er greift die Voraussetzungen einer solchen Philosophie an. Der Philosoph unterstellt willentlich, daß der Geist als Geist, der Denker als Denker das Wahre will, das Wahre liebt oder begehrt, das Wahre natürlicherweise sucht. Er versichert sich von vornherein des guten Willens zum Denken; seine ganze Suche gründet er auf eine »vo rbedachte Entscheidung«. Daraus geht die Methode der Philosophie hervor: unter einem bestimmten Gesichtspunkt wäre die Suche nach der Wahrheit das Natürlichste und das Einfachste; eine Entscheidung würde ausreichen sowie eine geeignete Methode, um die äußeren Einflüsse zu überwinden, die das Denken von seiner Berufung ablenken und es das Falsche für das Wahre nehmen lassen. Es würde sich darum handeln, die Ideen zu entdecken und sie gemäß einer Ordnung zu organisieren, welche die des Denkens wäre, als ebensoviele explizite Bedeutungen oder formulierte Wahrheiten, die die Suche erfüllen und die Übereinstimmung der Geister sichern würden.

Im Philosophen: der »Freund«. Wichtig ist, daß Proust die gleiche Kritik gegen die Philosophie und gegen die Freundschaft richtet. Freunde sind im Verhältnis zueinander wie Geister guten Willens, die sich über die Bedeutung der Dinge und der Wörter verständigen: sie kommunizieren unter der Wirkung eines gemeinsamen guten Willens. Die Philosophie gleicht dem Ausdruck eines universellen Geistes, der sich mit sich selbst verständigt, um explizite und kommunizierbare Bezeichnungen zu bestimmen. Prousts Kritik berührt das Wesentliche: Wahrheiten bleiben willkürlich und abstrakt, solange sie sich auf den guten Willen zum Denken gründen. Nur das Konventionelle ist explizit. Daher kennt die Philosophie wie die Freundschaft jene dunklen Zonen nicht, wo die wirksamen Kräfte sich ausbilden, die auf das Denken wirken, die Bestimmungen, die uns zu denken *zwingen*. Nie hat guter Wille oder eine ausgearbeitete

Methode genügt, um denken zu lernen; ein Freund reicht nicht aus, um sich dem Wahren zu nähern. Die Geister kommunizieren nur konventionell untereinander; der Geist bringt nur Mögliches hervor. Den Wahrheiten der Philosophie mangelt die Notwendigkeit und die Signatur der Notwendigkeit. In Wirklichkeit gibt die Wahrheit sich nicht hin, sie verrät sich; sie teilt sich nicht mit, sie interpretiert sich; sie wird nicht gewollt, sie ist unwillkürlich.

Das große Thema der wiedergefundenen Zeit ist dies: die Suche nach der Wahrheit ist das eigentümliche Abenteuer des Unwillkürlichen. Das Denken ist nichts ohne irgendetwas, das es zu denken zwingt, das dem Denken Gewalt antut. Wichtiger als der Gedanke ist das, »was zu denken gibt«; wichtiger als der Philosoph ist der Dichter. Victor Hugo macht in seinen ersten Gedichten Philosophie, weil er »pense encore, au lieu de se contenter, comme la nature, de donner à penser«[1]. Der Dichter aber lernt, daß das Wesentliche außerhalb des Denkens liegt, in jenem, was zu denken zwingt. Das Leitmotiv der wiedergefundenen Zeit ist das Wort *zwingen:* Eindrücke, die uns zu schauen zwingen, Begegnungen, die uns zu interpretieren zwingen, Ausdrücke, die uns zu denken zwingen.

»Les vérités que l'intelligence saisit directement à claire-voie dans le monde de la pleine lumière ont quelque chose de moins profond, de moins *nécessaire* que celles que la vie nous a *malgré nous* communiqués en une impression, matérielle parce qu'elle est entrée par nos sens, mais dont nous pouvons dégager l'esprit . . . Il fallait tâcher d'interpréter les sensations comme les *signes* d'autant de lois et d'idées, en essayant de penser, c'est-à-dire de faire sortir de la pénombre ce que j'avais senti, de le convertir en un équivalent spirituel . . . Qu'il s'agit de réminiscences dans le genre du bruit de la fourchette ou du goût de la madeleine, ou de ces vérités écrites à l'aide des figures dont j'essayais de chercher le sens dans ma tête, où, clochers, herbes folles, elles composaient un grimoire compliqué et fleuri, leur premier caractère était que *je n'étais pas libre* de les choisir, qu'elles m'étaient données telles quelles. Et je sentais que ce devait être la griffe de leur authenticité. *Je n'avais pas été chercher* les deux pavés de la cour où j'avais buté. Mais justement la façon *fortuite, inévitable* dont la sensation avait été *rencontré* contrôlait la vérité d'un passé qu'elle ressuscitait, des images qu'elle déclenchait, puisque nous sentons son effort pour remonter vers la lumière, que nous sentons la joie du réel retrouvé . . . Le livre intérieur de ces *signes* inconnus (de *signes* en relief, semblait-il, que mon attention allait chercher, heurtait, contournait, comme un plongeur qui sonde), pour sa lecture, personne ne pouvait m'aider d'aucune règle, cette lecture consistant en un acte de création où nul ne peut nous suppléer ni même collaborer avec nous . . . Les idées formées par l'intelligence pure n'ont qu'une vérité logique, une vérité possible, leur élection est arbitraire. Le livre aux caractères figurés, *non tracés par nous,* est notre seul livre. Non que les idées que nous formons ne puissent être justes logiquement, mais nous ne savons pas si elles sont vraies. Seule l'impression si chétive qu'en semble la matière, si invraisemblable la trace, est un critérium de vérités et à cause de cela mérite seule d'être appréhendé par l'esprit, car elle est seule capable, s'il sait en dégager cette vérité, de l'amener à une plus grande perfection et de lui donner une pure joie.«[2]

Was zu denken zwingt, ist das Zeichen. Das Zeichen ist Objekt einer Begegnung; aber gerade die Kontingenz der Begegnung steht für die Notwendigkeit dessen ein, was sie zu denken gibt. Der Akt des Denkens entspringt nicht einer einfachen natürlichen Möglichkeit. Er ist im Gegenteil die einzige wahrhafte Schöpfung. Die Schöpfung ist die Genese des Denkaktes im Denken selbst. Diese Entstehung nun impliziert etwas, was dem Denken eine Gewalt antut, die es seiner natürlichen Starre entreißt, seinen nur abstrakten Möglichkeiten. Denken ist immer interpretieren, das heißt ein Zeichen explizieren, entwickeln, entziffern, übersetzen. Übersetzen, entziffern, entwickeln sind die Formen der reinen Schöpfung. Explizite Bezeichnungen gibt es ebenso wenig wie klare Vorstellungen. Es gibt nur in den Zeichen implizierte Bedeutungen; und wenn das Denken das Vermögen hat, das Zeichen zu explizieren und in eine Idee zu entwickeln, so deswegen, weil die Idee im Zeichen schon da ist, in eingehülltem und zusammengerolltem Zustand, im dunklen Zustand dessen, was zu denken zwingt. Wir suchen die Wahrheit einzig in der Zeit, gedrängt und gezwungen. Der nach Wahrheit Suchende ist der eifersüchtige Liebhaber, der im Gesicht der Geliebten ein trügerisches Zeichen entdeckt. Es ist der empfindungsfähige Mensch, wenn er der Gewalt eines Zeichens begegnet. Es ist der Leser, der Hörer, wenn das Kunstwerk Zeichen aussendet, die ihn vielleicht zu schaffen zwingen werden, wie der Appell des Genies an andere Genies. Die Mitteilungen der schwatzhaften Freundschaft sind nichts gegenüber den stummen Interpretationen des Liebenden. Die Philosophie mit all ihrer Methode und ihrem guten Willen ist nichts gegenüber den geheimen Zwängen des Kunstwerks. Immer geht die Schöpfung als die Genese des Denkaktes vom Zeichen aus. Das Kunstwerk wird aus Zeichen geboren wie es ihre Geburt bewirkt; der Schöpfer gleicht dem Eifersüchtigen, ein göttlicher Interpret, der die Zeichen überwacht, in denen die Wahrheit *sich verrät.*

Das Abenteuer des Unwillkürlichen findet sich auf der Ebene eines jeden Vermögens wieder. Auf zwei unterschiedliche Arten werden die gesellschaftlichen Zeichen und die der Liebe vom Verstand interpretiert. Indessen handelt es sich nicht mehr um jenen abstrakten und willkürlichen Verstand, der vorgibt, durch eigene Anstrengung logische Wahrheiten zu finden, seine eigentümliche Ordnung zu haben und den Zwängen des Außen überlegen zu sein. Es handelt sich um einen unwillkürlichen Verstand, welcher den Zwängen der Zeichen unterliegt und nur davon beseelt ist, sie zu interpretieren, so das Leere abzuwenden, das ihn erstickt, das Leiden, das ihn überflutet. In Wissenschaft und Philosophie kommt der Verstand immer zuerst; das Eigentümliche der Zeichen aber besteht darin, daß sie sich an den Verstand wenden, insofern er nachher kommt, insofern er nachher kommen muß.[3] Ebenso steht es mit dem Gedächtnis: die sinnlichen Zeichen zwingen uns, die Wahrheit zu suchen, doch sie setzen dazu ein unwillkürliches Gedächtnis in Bewegung (oder eine aus dem Verlangen entstandene unwillkürliche Imagination). Schließlich zwingen die Zeichen der Kunst uns zu denken: sie setzen das reine Denken als Vermögen der Essenzen in Bewegung. Sie lösen das im Denken aus, was am wenigsten von seinem guten Willen abhängt: den Akt des Denkens selbst. Die Zeichen bewegen, zwingen ein Vermögen: Verstand, Gedächtnis oder Imagination. Dies Vermögen bewegt seinerseits das Denken, zwingt es, die Essenz zu denken. Unter dem Zeichen der Kunst lernen wir, was das reine Denken als Vermögen der Essenzen ist und wie Verstand, Gedächtnis oder Imagination es im Verhältnis zu den anderen Zeichenarten diversifizieren.

Willkürlich und unwillkürlich bezeichnen nicht verschiedene Vermögen, sondern eher die verschiedene Ausübung gleicher Vermögen. Wahrnehmung, Gedächtnis, Imagination, Verstand, selbst das Denken bringen es nur zu einer kontingenten Ausübung, solange sie sich willkürlich üben: was wir solcherart wahrnehmen, können wir ebenso gut erinnern, imaginieren, begreifen, und umgekehrt. Die

Wahrnehmung vermittelt uns keinerlei tiefere Wahrheit, noch das willkürliche Gedächtnis, noch das willkürliche Denken: nichts als mögliche Wahrheiten. Hier zwingt uns nichts, etwas zu interpretieren, nichts zwingt uns, das Wesen eines Zeichens zu entziffern, nichts zwingt uns zum Tun des »Tauchers, der in die Tiefe steigt«. Alle Vermögen üben sich harmonisch, doch eins an der Stelle des andern, im Arbiträren und Abstrakten. – Umgekehrt, jedesmal wenn ein Vermögen seine unwillkürliche Form annimmt, entdeckt und erreicht es seine eigene Grenze, erhebt es sich zu einer transzendenten Ausübung, versteht es seine eigene Notwendigkeit als seine unersetzliche Kraft. Es hört auf, austauschbar zu sein. Anstelle einer indifferenten Wahrnehmung eine Empfindungsfähigkeit, welche Zeichen aufnimmt und empfängt: das Zeichen ist die Grenze dieser Sensibilität, ihre Berufung, ihre äußerste Ausübung. Anstelle eines willkürlichen Verstandes, eines willkürlichen Gedächtnisses, einer willkürlichen Imagination erstehen alle diese Vermögen in ihrer unwillkürlichen und transzendenten Gestalt: nun entdeckt ein jedes das, was allein es interpretieren kann, ein jedes expliziert einen Zeichentypus, der ihm in besonderer Weise Gewalt antut. Die unwillkürliche Ausübung ist die transzendente Grenze oder die Berufung jedes Vermögens. Anstelle des willkürlichen Denkens all das, was zu denken zwingt, all das, was zu denken gezwungen wird, das gesamte unwillkürliche Denken, das einzig die Essenz zu denken vermag. Allein die Empfindungsfähigkeit ergreift das Zeichen als solches; allein Verstand, Gedächtnis oder Imagination explizieren die Bedeutung in jeweils einer Art von Zeichen; allein das reine Denken entdeckt die Essenz, ist gezwungen, die Essenz als hinreichenden Grund des Zeichens und seiner Bedeutung zu denken.

Es kann geschehen, daß die Kritik der Philosophie, wie Proust sie durchführt, eminent philosophisch ist. Welcher Philosoph hätte nicht gewünscht, ein Bild des Denkens zu zeichnen, das nicht vom guten Willen des Denkers und von einer vorbedachten Entscheidung abhängt? Jedesmal, wenn man einen konkreten und gefährlichen Gedanken ersinnt, weiß man wohl, daß er nicht von einer expliziten Entscheidung oder Methode abhängt, sondern von einer Gewalt, der wir begegnen, an der wir uns brechen, die uns gegen unsern Willen bis zu den Essenzen führt. Denn die Essenzen leben in dunklen Zonen, nicht in den gemäßigten Gegenden des Klaren und Distinkten.

Sie sind in dem zusammengerollt, was zu denken zwingt, sie antworten nicht auf unsere willkürliche Anstrengung; sie lassen sich nicht denken, wenn wir nicht gezwungen sind, es zu tun.

Proust ist Platoniker, doch nicht in unbestimmer Weise, weil er etwa bei Gelegenheit des kleinen Themas von Vinteuil Essenzen oder Ideen beschwört. Platon bietet uns ein Bild des Denkens unter dem Zeichen der Begegnungen und Gewalttätigkeiten an. In einer Passage der *Republik* unterscheidet er zwei Arten von Dingen auf der Welt: solche, die das Denken untätig lassen oder ihm nur den Vorwand für eine scheinbare Tätigkeit geben; und solche, die zu denken geben, die zu denken zwingen.[4] Die ersten sind Gegenstände des Wiedererkennens; alle Vermögen üben sich an solchen Gegenständen, aber in einer kontingenten Ausübung, die uns sagen läßt: »das ist ein Finger«, das ist ein Apfel, das ist ein Haus . . . Im Gegensatz dazu gibt es andere Dinge, die uns zu denken zwingen: keine *wiedererkennbaren* Gegenstände, sondern Dinge, die uns Gewalt antun, denen wir *begegnen*. Dies sind »gleichzeitig entgegengesetzte Wahrnehmungen« sagt Platon. (Proust wird sagen: Empfindungen, die zwei Orten, zwei Augenblicken gemeinsam sind.) Das sinnliche Zeichen tut uns Gewalt an: es bewegt das Gedächtnis, es setzt die Seele in Bewegung; die Seele ihrerseits aber bewegt das Denken, gibt den Zwang der Empfindungsfähigkeit an es weiter, zwingt es, die Essenz zu denken als das einzige Ding, das gedacht werden muß. Hier treten die Vermögen in ihre transzendente Ausübung ein, wo ein jedes an seine eigene Grenze stößt und sie einholt: die Empfindungsfähigkeit, die das Zeichen erfaßt; die Seele, das Gedächtnis, das es interpretiert; das zum Denken der Essenz gezwungene Denken. Sokrates kann mit gutem Recht sagen: mehr als der Freund bin ich die Liebe, denn ich bin der Liebende; ich bin mehr die Kunst als die Philosophie; ich bin der Zitterrochen, der Zwang und die Gewalt, eher als der gute Wille. *Gastmahl, Phaidros* und *Phaidon* sind die drei großen Studien über die Zeichen.

Indessen besteht der sokratische Dämon, die Ironie, darin, die Begegnungen vorherzusehen. Bei Sokrates geht der Verstand noch den Begegnungen voran; er ruft sie hervor, regt sie an und organisiert sie. Prousts Humor ist anderen Wesens: der jüdische Witz gegen die griechische Ironie. Man muß für Zeichen begabt sein, sich ihrer Begegnung öffnen, sich ihrer Gewalt öffnen. Der Verstand kommt immer nachher, er ist gut, wenn er nachher kommt, er ist nur gut, wenn er nachher kommt. Wir haben gesehen, wie dieser Unterschied vom Platonismus viele andere mit sich brachte. *Es gibt keinen Logos, es gibt nur Hieroglyphen.* Denken ist also interpretieren, ist also übersetzen. Die Essenzen sind das, was zu übersetzen ist, und zugleich die Übersetzung, das Zeichen und die Bedeutung. Sie rollen sich im Zeichen zusammen, um uns zu denken zu zwingen, sie entrollen sich in der Bedeutung, um auf notwendige Weise gedacht zu werden. Überall die Hieroglyphe, deren doppeltes Symbol der Zufall der Begegnung und die Notwendigkeit des Denkens ist: »zufällig und unvermeidlich«.

Zweiter Teil: Die literarische Maschine

Kapitel I: Antilogos

Den Gegensatz zwischen Athen und Jerusalem lebt Proust auf seine Weise. Im Laufe der Recherche schließt er viele Dinge und viele Leute aus; diese Dinge oder Leute bilden scheinbar ein heteroklites Durcheinander: Beobachter, Freunde, Philosophen, Plauderer, Homosexuelle nach griechischer Art, Intellektuelle und Gutwillige. All diese aber haben am *Logos* teil und sind aus verschiedenen Gründen Figuren einer und derselben universalen Dialektik: Dialektik als Gespräch zwischen Freunden, wo alle geistigen Vermögen willkürlich ausgeübt werden und unter dem Vorsitz des Verstandes zusammenarbeiten, um die Beobachtung der Dinge, die Entdeckung der Gesetze, die Bildung der Wörter und die Analyse der Vorstellungen zu verbinden und unablässig jenes Band vom Teil zum Ganzen, vom Ganzen zum Teil zu knüpfen. Jedes Ding als ein Ganzes betrachten, dann mittels seines Gesetzes es als Teil eines Ganzen denken, das selbst durch seine Idee in jedem seiner Teile anwesend ist: das ist der universelle Logos, der Geschmack an der Totalisierung, der sich auf verschiedene Arten im Gespräch der Freunde, in der rationalen und analytischen Wahrheit der Philosophen, im Verfahren der Gelehrten, im abgekarteten Kunstwerk der Literaten, im konventionellen Symbolismus der Wörter, die alle benutzen, wiederfindet.[1]

Im Logos gibt es einen Aspekt, so verborgen er auch sein mag, durch den der Verstand immer *vorher* kommt, durch den das Ganze immer schon anwesend ist, das Gesetz schon vor dem Einzelfall bekannt, auf den es angewendet wird: der Weg des dialektischen Hin und Her, wo man immer nur wiederfindet, was man vorher hingelegt hat, wo man nur Dinge hervorzieht, die man versteckt hat. (Und Reste eines Logos lassen sich bei Sainte-Beuve und in seiner abscheulichen Methode wiederfinden, wenn er etwa die Freunde eines Autors befragt, um das Werk als Auswirkung einer Familie, eines Milieus, einer Epoche zu bewerten, auf die Gefahr hin, das Werk seinerseits als ein Ganzes anzusehen, das sich auf das Milieu auswirkt. Eine Methode, die ihn dazu führt, Stendhal und Baudelaire etwa so zu behandeln wie Sokrates es mit Alkibiades tut: nette Jungen, die es verdienen, bekannt zu werden. Und Goncourt noch verfügt über einige

Schnipsel von Logos, wenn er das Fest der Verdurin beobachtet und die Gäste, die versammelt sind »pour des causeries tout à fait supérieures mêlées de petits jeux«[2].)

Die Recherche ist auf einer Reihe von Oppositionen aufgebaut. Der Beobachtung setzt Proust die Empfindungsfähigkeit entgegen. Der Philosophie das Denken. Der Reflexion die Übersetzung. Dem logischen oder vereinten Gebrauch aller unserer Vermögen zusammen, welchem der Verstand vorangeht und den er in der Fiktion einer »Gesamtseele« konvergieren läßt, einen unlogischen und unverbundenen Gebrauch, der zeigt, daß wir nie über alle unsere Vermögen gleichzeitig verfügen, und daß der Verstand immer nachher kommt.[3] Und auch der Freundschaft setzt sich die Liebe entgegen. Dem Gespräch die stumme Interpretation. Der griechischen Homosexualität die jüdische, verfemte. Den Wörtern die Namen. Den expliziten Bezeichnungen die impliziten Zeichen und die zusammengerollten Bedeutungen. »J'avais suivi dans mon existence une marche inverse de celle des peuples, qui ne se servent de l'écriture phonétique qu'après avoir considéré les caractères comme une suite des symboles; moi qui, pendant tant d'années, n'avait cherché la vie et la pensée réelles des gens que dans l'énoncé direct qu'ils m'en fournissaient volontairement, par leur faute j'en étais arrivé à ne plus attacher au contraire d'importance qu'aux témoignages qui ne sont pas une expression rationelle et analytique de la vérité; les paroles elles-mêmes ne me renseignaient qu'à la condition d'être interprétées à la façon d'un afflux de sang à la figure d'une personne qui se trouble, à la façon encore d'un silence subit.«[4]

Keineswegs ersetzt Proust die Logik des Wahren einfach durch eine Psychophysiologie der Motive. Gerade das Sein der Wahrheit ist es, was uns zwingt, sie dort zu suchen, wo sie wohnt, im Implizierten oder Komplizierten, und nicht in den klaren Bildern und offenen Ideen des Verstandes.

Sehen wir uns drei Nebenfiguren der Recherche an, die auf verschiedene Art dem Logos anhängen: Saint-Loup, von der Freundschaft ergriffener Intellektueller; Norpois, von den konventionellen Bedeutungen der Diplomatie heimgesucht; Cottard, der seine Schüchternheit unter der kalten Maske des autoritären wissenschaftlichen Diskurses verbirgt. Jeder von ihnen zeigt nun auf seine Weise das Scheitern des Logos auf und findet seinen Wert nur durch seine

Vertrautheit mit stummen, fragmentarischen und subkutanen Zeichen, welche ihn in diesen oder jenen Teil der Recherche integriert. Cottard, der ungebildete Dummkopf, wird als Diagnostiker genial, will sagen in der Interpretation äquivoker Syndrome.[5] Norpois weiß sehr gut, daß die Konventionen der Diplomatie wie die der Gesellschaft unter den verwendeten expliziten Bezeichnungen reine Zeichen in Bewegung setzen und wiederherstellen.[6] Saint-Loup erklärt, daß die Kriegskunst weniger von Wissenschaft und Überlegung abhängt als vom Durchdringen immer partieller Zeichen, mehrdeutiger Zeichen, die heterogene Faktoren einschließen, und selbst falscher Zeichen, die dazu bestimmt sind, den Gegner zu täuschen.[7] Es gibt keinen Logos des Kriegs, der Politik oder der Chirurgie, sondern nur Chiffren, die in Stoffe eingerollt sind, und Fragmente, die sich nicht totalisieren lassen, und sie machen aus dem Strategen, dem Diplomaten und dem Arzt ebensoviele schlecht zueinander passende Stücke eines göttlichen Interpreten, der Madame von Theben nähersteht als einem gelehrten Dialektiker. Überall setzt Proust einer Welt der Attribute die Welt der Zeichen und Symptome entgegen, die Welt des Pathos der Welt des Logos, die Welt der Hieroglyphen und der Ideogramme einer Welt des analytischen Ausdrucks, der phonetischen Schrift und des rationalen Denkens. Was unablässig zurückgewiesen wird, sind die großen Themen, die von Griechenland ererbt wurden: *Philos, Sophia, Dialog, Logos, Phone.* Und nur die Ratten in unseren Alpträumen »führen ciceronische Reden«. Die Welt der Zeichen setzt sich dem Logos unter fünf Gesichtspunkten entgegen, zugleich durch die Gestalt der Teile, die sie in der Welt auseinanderschneiden; durch das Wesen des Gesetzes, das sie enthüllen; durch den Gebrauch der Vermögen, die sie erregen; durch den Typus von Einheit, der aus ihnen entspringt; und durch die Struktur der Sprache, die sie übersetzt und interpretiert. Unter all diesen Gesichtspunkten – Teile, Gesetz, Gebrauch, Einheit, Stil – müssen Zeichen und Logos, Pathos und Logos gegenübergestellt und einander entgegengesetzt werden.

Freilich haben wir gesehen, daß es bei Proust einen Platonismus gibt: die gesamte Recherche ist ein Experiment mit Erinnerungen und Essenzen. Und der unverbundene Gebrauch der Vermögen in ihrer unwillkürlichen Ausübung, hat, wie wir wissen, sein Modell bei Platon, wenn er eine Empfindungsfähigkeit zeichnet, die sich der

Gewalt der Zeichen öffnet, eine erinnernde Seele, die sie interpretiert und ihre Bedeutung wiederfindet, und ein verständiges Denken, das die Essenz entdeckt. Indessen greift eine offenkundige Differenz ein. Die platonische Erinnerung mag wohl ihren Ausgangspunkt in sinnlichen Qualitäten oder Beziehungen haben, die ineinander begriffen, in ihrem Werden, in ihrer Variation, in ihrem instabilen Gegensatz, in ihrer »gegenseitigen Fusion« erfaßt werden (so etwa das Gleiche, das in mancher Hinsicht ungleich ist, das Große, das klein wird, das vom Leichten untrennbare Schwere . . .). Doch dies qualitative Werden stellt einen Zustand der Dinge dar, einen Zustand der Welt, der besser schlecht als recht und nur gemäß seinen Kräften die Idee imitiert. Und die Idee als Endpunkt der Erinnerung ist die stabile Essenz, das Ding an sich, das die Gegensätze trennt und in das Ganze das rechte Maß einführt (die Gleichheit, die nichts als gleich ist . . .). Daher ist die Idee immer »vorher«, immer vorausgesetzt, auch wenn sie erst nachher entdeckt wird. Der Ausgangspunkt hat einen Wert nur durch seine Fähigkeit, den Endpunkt bereits zu imitieren, so daß der unverbundene Gebrauch der Vermögen einzig ein »Vorspiel« für die Dialektik ist, die sie alle in einem selben Logos vereint, gleichsam wie die Konstruktion von Kreisbögen die Rundung des ganzen Kreises vorbereitet. Wie Proust als Zusammenfassung seiner Kritik an der Dialektik sagt, der Verstand kommt immer zuvor.

Mit alledem ist es in der Recherche vorbei: das qualitative Werden, die gegenseitige Fusion, »der instabile Gegensatz« sind einem *Seelenzustand* eingeschrieben, nicht mehr einem Zustand der Dinge oder der Welt. Ein schräger Strahl des Sonnenuntergangs, ein Geruch, ein Geschmack, ein Luftstrom, ein flüchtiger qualitativer Komplex verdanken ihren Wert allein der »subjektiven Seite«, in die sie eindringen. Gerade deswegen greift die Erinnerung ein: weil die Qualität untrennbar von einer Kette subjektiver Interpretation ist, weil wir nicht frei sind, sie zu erfahren, wenn wir ihr das erste Mal begegnen. Gewiß ist die Seite des Subjekts nie das letzte Wort der Recherche: es ist gerade Swanns Schwäche, bei den einfachen Assoziationen stehenzubleiben, als ein Gefangener seiner Seelenzustände, der das kleine Thema von Vinteuil mit seiner Liebe zu Odette verknüpft oder auch mit dem Laub des Bois, wo er es gehört hat.[8] Die subjektiven, individuellen Assoziationen sind nur da, um auf die Essenz hin überschritten zu werden; selbst Swann ahnt, daß der Genuß der Kunst nicht rein individuell wie der der Liebe ist, sondern auf eine »höhere Realität« verweist. Die Essenz aber ist ihrerseits nicht mehr jene stabile Essenz, die geschaute Idealität, welche die Welt in einem Ganzen vereint und das rechte Maß in sie einführt. Die Essenz ist nach Proust – das haben wir im Vorangehenden zu zeigen versucht – nicht irgendetwas Geschautes, sondern eine Art höherer *Sehepunkt.* Eine nicht irgendwohin zurückführbare Perspektive, die zugleich die Geburt der Welt bezeichnet und den ursprünglichen Charakter einer Welt. In diesem Sinne konstituiert und rekonstituiert das Kunstwerk immer den Beginn der Welt, bildet aber zugleich eine spezifische, von allen anderen differente Welt und hüllt eine Landschaft oder immaterielle Orte ein, die gänzlich unterschieden von dem Ort sind, wo wir es erfaßt haben. Es ist wohl eine solche Ästhetik des Sehepunkts, die Proust in die Nähe von Henry James bringt. Wichtig ist aber, daß die Perspektive das Individuum überschreitet, ebenso wie die Essenz den Seelenzustand; der Sehepunkt bleibt höher als der, der sich auf ihn stellt, oder garantiert die Identität all jener, die ihn erreichen. Er ist nicht individuell, sondern im Gegenteil der Ursprung der Individuation. Hier genau liegt die Originalität der Proustschen Erinnerung: sie geht von einem Seelenzustand und seinen Assoziationsketten zu einem schöpferischen oder transzendenten Sehepunkt über – und nicht mehr wie bei Platon von einem Zustand der Welt zu geschauten Objektivitäten.

Daher ist das gesamte Problem der Objektivität wie das der Einheit auf eine Weise verschoben, die »modern« heißen muß, wesentlich für die moderne Literatur. Die Ordnung ist zusammengestürzt, sowohl in den Weltzuständen, denen zugeschrieben wurde, sie zu reproduzieren, wie auch in den Ideen oder den Essenzen, die sie inspirieren sollten. Die Welt ist zu Krümeln und Chaos geworden. Gerade weil die Erinnerung von den subjektiven Assoziationen hin zu einer originären Perspektive verläuft, kann Objektivität nur noch im Kunstwerk sein: sie existiert nicht mehr in den bezeichneten Inhalten als Weltzuständen noch in den idealen Bedeutungen als stabilen Essenzen, sondern einzig in der formalen Bedeutungsstruktur des Werks, das ist im Stil. Es geht nicht mehr darum, zu sagen: schaffen ist sich wiedererinnern, sondern: sich wiedererinnern ist schaffen, ist *bis zu jenem Punkt gehen, wo die assoziative Kette abreißt, aus dem konstituierten Individuum herausspringt und sich als die Geburt einer individuierenden Welt übertragen vorfindet.* Es geht nicht mehr darum, zu sagen: schaffen ist denken, sondern: denken ist schaffen, und ist vor allem den Akt des Denkens im Denken schaffen. Denken ist zu denken geben. Sich-wieder-Erinnern ist schaffen, nicht die Erinnerung schaffen, sondern das spirituelle Äquivalent der noch zu materiellen Erinnerung schaffen, die Perspektive schaffen, die mehr wert ist als alle Bilder. Der Stil ist es, der die Erfahrung durch die Art ersetzt, in der man von ihr spricht, oder durch die Formel, die sie ausdrückt, das Individuum in der Welt durch die Perspektive auf eine Welt, und der aus der Erinnerung eine realisierte Schöpfung macht.

Die Zeichen – sie finden sich schon in der griechischen Welt: die große platonische Trilogie, *Phaidros, Gastmahl, Phaidon,* das ist Rausch, Liebe und Tod. Die griechische Welt drückt sich nicht allein im Logos als schöner Totalität aus, sondern auch in Fragmenten und Fetzen als Gegenständen von Aphorismen, in Symbolen als zusammengeklebten Hälften, in den Zeichen der Orakel und dem Rausch der Seher. Die griechische Seele aber hatte immer den Eindruck, daß die Zeichen, stumme Sprache der Dinge, ein verstümmeltes System seien, wechselnd und trügerisch, Trümmer eines Logos, die in einer Dialektik restauriert werden müßten, in einer *Philia* versöhnt, in einer *Sophia* harmonisiert, durch einen vorangehenden Verstand beherrscht. Die Melancholie der schönsten griechischen Statuen ist die Vorahnung, daß der beseelende Logos in Bruchstücke zerfallen wird.[9] Den Feuerzeichen, die Klytemnästra den Sieg ankündigen, der lügnerischen, fragmentarischen, für Frauen gerade guten Sprache setzt der Chorführer eine andere Sprache entgegen, den Logos des Boten, der das Ganze im Einen versammelt, im rechten Maß, Glück und Wahrheit.[10] In der Sprache der Zeichen hingegen gibt es Wahrheit nur in dem, was gemacht ist, um zu täuschen, in den Mäandern dessen, was verbirgt, in den Fragmenten einer Lüge und eines Unglücks: es gibt keine Wahrheit denn die verratene, das heißt zugleich vom Feind ausgeliefert und durch Spuren oder durch Stücke enthüllt, wie Spinoza sagt, wenn er die Prophetie definiert, bedarf der jüdische Prophet, des Logos beraubt und auf die Sprache der Zeichen reduziert, immer eines Zeichens, um sich zu überzeugen, daß Gottes Zeichen nicht trügerisch ist. Denn selbst Gott könnte ihn täuschen wollen.

Wenn ein Teil an sich gilt, wenn ein Fragment für sich spricht, wenn ein Zeichen sich erhebt, kann das auf zwei verschiedene Arten geschehen: entweder weil es ermöglicht, das Ganze zu erahnen, aus dem es genommen wurde, den Organismus oder die Statue wiederherzustellen, denen es zugehörte, den anderen Teil zu suchen, dem es sich anpaßt – oder im Gegenteil, weil es keinen anderen Teil gibt, der ihm entspricht, keine Totalität, in die es eintreten könnte, keine Einheit, der es entrissen wäre und der es zurückgegeben werden könnte. Die erste Art ist die der Griechen: nur in dieser Form ertragen sie »Aphorismen«. Auch der kleinste Teil muß noch ein *Mikrokosmos* sein, damit in ihm die Zugehörigkeit zum größeren Ganzen eines *Makrokosmos* erkennbar werde. Die Zeichen setzen sich gemäß Analogien und Gliederungen zusammen, die ein großes Lebendes bilden, wie noch im Platonismus des Mittelalters und der Renaissance zu sehen ist. Sie werden von einer Ordnung der Welt umgriffen, von einem Netz aus bezeichnenden Inhalten und idealen Bedeutungen, die noch in dem Augenblick, wo sie ihn zerbrechen, einen Logos bezeugen. Und es lassen sich kaum die Fragmente der Versokratiker beschwören, um aus ihnen die Juden Platons zu machen; der fragmentarische Zustand, in den die Zeit ihr Werk versetzt hat, kann nicht einer Absicht gutgeschrieben werden.

Anders ein Werk, das zum Objekt, oder eher zum Subjekt die Zeit hat. Fragmente betrifft es, führt es mit sich, die nicht wieder zusammengeklebt werden, Stücke, die nicht in das gleiche Puzzle eingehen können, die nicht einer vorgängigen Totalität angehören, die nicht einmal aus einer verlorenen Einheit hervorgehen. Vielleicht ist die Zeit das: die äußerste Existenz von Teilen verschiedener Größe und Form, die sich nicht anpassen lassen, die sich nicht im gleichen Rhythmus entwickeln, und die der Fluß des Stils nicht zur gleichen Geschwindigkeit führt. Die Ordnung des Kosmos ist zerbrochen, zerkrümelt in Assoziationsketten und nicht kommunizierenden Perspektiven. Die Sprache der Zeichen schickt sich an, selbst zu sprechen, reduziert auf die Quellen von Unglück und Lüge; sie stützt sich nicht auf einen fortdauernden Logos: einzig die formale Struktur des Kunstwerks wird imstande sein, das von ihm benutzte fragmentarische Material zu entziffern, ohne äußeren Bezug, ohne ein allegorisches oder analogisches Gitter. Wenn Proust sich Vorläufer im Erinnern sucht, zitiert er Baudelaire, wirft ihm aber vor, einen zu »willkürlichen« Gebrauch von der Methode gemacht zu haben, das heißt in einer noch vom Logos bewohnten Welt objektive, zu platonische

Analogien und Artikulationen gesucht zu haben. Was er hingegen an dem Satz von Chateaubriand liebt, ist, daß der Duft des Heliotrop herangetragen wird nicht »par une brise de la patrie, mais par un vent sauvage de Terre-Neuve, *sans relation avec la plante exilée, sans sympathie de réminiscence et de volupté*«[11]. Es muß verstanden werden, daß es hier keine platonische Erinnerung gibt, gerade weil es keine Sympathie als Vereinigung in einem Ganzen gibt, daß vielmehr der Bote selbst ein heterokliter Teil ist, der sich weder der Botschaft angleicht noch dem, dem er sie bringt. So ist es bei Proust immer, und seine gänzlich neue oder moderne Konzeption der Erinnerung besteht darin: *eine heteroklite Assoziationskette wird nur durch eine schöpferische Perspektive vereinheitlicht, die selbst die Rolle eines heterokliten Teils im Gesamten spielt.* So ist das Verfahren beschaffen, das die Reinheit der Begegnung oder des Zufalls sichert und das den Verstand zurückhält, ihn daran hindert, voranzugehen. Vergeblich wird man bei Proust die Platitüden über das Kunstwerk als organische Totalität suchen, darin jeder Teil das Ganze vorbestimmt und das Ganze die Teile bestimmt (die dialektische Konzeption des Kunstwerks). Selbst das Bild von Vermeer hat seinen Wert nicht als Ganzes, sondern durch die kleine gelbe Mauerecke, die da hingesetzt ist als Fragment noch einer anderen Welt.[12] Ebenso das kleine Thema von Vinteuil, »intercalée, épisodique«, von dem Odette zu Swann sagt: »Qu'avez-vous besoin du reste? C'est ça *notre* morceau«.[13] Und die Kirche von Balbec, die enttäuscht, wenn man in ihrer Gesamtheit »un mouvement presque persan« sucht, enthüllt im Gegenteil ihre Schönheit in einem ihrer auseinanderstrebenden Teile, der tatsächlich »des dragons quasi chinois«[14] darstellt. Die Drachen von Balbec, die Mauerecke von Vermeer, das kleine Thema, geheimnisvolle Perspektiven, sie sagen uns dasselbe wie der Wind von Chateaubriand: sie handeln ohne »Sympathie«, sie machen das Werk nicht zu einer organischen Totalität, sondern wirken eher als ein Fragment, das eine Kristallisation bestimmt. Wir werden sehen, wie wenig es ein Zufall ist, daß bei Proust ein Modell des Pflanzlichen die animalische Totalität ersetzt hat, sowohl für die Kunst als auch für die Liebe. Ein solches Werk, das die Zeit zum Subjekt hat, bedarf nicht einmal mehr des Schreibens in Aphorismen: in den Mäandern und Ringen eines Anti-logos-Stils macht es all die Umwege, die es braucht, um die letzten Stücke einzusammeln, mit verschiedenen Geschwindigkeiten alle Fragmente mit sich zu führen, von denen ein jedes auf eine differente Gesamtheit oder auf keine Gesamtheit eines Ganzen verweist oder auf keine andere Gesamtheit verweist als auf die des Stils.

Kapitel II: Schachteln und Gefäße[1]

Die Annahme, daß Proust eine wenn auch verworrene Vorstellung von der vorgängigen Einheit der Recherche gehabt habe, oder auch, daß er sie nachträglich gefunden habe, wobei sie von Anbeginn das Gesamte beseelt habe, impliziert eine Lektüre mit falschem Blick, es bedeutet, gänzlich der organischen Totalität angehörige Kriterien auf ihn anzuwenden, die er gerade zurückweist, sich der gänzlich neuen Konzeption von Einheit zu verschließen, welche er zu schaffen im Begriff war. Denn davon muß ausgegangen werden: die Disparität, die Inkommensurabilität, die Zerbröselung der Teile der Recherche, mit Brüchen, Zäsuren, Lücken, Unterbrechungen, die ihre letzliche Verschiedenheit sichern. In dieser Hinsicht gibt es zwei grundlegende Figuren, die eine betrifft insbesondere das Verhältnis zwischen Behälter und Inhalt, die andere das Verhältnis zwischen Teilen und Ganzem. Die erste ist eine Figur der *Verschachtelung,* der *Umhüllung,* der *Implikation:* Dinge, Personen und Namen sind Schachteln, aus denen sich etwas von ganz anderer Form, ganz anderem Wesen, ein im Maß unangemessener Inhalt hervorziehen läßt. »Je m'attachais à me rappeler exactement la ligne du toit, la nuance de la pierre qui, sans que je pusse comprendre pourquoi, m'avaient semblé pleines, prêtes à s'entrouvir, à me livrer ce dont elles n'étaient qu'un couvercle . . .«[2] Monsieur de Charlus, »ce personnage peinturluré, pansu et clos, semblable à quelque boîte de provenance exotique et suspecte«[3], verbirgt in seiner Stimme ganze Würfe junger Mädchen und schutzbefohlene weibliche Seelen. Eigennamen sind geöffnete Schachteln, die ihre Qualitäten auf das Wesen projizieren, das sie bezeichnen: »Le nom de Guermantes d'alors est aussi comme un de ces petits ballons dans lesquels on a enfermé de l'oxygène ou un autre gaz«[4], oder wie eine jener »kleinen Farbtuben«, denen man die richtige Farbe »entnimmt«. Im Verhältnis zu dieser ersten Figur der Umhüllung besteht die Tätigkeit des Erzählers darin, zu *explizieren,* das heißt den Inhalt, der dem Behältnis inkommensurabel ist, zu entfalten, zu entwickeln, zu enthüllen. Die zweite Figur ist eher die der *Komplikation:* hier handelt es sich um die Koexistenz asymmetrischer und nicht kommunizierender Teile, sei es, daß sie sich als wohl getrennte Hälften organisieren, oder daß sie sich als entgegengesetzte »Seiten« oder Wege ausrichten, oder daß sie in Drehungen, in Wirbel geraten wie das Rad einer Lotterie, das unveränderbare Lose mit sich führt und manchmal vermischt. Hier besteht die Tätigkeit des Erzählers darin, sich *zu entscheiden, auszuwählen;* zumindest ist dies seine scheinbare Tätigkeit, denn viele verschiedenartige Kräfte, in ihm selbst kompliziert, wirken sich aus, um seinen Schein-Willen zu bestimmen, um ihn diesen oder jenen Teil in der komplexen Komposition wählen zu lassen, diese oder jene Seite des instabilen Gegenstandes, dieses oder jenes Los im Wirbel der Schatten.

Die erste Figur wird vom Bild der offenstehenden Schachteln beherrscht, die zweite von dem der geschlossenen Gefäße. *Die erste (Behälter-Inhalt) hat ihren Wert durch die Position eines Inhalts ohne gemeinsames Maß; die zweite (Teile-Ganzes) hat ihren Wert durch die Opposition einer Nachbarschaft ohne gemeinsame Kommunikation.* Dabei vermischen sie sich beständig, eine geht in die andere über. So hat zum Beispiel Albertine beide Aspekte: einerseits *kompliziert* sie in sich verschiedene Personen, verschiedene junge Mädchen, von denen sich sagen ließe, daß eine jede mit Hilfe eines Instrumentes von anderer Optik sichtbar wird, die gemäß den Umständen und den Nuancen des Verlangens ausgewählt werden müssen; andererseits *impliziert,* umhüllt sie den Strand und die Flut, sie verknüpft »toutes les impressions d'une série maritime«, die entfaltet, entwickelt werden müssen, wie man ein Seil entrollt.[5] Doch nichtsdestoweniger weist jede der großen Kategorien der Recherche eine Präferenz auf, eine Zugehörigkeit zu der einen oder der anderen der beiden Figuren, bis hin zu ihrer Art, in zweiter Linie an derjenigen teilzuhaben, die nicht ihren Ursprung bildet. Daher läßt sich sogar jede große Kategorie derart in einer der beiden Figuren begreifen, daß sie in der andern ihr Doppel hat und vielleicht schon von jenem Doppel inspiriert ist, das zugleich dasselbe und ganz anders ist. So was die Sprache betrifft: die Eigennamen besitzen zunächst all ihre Macht wie Schachteln, aus denen man den Inhalt herauszieht, und sind sie erst einmal durch die Enttäuschung gelehrt, so ordnen sich noch die einen gemäß den andern, indem sie die Weltgeschichte »einschließen« und »einmauern«; die Gattungsnamen indessen gewinnen ihren Wert, indem sie nicht kommunizierende Stücke von Lüge und Wahrheit, ausgewählt vom Interpreten, in den Diskurs einführen. Oder auch unter dem Gesichtspunkt der geistigen Vermögen: das unwillkürliche Gedächtnis ist eher damit beschäftigt, Schachteln zu öffnen, einen verborgenen Inhalt zu entfalten, während am anderen Pol das Verlangen, oder besser noch der Schlaf die geschlossenen Gefäße, die zirkulären Seiten ins Taumeln bringen und das auswählen, was dieser Tiefe des Schlafs, jener Nähe des Aufwachens, diesem oder jenem Stadium der Liebe am besten entspricht. Oder auch in der Liebe selbst: Verlangen und Gedächtnis werden kombiniert, um die Niederschläge der Eifersucht zu bilden, doch ist das eine in erster Linie damit beschäftigt, die nicht kommunizierenden Albertinen zu vervielfachen, das andere, aus Albertine inkommensurable »Regionen der Erinnerung« zu extrahieren.

So daß sich jede der beiden Figuren abstrakterweise betrachten läßt, und sei es nur, um ihre spezifische Verschiedenheit zu bestimmen. Zunächst wird man fragen, was das Behältnis ist, worin genau der Inhalt besteht, wie das Verhältnis zwischen beiden beschaffen ist, wie die Form der »Explikation« aussieht, welchen Schwierigkeiten sie aufgrund des Widerstandes des Behältnisses oder des Rückzugs des Inhalts begegnet, und vor allem, an welcher Stelle die Inkommensurabilität zwischen den beiden eingreift, der Gegensatz, der Hiatus, die Entleerung, der Schnitt usw. Beim Beispiel der Madeleine denkt Proust an die japanischen Papierchen, die sich in einem Wassergefäß ausdehnen und entfalten, das heißt, sich explizieren: »De même maintenant toutes les fleurs de notre jardin et celles du parc de M. Swann, et les Nymphéas de la Vivonne, et les bonnes gens du village et leurs petits logis, et l'église et tout Combray et ses environs, tout cela qui prend forme et solidité, est sorti, ville et jardins, de ma tasse de thé.«[6] Doch ist das nur annäherungsweise richtig. Das wahre Behältnis ist nicht die Tasse, sondern die sinnliche Qualität, der Geschmack. Und der Inhalt ist nicht eine zu diesem Geschmack assoziierte Kette, die Kette der Dinge und Personen, die in Combray bekannt waren, sondern Combray als Essenz, Combray als reine Perspektive, all jenem überlegen, was *aus* dieser Perspektive erlebt wurde, letztendlich für sich und in seinem Glanz erscheinend, im Verhältnis eines Schnittes zu der Assoziationskette, die nur die Hälfte des Weges ausmachte.[7] Der Inhalt, der nie besessen wurde, ist so verloren, wie seine Wiedereroberung eine Schöpfung ist. Eben weil die Essenz als individuierender Sehepunkt die gesamte individuelle Assoziationskette übersteigt, mit der sie bricht, weil sie die Macht hat, uns nicht einfach, wie intensiv auch immer, an das Ich zu erinnern, das die ganze Kette gelebt hat, sondern es an sich wiederzubeleben, indem sie es mit einer reinen Existenz re-individuiert, die es nie erlebt hatte. In diesem Sinne ist jede »Explikation« eines Gegenstandes die Auferstehung eines Ich.

Das geliebte Wesen ist wie die sinnliche Qualität, es hat seinen Wert im Verhülltsein. Seine Augen wären nur Steine, sein Körper ein Stück Fleisch, drückten sie nicht eine Welt aus, oder mögliche Welten, Landschaften und Orte, Lebensweisen, die expliziert, will sagen entfaltet, entrollt werden müssen: So Mademoiselle de Stermaria und die Bretagne, Albertine und Balbec. Liebe und Eifersucht werden von der Tätigkeit der Explikation streng geleitet. Es gibt sogar eine doppelte Bewegung, nach der eine Landschaft es erfordert, sich in einer Frau zusammenzurollen, die Frau aber, die Landschaften und Orte zu entrollen, die sie in ihrem Körper verschlossen »enthält«[8]. Expressivität ist der Inhalt eines Wesens. Auch hier könnte man meinen, daß es nur einen Assoziationszusammenhang zwischen Inhalt und Behälter gebe. Wiewohl jedoch die Assoziationskette unabdingbar notwendig ist, gibt es ein Mehr, das Proust als den unteilbaren Charakter des Verlangens definiert, welches einem Stoff eine Form geben will, eine Form mit einem Stoff füllen.[9] Was hier wiederum zeigt, daß die Assoziationskette nur im Verhältnis zu einer Kraft existiert, die jene brechen wird, ist eine eigenartige Verdrehung, durch die man selbst in die vom geliebten Wesen ausgedrückte unbekannte Welt einbezogen ist, von sich selbst entleert, ersehnt in jenem anderen Universum.[10] Gesehenwerden hat daher die gleiche Wirkung, wie wenn man hört, wenn das geliebte Wesen den eigenen Vornamen ausspricht: die Wirkung, nackt in seinem Mund enthalten zu sein.[11] Die Assoziation der Landschaft mit dem geliebten Wesen im Geist des Erzählers wird also zugunsten einer Perspektive des geliebten Wesens auf die Landschaft durchbrochen, in welcher der Erzähler selbst erfaßt ist, und sei es nur, um daraus ausgeschlossen, zurückgestoßen zu werden. Hier aber wird nun der Bruch der Assoziationskette nicht von der Erscheinung einer Essenz in Person überschritten, er wird vielmehr von einem Vorgang der Leerung überkreuzt, der das Ich des Erzählers ihm rückerstattet. Denn der Erzähler-Interpret, verliebt und eifersüchtig, wird das geliebte Wesen einschließen, es einmauern, es mit Beschlag belegen, um es besser zu »explizieren«, das heißt, um es von all den Welten zu entleeren, die es enthält. »En enfermant Albertine, j'avais du même coup rendu à l'univers toutes ces ailes chatoyantes . . . Elles faisaient la beauté du monde. Elles avaient fait jadis celle d'Albertine . . . Albertine avait perdu toutes ses couleurs . . . elle avait peu à peu perdu toute sa beauté ... Devenue la grise prisonnière, réduite à son terme elle-même, il lui fallait ces éclairs où je me ressouvenais du passé pour lui rendre des couleurs.«[12] Und nur die Eifersucht erfüllt sie in einem Augenblick erneut mit einem Universum, das eine langsame Explikation wieder zu leeren sich ihrerseits bemühen wird. Das Ich des Erzählers ihm wiedergeben oder wiederherstellen? Letztlich handelt es sich um etwas ganz anderes. Es geht darum, jedes der Ich zu entleeren, die Albertine liebten, es seinem Ende zuzuführen, gemäß einem Gesetz des Todes, das sich mit dem der Auferstehungen verschlingt, wie die verlorene Zeit sich mit der wiedergefundenen verschlingt. Und die Ichs setzen nicht weniger Verbissenheit darein, ihren Selbstmord zu suchen, ihr eigenes Ende zu wiederholen-vorzubereiten, als darein, in etwas anderem neu zu leben, ihr Leben zu wiederholen-wiederzuerinnern.[13]

Die Eigennamen selbst haben einen Inhalt, der von den Qualitäten ihrer Silben und den freien Assoziationen, in die sie eintreten, untrennbar ist. Aber gerade weil man die Schachtel nicht öffnen kann, ohne den gesamten assoziierten Inhalt auf die reale Person oder den realen Ort zu projizieren, kommen umgekehrt die ganz anderen, erzwungenen Assoziationen, die von der Mittelmäßigkeit der Person oder des Ortes auferlegt werden, herbei, um die erste Reihe zu verdrehen und zu zerreißen und diesmal den ganzen Hiatus zwischen Inhalt und Behälter zu überkreuzen.[14] In allen Aspekten dieser ersten Figur der Recherche zeigt sich also immer die mangelnde Angemessenheit des Inhalts, seine Inkommensurabilität: *sei's ein verlorener Inhalt,* der sich im Glanz einer Essenz wiederfindet, die ein altes Ich wiedererstehen läßt, *sei's ein entleerter Inhalt,* der den Tod des Ich mit sich bringt, *sei's ein abgetrennter Inhalt,* der uns in eine unvermeidliche Enttäuschung wirft; nie kann eine Welt hierarchisch und objektiv organisiert werden, und selbst die subjektiven Assoziationsketten, die ihr ein Minimum an Konsistenz oder Ordnung vermitteln, brechen zugunsten transzendenter, aber variabler und gewalttätig zerschachtelter Perspektiven, deren eine Wahrheiten der Abwesenheit und der verlorenen Zeit ausdrücken, die anderen Wahrheiten der Anwesenheit und der wiedergefundenen Zeit. Namen, Wesen und Dinge sind vollgestopft mit Inhalt, der sie zerplatzen läßt; und nicht nur die Sprengung des Behältnisses durch den Inhalt wird sichtbar, sondern zugleich das Bersten der Inhalte selbst, die, entfaltet und expliziert, keine einheitliche Figur bilden, sondern heterogene Wahrheiten in Trümmern, die untereinander noch eher kämpfen als zueinanderzufinden. Selbst wenn uns die Vergangenheit in der Essenz wiedergegeben wird, ähnelt die Paarung zwischen dem gegenwärtigen Augenblick und dem einstigen stärker einem Kampf als einer Übereinstimmung, und was uns gegeben wird, ist weder eine Totalität noch eine Ewigkeit, sondern »un peu de temps à l'état pur«[15], also ein Stück. Nie wird irgend etwas in einer *philia* befriedet; wie bei den Orten und den Augenblicken vermählen sich auch zwei Gefühle nur, indem sie miteinander kämpfen und aus diesem Kampf einen unregelmäßigen Körper von geringer Dauer bilden. Selbst im höchsten Zustand der Essenz als künstlerischem Sehepunkt läßt die Welt, die beginnt, die Töne kämpfen, als die letzten disparaten Stükke, auf denen sie beruht. »Bientôt les deux motifs luttèrent ensemble dans un corps à corps où parfois l'un disparaissait entièrement, où ensuite on n'apercevait plus qu'un morceau de l'autre.«[16]

Dies ist wohl verantwortlich für jene außergewöhnliche Abfolge nicht aufeinander abgestimmter Teile in der Recherche, mit irreduziblen Entfaltungsrhythmen oder Explikationsgeschwindigkeiten: nicht nur bilden sie gemeinsam kein Ganzes, sondern sie bezeugen auch nicht jeweils ein Ganzes, aus dem sie herausgerissen wären, das unterschieden von dem Ganzen anderer wäre, so daß sich ein Dialog zwischen den Welten herstellen würde. Die Kraft, mit der sie in die Welt geschleudert sind, gewalttätig ineinander gefügt trotz ihrer nicht übereinstimmenden Ränder, macht sie als Teile erkenntlich, ohne daß sie indessen ein Ganzes, und sei es ein verborgenes, bilden würden, ohne daß sie aus einer Totalität, und sei es eine verlorene, hervorgehen würden. Indem er Stücke in Stücke setzt, findet Proust ein Mittel, um sie alle denken zu lassen, doch ohne Bezug auf eine Einheit, von der sie abgeleitet wären, oder die selbst von ihnen abzuleiten wäre.[17]

Was die zweite Figur der Recherche angeht, die der Komplikation, welche spezifischer das Verhältnis zwischen Teilen und Ganzem betrifft, so verbindet auch sie sich den Wörtern, den Wesen und den Dingen, will sagen den Zeiten und den Orten. *Das Bild des geschlossenen Gefäßes, das den Gegensatz zwischen einem Teil und seiner Nachbarschaft ohne Kommunikation markiert, ersetzt hier das Bild der geöffneten Schachtel, welches die Position eines Inhalts ohne kommunizierbares Maß mit dem Behälter markierte.* So halten sich die beiden Seiten der Recherche, die Seite von Méséglise und die von

Guermantes, nebeneinander, »inconnaissables l'un à l'autre, dans les vases clos et sans communication entre eux d'après-midi différents«. Zu tun, was Gilberte sagt, ist unmöglich: »Nous pourrons aller à Guermantes en prenant par Méséglise.«[18] Selbst die letztendliche Offenbarung der wiedergefundenen Zeit wird sie nicht vereinen, wird sie nicht konvergieren lassen, sondern wird die selbst nicht kommunizierenden »Transversalen« vervielfachen.[19] Ebenso hat das Gesicht der Wesen mindestens zwei asymmetrische Seiten, wie »deux routes opposés qui ne communiqueront jamais«: so bei Rachel die der Allgemeinheit und die der Besonderheit, oder auch die des nebelhaften, formlosen Anblicks aus zu großer Nähe, und die einer hochgradigen Organisiertheit aus genügender Distanz.[20] Und bei Albertine das Gesicht, das Vertrauen erwidert, und dasjenige, das auf einen eifersüchtigen Verdacht reagiert. Und schließlich die zwei Wege oder die zwei Seiten, die nur statistische Richtungen sind. Wir können ein komplexes Ensemble gestalten, aber wir gestalten es nie, *ohne daß es sich spaltet, diesmal wie in tausend geschlossene Gefäße*: So Albertines Gesicht, wenn man glaubt, es für einen Kuß in ihm selbst zu sammeln, springt es während der Wanderung der Lippen über seine Wange von einer Ebene auf die andere, »zehn Albertinen« in geschlossenen Gefäßen, bis zum abschließenden Augenblick, wo alles in der übertriebenen Nähe zerfällt.[21] Und in jedem Gefäß ein Ich, das lebt, das wahrnimmt, das begehrt und sich erinnert, das wacht und das schläft, das stirbt, sich selbst mordet und wieder lebt, stoßweise: »Zerbröckelung«, »Zerteilung« von Albertine, der eine Vervielfachung des Ich antwortet. Eine und dieselbe allgemeine Neuigkeit, Albertines Weggang, muß von all diesen unterschiedenen Ichs, einem jeden auf dem Grund seiner Urne, erfaßt werden.[22]

Und ist es nicht auf einer anderen Ebene mit der Gesellschaft genauso, der statistischen Realität, unter der »die Welten« ebenso voneinander getrennt sind wie unendlich entfernte Sterne, deren jede ihre Zeichen und ihre Hierarchien besitzt, so daß ein Swann oder ein Charlus niemals von den Verdurin anerkannt werden können, bis zur großen Vermischung des Endes, deren neue Gesetze zu begreifen der Erzähler sich weigert, als habe er auch hier jene Schwelle der Nähe erreicht, wo alles zerfällt und wieder nebelhaft wird? So arbeiten schließlich auch die Reden und Worte mit einer statistischen Verteilung der *Wörter,* darunter der Interpret Schichten, Familien, Zusammengehörigkeiten und Entlehnungen unterscheidet, sehr verschieden voneinander, welche die Verbindungen dessen, der spricht, bezeugen, seine üblichen Besuche und seine geheimen Welten, als gehöre jedes Wort zu einem gefärbten Aquarium von dieser oder jener Form, mit einer bestimmten Art von Fischen besetzt, jenseits der vorgetäuschten Einheit des Logos: so gewisse Wörter, die nicht zu Albertines früherem Wortschatz gehörten und den Erzähler davon überzeugen, daß sie mit dem Eintritt in eine neue Altersstufe und neue Beziehungen zugänglicher geworden ist; oder der schreckliche Ausdruck »se faire casser le . . .«[23], der dem Erzähler eine abscheuliche Welt enthüllt. Deswegen gehört die Lüge der Sprache der Zeichen an, im Gegensatz zu Logos-Wahrheit: entsprechend dem Bild des nicht zusammenpassenden Puzzle sind die Wörter selbst Weltfragmente, die mit anderen Fragmenten derselben Welt zusammenstimmen würden, nicht aber mit anderen Fragmenten anderer Welten, in deren Nachbarschaft man sie dennoch bringt.[24] In den Wörtern gibt es hier also etwas wie eine geographische und linguistische Begründung für die Psychologie des Lügners.

Das also bedeuten die geschlossenen Gefäße: es gibt keine Totalität, es sei denn statistisch und eines tieferen Sinnes entkleidet. »Ce que nous croyons notre amour, notre jalousie, n'est pas une même passion continue, indivisible. Ils se composent d'une infinité d'amours successives, de jalousies différentes et qui sont éphémères, mais par leur multitude ininterrompue donnent l'impression de la continuité, l'illusion de l'unité.«[25] Indessen existiert ein System des Übergangs zwischen diesen abgeschlossenen Teilen, das jedoch nicht mit einem Mittel der direkten Kommunikation oder der Totalisierung verwechselt werden darf. Das gesamte Werk besteht darin, *Transversalen* herzustellen, wie die zwischen der Seite von Méséglise und der Seite von Guermantes, die uns von Albertines einem Profil zu ihrem anderen springen lassen, von einer Albertine zur anderen, von einer Welt zur anderen, von einem Wort zum anderen, ohne jemals das Vielfältige auf ein Eines zurückzuführen, ohne jemals das Vielfältige in einem Ganzen zu sammeln, sondern, indem die sehr originale Einheit dieses Vielfältigen affirmiert wird, ohne daß *die ganzen* irreduziblen Fragmente in einem Ganzen vereint würden. Die Eifersucht ist die Transversale der Vielfalt der Liebe; die Reise die Transversale der Vielfalt der Orte; der Schlaf die Transversale der Vielfalt der Augenblicke. Die geschlossenen Gefäße organisieren sich bald in getrennten Teilen, bald in entgegengesetzten Richtungen, bald (wie auf manchen Reisen oder im Schlaf) kreisförmig. Doch fällt ins Auge, daß selbst der Kreis nicht umrundet, nicht totalisiert, sondern eher Umwege und Knicke macht, ein exzentrischer Kreis, der nach rechts verschiebt, was links war, an die Seite, was in der Mitte war. Und die Einheit aller Aussichten bei einer Bahnreise stellt sich nicht im Kreis selbst her, der seine abgeschlossenen Teile bewahrt, noch in der betrachteten Sache selbst, die die ihren vervielfacht, sondern durch eine Transversale, die wir beständig durchlaufen, indem wir »von einem Fenster zum andern« gehen.[26] In diesem Maße ist es wahr, daß die Reise die Orte nicht kommunizieren macht, sie nicht vereint, sondern als Gemeinsames einzig ihre *Differenz* selbst bestätigt (wobei diese gemeinsame Affirmation in einer anderen Dimension stattfindet als die affirmierte Differenz – in der Transversale).[27]

Die Tätigkeit des Erzählers besteht nicht mehr darin, einen Inhalt zu explizieren, zu entfalten, sondern einen nicht kommunizierenden Teil, ein geschlossenes Gefäß mit dem Ich, das sich darin befindet, auszuwählen. Dieses junge Mädchen aus der Gruppe auswählen, jenes Profil oder jene geronnene Ansicht aus dem jungen Mädchen, dieses Wort aus dem, was sie sagt, auswählen, jenes Leiden aus dem, was sie uns erfahren läßt, und, um dies Leiden zu erfahren, um das Wort zu entziffern, um das Mädchen zu lieben, dieses oder jenes Ich auswählen, das unter allen den möglichen belebt oder wiederbelebt wird: darin besteht die der Komplikation entsprechende Tätigkeit.[28] Wie diese Tätigkeit der Auswahl sich in ihrer reinsten Form auswirkt, wird im Augenblick des Erwachens sichtbar, wenn der Schlaf all die geschlossenen Gefäße, all die abgedichteten Teile, all die eingesperrten, vom Schläfer heimgesuchten Ichs in wirbelnde Drehungen versetzt hat. Es gibt nicht nur verschiedene Kammern des Schlafs, die vor den Augen des Schlaflosen bei der Wahl seiner Droge kreisen (»sommeil du datura, du chanvre indien, des multiples extraits de l'éther . . .«) – sondern jeder Mensch, der schläft, »tient en cercle autour de lui le fil des heures, l'ordre des années et des mondes«: die Schwierigkeit des Erwachens besteht im Übergang aus jenem Zimmer des Schlafs und aus allem, was darin abrollt, in das reale Zimmer, in dem man ist, das Ich des Vorabends unter all jenen wiederzufinden, die man gerade im Traum gewesen ist, die man hätte sein können oder die man gewesen ist, die Assoziationskette schließlich wiederzufinden, die uns ans Reale hält, und die höheren Perspektiven des Schlafs zu verlassen.[29] *Wer* wählt, kann nicht gefragt werden.

Zweifellos kein Ich, da es doch selbst gewählt wird, da ein bestimmtes Ich sich jedesmal erwählt vorfindet, wenn »wir« ein zu liebendes Wesen auswählen, ein zu erfahrendes Leiden, und da dies Ich nicht weniger erstaunt ist, zu leben oder wiederzuleben, dem Anruf zu antworten, nicht ohne auf sich warten zu lassen. So, wenn man den Schlaf verläßt, »on n'est plus personne. Comment, alors, cherchant sa pensée, sa personnalité comme on cherche un objet perdu, finit-on par retrouver son propre moi plutôt que tout autre? Pourquoi, quand on se remet à penser, n'est-ce pas alors une autre personnalité que l'antérieure qui s'incarne en nous? On ne voit pas ce qui dicte le choix et pourquoi, entre les millions d'êtres humains qu'on pourrait être, c'est sur celui qu'on était la veille qu'on met juste la main.«[30] In Wahrheit gibt es eine Tätigkeit, ein reines *Interpretieren,* reines Auswählen, das kein Subjekt noch Objekt mehr hat, wählt es doch den Interpreten nicht minder aus als das zu interpretierende Ding, das Zeichen und das Ich, das es entziffert. So ist das »wir« der Interpretation beschaffen: »Mais nous ne disons même pas *nous* . . . un nous qui serait sans contenu.«[31] Daher reicht der Schlaf tiefer als das Gedächtnis weil nämlich das Gedächtnis, selbst das unwillkürliche, an das Zeichen geheftet bleibt, das es erregt, und an das bereits erwählte Ich, das es wiederbeleben wird, während der Schlaf Bild des reinen Interpretierens ist, das sich in allen Zeichen zusammenrollt und sich durch alle Vermögen hindurch entwickelt. Das Interpretieren hat keine andere Einheit als die Transversale; es allein ist die Gottheit, deren Fragment jedes Ding ist, aber seine »göttliche Gestalt« sammelt die Fragmente nicht wieder ein, klebt sie nicht wieder zusammen, es treibt sie im Gegenteil in den höchsten, schärfsten Zustand, es hindert sie ebenso daran, ein Ganzes zu bilden wie gegeneinander gleichgültig zu sein. Das »Subjekt« der Recherche schließlich ist kein Ich, es ist jenes *Wir* ohne Inhalt, das Swann, den Erzähler, Charlus aufteilt, das sie aufteilt oder sie auswählt, ohne sie zu totalisieren.

Wir haben früher Zeichen kennengelernt, die sich gemäß ihrem objektiven Stoff unterschieden, gemäß ihrer subjektiven Assoziationskette, dem Vermögen, das sie entziffert, ihrem Verhältnis zur Essenz. Formal aber gibt es zwei Typen von Zeichen, die sich in jeder

Art wiederfinden: geöffnete Schachteln, zum Explizieren; geschlossene Gefäße, zum Auswählen. Und das Zeichen ist immer Fragment ohne Totalisierung und ohne Vereinheitlichung, weil der Inhalt am Behältnis mit aller Kraft der Inkommensurabilität zwischen ihnen hängt, und weil das Gefäß an seiner Nachbarschaft mit aller Kraft der Nicht-Kommunikation zwischen ihnen hängt. Inkommensurabilität und Nicht-Kommunikation sind Distanzen, Distanzen jedoch, die eins ins andere stecken oder eins und das andere als solche zu Nachbarn machen. Und die Zeit bedeutet nichts anderes: Dies System von nichträumlichen Distanzen, diese Distanz, die der Kontiguität selbst oder dem Inhalt selbst zu eigen ist, *Distanzen ohne Intervalle.* Die verlorene Zeit, die Distanzen zwischen Gegenstände in einem Kontiguitätsverhältnis einschiebt, und die wiedergefundene Zeit, die im Gegenteil eine Kontiguität zwischen Gegenständen in Distanz herstellt, wirken in dieser Hinsicht auf komplementäre Weise, je nachdem ob das Vergessen oder die Erinnerung »fragmentarische, regellose Interpolationen« durchführen. Denn der Unterschied zwischen verlorener Zeit und wiedergefundener Zeit ist noch nicht da; und die eine, durch ihre Kraft von Vergessen, Krankheit und Alter, bekräftigt die Stücke als getrennte nicht weniger als die andere, durch ihre Kraft von Erinnerung und Auferstehung.[32] Jedenfalls bedeutet die Zeit, nach Bergsons Formulierung, daß alles nicht gegeben ist: das Ganze kann nicht gegeben werden. Das heißt freilich nicht, daß das Ganze in einer anderen Dimension, die eben die zeitliche wäre, »wird«, wie Bergson es versteht oder wie es die dialektischen Anhänger eines Prozesses der Totalisierung auf ihre Weise verstehen. Sondern weil die Zeit, äußerster Interpret, äußerstes Interpretieren, das seltsame Vermögen hat, gleichzeitig Stücke zu affirmieren, die im Raum kein Ganzes bilden und noch weniger in der zeitlichen Aufeinanderfolge eines bilden. Die Zeit ist eben die Transversale aller möglichen Räume, darunter der zeitlichen Räume.

In einem derart zerstückelten Universum gibt es keinen Logos, der all die Stücke sammeln würde, also auch kein Gesetz, das sie an ein Ganzes binden würde, kein wiederzufindendes und noch nicht einmal ein zu bildendes Ganzes. Dennoch gibt es ein Gesetz; was sich aber geändert hat, ist sein Wesen, seine Funktion, sein Verhältnis. In der griechischen Welt ist das Gesetz immer sekundär: es ist eine zweite Macht im Verhältnis zum Logos, der das Ganze umfaßt und es auf das Gute bezieht. Das Gesetz, oder vielmehr die Gesetze regieren nur die Teile, passen sie einander an, bringen sie einander näher und verbinden sie, stellen in ihnen ein relatives »Besseres« her. Die Gesetze haben auch nur in dem Maße einen Wert, in dem sie uns die Erkenntnis von etwas, was über sie hinausgeht, vermitteln oder eine Figur des »Besseren« bestimmen, das heißt jenen Aspekt, den das Gute im Logos im Verhältnis zu diesem oder jenem Teil, Ort oder Augenblick annimmt. Es scheint, daß das moderne Bewußtsein eines Anti-Logos das Gesetz einer radikalen Revolution unterworfen hat. Insofern es eine Welt von nicht totalisierten und nicht totalisierbaren Fragmenten regiert, wird das Gesetz zur primären Macht. Das Gesetz sagt nicht mehr, was gut ist; sondern gut ist, was das Gesetz sagt. Sofort erlangt es eine ungeheuerliche Einheit: es gibt nicht mehr spezifizierte Gesetze dieser oder jener Art, sondern *das* Gesetz, ohne eine weitere Besonderung. Freilich ist diese ungeheuerliche Einheit absolut leer, einzig und allein formal, vermittelt sie uns doch keinerlei Erkenntnis über einen unterscheidbaren Gegenstand, über eine Totalität, über ein Gutes, auf das sich zu beziehen wäre, über einen sich beziehenden Logos. Weit davon entfernt, die Teile zu verknüpfen und einander anzupassen, trennt es sie im Gegenteil, schließt sie ab, setzt die Nicht-Kommunikation ins Kontingente, die Nicht-Kommensurabilität ins Behältnis. Indem es uns keine Erkenntnis vermittelt, lehrt es uns, was es ist, einzig wenn es unser Fleisch markiert, wenn es die Strafe an uns bereits vollzieht; darin aber liegt das phantastische Paradox: wir wissen nicht, was das Gesetz wollte, bevor wir die Strafe empfangen, wir können also dem Gesetz nur gehorchen, wenn wir schuldig werden, wir können es nur mit unserer Schuldigkeit beantworten, wendet es sich doch auf die Teile nur als getrennte an und indem es sie noch weiter trennt, die Körper zergliedert, ihnen Glieder entreißt. Im wahrsten Sinne unerkennbar läßt das Gesetz sich nicht erkennen, es sei denn, wenn es unseren gemarterten Körper den härtesten Strafen unterwirft.

Das moderne Bewußtsein vom Gesetz nimmt bei Kafka eine besonders geschärfte Form an: in der *Chinesischen Mauer* erscheint die grundlegende Verbindung zwischen dem fragmentarischen Charakter der Mauer, der fragmentarischen Art ihres Baus und dem unerkennbaren Charakter des Gesetzes, seiner Bestimmung, die mit der Bestrafung von Schuldhaftigkeit identisch ist. Bei Proust hingegen zeigt das Gesetz eine andere Gestalt, weil die Schuldhaftigkeit hier eher einer Erscheinung gleicht, die eine tiefere fragmentarische Realität verbirgt, statt selbst die tiefere Realität zu sein, auf die uns die abgelösten Fragmente hinführen würden. Dem depressiven Bewußtsein vom Gesetz, wie es bei Kafka erscheint, setzt sich in diesem Sinne das schizoide Bewußtsein vom Gesetz nach Proust entgegen. Auf den ersten Blick freilich spielt die Schuldhaftigkeit in Prousts Werk mit der Homosexualität als ihrem wesentlichen Gegenstand eine hervorragende Rolle. Lieben setzt die Schuldigkeit des geliebten Wesens voraus, so daß die ganze Liebe zur Diskussion über die Beweise wird, zum Urteil der Unschuld des Wesens, das man doch schuldig weiß. Die Liebe ist also eine Erklärung imaginärer Unschuld, zwischen zwei Sicherheiten der Schuld gespannt, zwischen jene, die a priori die Liebe bedingt und möglich macht, und diejenige, die die Liebe abschließt, das Ende ihrer Erfahrung markiert. So kann der Erzähler Albertine nicht lieben, ohne dies Apriori der Schuld erfaßt zu haben, das er im Laufe seiner Erfahrung entleeren wird, durch die Überzeugung hindurch, sie sei trotz allem unschuldig (wobei diese Überzeugung unbedingt notwendig ist und als Enthüllung wirkt): »D'ailleurs, plus même que leurs fautes pendant que nous les aimons, il y a leurs fautes avant que nous les connaissions, et la première de toutes: leur nature. Ce qui rend douloureuses de telles amours, en effet, c'est qu'il leur préexiste une espèce de péché originel de la femme, un péché qui nous les fait aimer . . . .«[1] – »N'était-ce pas, en effet, malgré toutes les dénégations de ma raison, connaître dans toute sa hideur Albertine, que la choisir, l'aimer? . . . Nous sentir attiré vers cet être, commencer à l'aimer, c'est, si innocent que nous le prétendions, lire déjà dans une version différente toutes ses trahisons et ses fautes.«[2] Und die Liebe endet erst dann, wenn die apriorische Gewißheit der Schuldhaftigkeit ihre Bahn vollendet hat, wenn sie empirisch geworden ist und die empirische Überzeugung verjagt hat, Albertine sei trotz allem unschuldig: eine Vorstellung »formant peu à peu le fond de la conscience s'y substituait à l'idée qu'Albertine était innocente: c'était l'idée qu'elle était coupable«[3], so daß dem Erzähler die Gewißheit über Albertines Fehler erst kommt, wenn sie ihn nicht mehr interessieren, wenn er zu lieben aufgehört hat, von Anstrengung und Gewohnheit besiegt.

Stärker noch tritt Schuldhaftigkeit in den homosexuellen Reihen hervor. Und man wird sich der Kraft erinnern, mit der Proust das Bild einer maskulinen Homosexualität als einer verfemten Rasse zeichnet, »race sur qui pèse une malédiction et qui doit vivre dans le mensonge et le parjure ... fils sans mère ... amis sans amitiés ... sans honneur que précaire, sans liberté que provisoire jusqu'à la découverte du crime, sans situation qu'instable«, so setzt sich die Zeichen-Homosexualität der griechischen Logos-Homosexualität entgegen.[4] *Indessen hat der Leser den Eindruck, daß diese Schuldhaftigkeit eher scheinbar als wirklich ist;* und wenn Proust von der Originalität seines Unterfangens spricht, wenn er selbst behauptet, durch verschiedene »Theorien« hindurchgegangen zu sein, so deswegen, weil er sich nicht damit begnügt, insbesondere eine verfemte Homosexualität zu isolieren. Das ganze Motiv der verfemten oder schuldigen Rasse verschlingt sich nämlich mit einem Thema der Unschuld, dem der Sexualität der Pflanzen. Prousts Theorie ist so komplex, weil sie mehrere Ebenen ins Spiel bringt. *Auf einer ersten Ebene* die Gesamtheit der intersexuellen Lieben in ihren Kontrasten und Wiederholungen. *Auf einer zweiten Ebene* teilt sich diese Gesamtheit selbst in zwei Reihen oder Richtungen, die von Gomorrha, die das jedesmal enthüllte Geheimnis der geliebten Frau verbirgt, und die von Sodom, die das noch tiefer vergrabene Geheimnis des Liebenden trägt. Hier herrscht die Vorstellung von Fehl und Schuldhaftigkeit. Doch ist gerade diese zweite Ebene nicht die tiefste, weil sie selbst nicht weniger statistisch ist als das Ensemble, das sie zerlegt: die Schuldigkeit wird in diesem Sinne stärker als soziale erlebt denn als moralische oder verinnerlichte. Es läßt sich als allgemeine Regel bei Proust feststellen, daß nicht allein ein gegebenes Ensemble einen nur statistischen Wert hat, sondern auch die beiden asymmetrischen Seiten oder großen Richtungen, in die es sich teilt. So bildet zum Beispiel die »Armee« oder die »Menge« aller Ichs des Erzählers, die Albertine lieben, ein Ensemble der ersten Ebene; doch die beiden Untergruppen von »Vertrauen« und »eifersüchtigem Verdacht«

sind auf einer zweiten Ebene immer noch statistische Richtungen, welche die Bewegungen einer dritten Ebene umfassen, die Regungen der einzelnen Partikel, jedes einzelnen Ich, aus denen die Menge oder Armee in dieser oder jener Richtung zusammengesetzt ist.[5] Ebenso müssen die Seite von Guermantes und die Seite von Méséglise als statistische Seiten genommen werden, die selbst aus einer Menge elementarer Figuren zusammengesetzt sind. Und so sind schließlich die Reihe von Gomorrha und die Reihe von Sodom und die entsprechenden Arten von Schuld zwar wesentlich differenzierter als die gröbere Erscheinungsform der heterosexuellen Lieben, aber auch sie verbergen noch eine letzte Ebene, die durch das Verhalten von Organen und elementaren Partikeln konstituiert wird.

Das, was Proust in den beiden homosexuellen Reihen interessiert und was sie im strengen Sinne komplementär macht, ist die Prophetie der Trennung, die sie erfüllen: »Les deux sexes mourront chacun de son côté.«[6] Deutlicher noch gewinnt die Metapher der Schachteln oder der geschlossenen Gefäße ihren ganzen Sinn, wenn man in Erwägung zieht, daß die beiden Geschlechter in ein und demselben Individuum anwesend und getrennt sind: in Kontiguität, aber abgeschlossen und nicht kommunizierend, im Geheimnis eines anfänglichen Hermaphroditismus. Hier gewinnt das pflanzliche Motiv seinen ganzen Sinn, im Gegensatz zu einem Logos-Großen-Lebendigen: der Hermaphroditismus ist nicht die Eigenschaft einer heute verlorenen animalischen Totalität, sondern die gegenwärtige Verschließung beider Geschlechter gegeneinander an derselben Pflanze: »L'organe mâle est séparé par une cloison de l'organe femelle.«[7] Und hier eben siedelt sich *die dritte Ebene* an: ein Individuum von einem gegebenen Geschlecht (aber immer ist man nur in globaler oder statistischer Weise von einem gegebenen Geschlecht) trägt in sich das andere Geschlecht, mit dem es nicht direkt kommunizieren kann. Wie viele junge Mädchen nisten in Charlus, die auch zu Großmüttern werden können.[8] »Chez certains . . . la femme n'est pas seulement intérieurement unie à l'homme, mais hideusement visible, agités qu'ils sont dans un spasme d'hystérie, par un rire aigu qui convulse leurs genoux et leurs mains.«[9] Die erste Ebene war durch das statistische Ensemble der heterosexuellen Lieben definiert. Die zweite durch die beiden immer noch statistischen homosexuellen Richtungen, nach denen ein Individuum, das dem vorhergehenden Ensemble angehört, auf andere Individuen des gleichen Geschlechts verwiesen ist und so an der Reihe von Sodom teilhat, wenn es ein Mann ist, und an der von Gomorrha, wenn es eine Frau ist (so Odette, Albertine). Die dritte Ebene aber ist transsexuell (»ce qu'on appelle fort mal l'homosexualité«[10]) und überschreitet das Individuum wie das Ensemble: sie bezeichnet die Koexistenz von Fragmenten beider Geschlechter, von nicht kommunizierenden *Partialobjekten* im Individuum. So steht es hier wie bei den Pflanzen: der Hermaphrodit bedarf eines dritten (des Insekts), damit der weibliche Teil fruchtbar, der männliche befruchtend wird.[11] Eine abwegige Kommunikation findet in einer transversalen Dimension zwischen abgeschlossenen Geschlechtern statt. Oder eher ist es noch komplizierter, denn wir werden auf dieser neuen Ebene die Unterscheidung zwischen der zweiten und dritten wiederfinden. Es kann in Wirklichkeit geschehen, daß ein global als männlich definiertes Individuum, um seinen weiblichen Teil zu befruchten, mit dem es selbst nicht kommunizieren kann, ein global als von dem gleichen Geschlecht wie es selbst definiertes Individuum sucht (und ebenso für die Frau und ihren männlichen Teil). Doch in einem tieferen Fall wird das global als männlich bestimmte Individuum seinen weiblichen Teil durch selbst partielle Objekte befruchten lassen, die sich ebenso gut bei einer Frau wie bei einem Mann finden können. Darin liegt nach Proust der Grund des Transsexualismus: nicht nur eine *globale und spezifische Homosexualität,* wo in einer Trennung der beiden Reihen die Männer auf Männer verweisen und die Frauen auf Frauen, sondern eine *lokale und nicht spezifische Homosexualität,* wo der Mann ebenso das sucht, was es an Mann in der Frau gibt, und die Frau, was es an Frau im Mann gibt, dies alles in der abgeschlossenen Kontiguität der beiden Geschlechter als Partialobjekten.[12]

Daher die scheinbar dunkle Passage, wo Proust der globalen und spezifischen Homosexualität jene lokale und nicht spezifische Homosexualität entgegensetzt: »Pour les uns, ceux qui ont eu l'enfance la plus timide sans doute, ils ne se préoccupent guère de la sorte matérielle de plaisir qu'ils reçoivent, pourvu qu'ils puissent le rapporter à un visage masculin. Tandis que d'autres, ayant des sens plus violents sans doute, donnent à leur plaisir matériel d'impérieuses localisations. Ceux-là choqueraient peut-être par leurs aveux la moyenne du monde. Ils vivent peut-être moins exclusivement sous le satellite de Saturne, car pour eux les femmes ne sont pas entièrement exclues comme pour les premiers . . . Mais les seconds recherchent celles qui aiment les femmes, elles peuvent leur procurer un jeune homme, accroître le plaisir qu'ils ont à se trouver avec lui; bien plus, ils peuvent, de la même manière, prendre avec elles le même plaisir qu'avec un homme. De là vient que la jalousie n'est excitée, pour ceux qui aiment les premiers, que par le plaisir qu'ils pourraient prendre avec un homme et qui seul leur semble une trahison, puisqu'ils ne participent pas à l'amour des femmes, ne l'ont pratiqué que comme habitude et pour se réserver la possibilité du mariage, se représentant si peu le plaisir qu'il peut donner, qu'ils ne peuvent souffrir que celui qu'ils aiment le goûte; tandis que les seconds inspirent souvent la jalousie par leurs amours avec les femmes. Car dans les rapports qu'ils ont avec elles, ils jouent pour la femme le rôle d'une autre femme, et la femme leur offre en même temps à peu près ce qu'ils trouvent chez l'homme ....«[13] Wenn man den Sinn dieses Transsexualismus als letzter Ebene der Proustschen Theorie verstanden hat sowie seinen Zusammenhang mit der Praxis der Verschließungen, klärt sich nicht nur die pflanzliche Metaphorik auf, sondern es wird auch geradezu grotesk, sich zu fragen, welche »Transpositionsstufe« Proust anwenden mußte, um einen Albert in Albertine zu verwandeln, und noch grotesker, die Entdeckung, Proust müsse einige Liebesbeziehungen zu Frauen gehabt haben, als Erleuchtung zu präsentieren. Hier wird wahrhaft deutlich, daß das Leben für das Werk oder die Theorie gar nichts beibringt, denn Werk und Theorie sind mit dem geheimen Leben durch ein tieferes Band verknüpft als das aller Biographien es sein könnte. Es genügt, sich an das zu halten, was Proust in seinem großen Exposé von Sodom und Gomorrha expliziert: der Transsexualismus, das heißt die lokale und nicht spezifische Homosexualität, begründet in der Abgeschlossenheit von Organ-Geschlechtern oder Partialobjekten im Kontiguitätsverhältnis, verdeckt von der globalen und spezifischen Homosexualität, die auf der Unabhängigkeit von Personen-Geschlechtern oder Reihen von Ensembles begründet ist.

Die Eifersucht ist der eigentliche Rausch der Zeichen. Und bei Proust findet sich die Bestätigung einer grundlegenden Verknüpfung von Eifersucht und Homosexualität, für die er freilich eine ganz neue Interpretation beibringt. In dem Maße, in dem das geliebte Wesen mögliche Welten enthält (Mademoiselle de Stermaria und die Bretagne, Albertine und Balbec), geht es darum, all diese Welten zu explizieren, zu entfalten. Aber gerade weil diese Welten ihren Wert nur in der Perspektive des geliebten Wesens auf sie gewinnen, welche die Art, in der sie sich in ihm zusammenrollen, bestimmt, kann der Liebende in die Welten nie hinreichend *hineingenommen* werden, ohne gleichzeitig ausgeschlossen zu werden, gehört er ihnen doch nur als gesehenes Ding an, daher auch als ein kaum gesehenes, nicht bemerktes Ding, vom höheren Sehepunkt ausgeschlossen, aus dem heraus die Auswahl stattfindet. Der Blick des geliebten Wesens integriert mich nur in die Landschaft und die Umgebung, indem er mich aus dem undurchdringlichen Sehepunkt verjagt, mittels dessen Landschaft und Umgebung sich für es organisieren: »Si elle m'avait vu, qu'avais-je pu lui représenter? Du sein de quel univers me distinguait-elle? Il m'eût été aussi difficile de le dire que, lorsque certaines particularités nous apparaissant grâce au téléscope, dans un astre voisin, il est malaisé de conclure d'elles que des humains y habitent, qu'ils nous voient, et quelles idées cette vue a pu éveiller en eux.«[14] Und ebenso stellen sich die Bevorzugungen oder die Zärtlichkeiten, die die Geliebte mir geben wird, nur dar, um ein Bild möglicher Welten zu zeichnen, in denen andere bevorzugt waren, sind oder sein werden.[15] Daher ist die Eifersucht in zweiter Linie nicht mehr einfach die Explikation von in das geliebte Wesen eingehüllten *möglichen Welten* (wo andere mir Ähnliche gesehen und erwählt werden können), sondern auch die Entdeckung der *unerkennbaren Welt,* die die Perspektive des geliebten Wesens selbst darstellt und die sich in der homosexuellen Reihe entwickelt. Dort steht die Geliebte nur noch in Bezug zu ihr selbst ähnlichen, von mir verschiedenen Wesen, Quellen von Freuden, die mir unbekannt und unvollziehbar bleiben: »C'était une *terra incognita* terrible où je venais d'atterrir, une phase nouvelle de souffrances insoupçonnées qui s'ouvrait.«[16] Schließlich an dritter Stelle entdeckt die Eifersucht die Transsexualität des geliebten Wesens, alles was sich neben seinem scheinbaren, global bestimmten Geschlecht verbirgt, die anderen Geschlechter in Kontiguität und ohne Kommunikation und die seltsamen Insekten, die beauftragt sind, diese Seiten dennoch kommunizieren zu machen – kurz die Entdeckung der Partialobjekte, die noch grausamer ist als die der rivalisierenden Personen.

Es gibt eine Logik der Eifersucht, welche die der geöffneten Schachteln und der geschlossenen Gefäße ist. Die Logik der Eifersucht besteht hierin: das geliebte Wesen mit Beschlag belegen, einmauern. Dies ist das Gesetz, das Swann am Ende seiner Liebe zu

Odette vorherahnt, das der Erzähler schon in seiner Liebe zu seiner Mutter erfaßt, bevor er noch die Kraft hat, es anzuwenden, das er schließlich in seiner Liebe zu Albertine anwendet.[17] Das ganze geheime Gewebe der Recherche – düstere Gefangene. Mit Beschlag belegen bedeutet zunächst, das geliebte Wesen von all den in ihm enthaltenen möglichen Welten entleeren, diese Welten entziffern und explizieren ; es heißt aber auch, sie auf den Punkt der Umhüllung beziehen, auf die Falte, die ihre Zugehörigkeit zum Geliebten markiert.[18] Sodann bedeutet es, die homosexuelle Reihe abschneiden, welche die unbekannte Welt des Geliebten konstituiert; und ebenso, die Homosexualität als Erbsünde des Geliebten entdecken, wofür es durch die Einschließung bestraft wird. Schließlich heißt mit Beschlag belegen: die Seiten in Kontiguität, die Geschlechter und Partialobjekte daran hindern, in der vom Insekt (dem dritten Objekt) heimgesuchten transversalen Dimension zu kommunizieren, es heißt, jedes in sich selbst abschließen und den verfemten Austausch unterbrechen; es heißt indessen auch, eins neben das andere setzen und sie ihr Kommunikationssystem erfinden lassen, das unsere Erwartung immer überrascht, das merkwürdige Zufälle schafft und unsere Verdächte ablenkt (das Geheimnis der Zeichen). Es gibt einen erstaunlichen Zusammenhang zwischen der aus der Eifersucht geborenen Einschließung, der Leidenschaft zu schauen und dem Akt des Profanierens: Einschließung, Voyeurismus und Profanation, die Proustsche Dreieinigkeit. Denn Gefangensetzen bedeutet genau, sich in die Position zu begeben, in der man sehen kann, ohne gesehen zu werden, will sagen, ohne Gefahr zu laufen, in den Sehepunkt des andern zu geraten, der uns aus der Welt vertreiben würde, in die er uns einschlösse. So: Albertine schlafen sehen. Sehen ist genau, den andern auf die Seiten in Kontiguität und ohne Kommunikation reduzieren, die ihn ausmachen, und auf die Art der transversalen Kommunikation warten, die einzurichten jene abgeschlossenen Hälften ihre Mittel finden werden. Das Sehen aber geht in der Versuchung über sich selbst hinaus, sehen zu lassen, zu sehen zu geben, und sei's symbolischerweise. Sehen lassen wird bedeuten, jemandem die Kontiguität eines fremden, abscheulichen, häßlichen Schauspiels aufzuzwingen. Es wird nicht nur bedeuten, ihm die Vision von geschlossenen und in Kontiguität stehenden Gefäßen aufzuzwingen, von Partialobjekten, zwischen denen eine widernatürliche Paarung sich abzeichnet, sondern ihn selbst zu behandeln, als sei er eins dieser Objekte, eine dieser Seiten der Kontiguität, die in transversaler Weise kommunizieren müssen.

Daher rührt das Motiv der Profanierung, das Proust so liebt. Mademoiselle Vinteuil bringt das Foto ihres Vaters in Kontiguität mit ihren sexuellen Ausschweifungen. Der Erzähler stellt Familienmöbel in ein Absteigequartier. Indem er sich von Albertine neben dem mütterlichen Zimmer küssen läßt, kann er die Mutter auf den Status eines Partialobjekts (Zunge) reduzieren, das dem Körper Albertines zugehört. Oder wenn er träumt, setzt er seine Eltern als verwundete Mäuse in Käfige, wo sie transversalen Begegnungen ausgesetzt sind, die sie überqueren und sie aufspringen lassen. Überall bedeutet profanieren, die Mutter (oder den Vater) in die Funktion eines Partialobjekts versetzen, das heißt sie einschließen, ihr ein Schauspiel der Kontiguität vorführen, oder sogar sie dazu bringen, in diesem Schauspiel mitzuwirken, das sie nicht mehr unterbrechen, dem sie sich nicht entziehen kann, sie dem Schauspiel zugehörig machen.[19]

Freud schrieb zwei grundlegende Ängste dem Verhältnis zum Gesetz zu: die Aggressivität gegen das geliebte Wesen bringt einerseits eine Bedrohung mit Liebesverlust mit sich, anderseits Schuldgefühle durch die Rückwendung auf sich selbst. Die zweite Figur gibt dem Gesetz ein depressives Bewußtsein, die erste aber ist ein schizoides Bewußtsein des Gesetzes. Bei Proust nun bleibt das Thema der Schuldhaftigkeit oberflächlich, sozial eher als moralisch, eher auf die andern projiziert als im Erzähler verinnerlicht, auf die statistischen Reihen verstreut. Dafür aber bestimmt der Liebesverlust wahrhaftig das Schicksal oder das Gesetz: *lieben ohne geliebt zu werden,* beinhaltet die Liebe doch das Erfassen jener möglichen Welten im Geliebten, die mich ebenso ausstoßen wie sie mich vereinnahmen und die in der unkenntlichen homosexuellen Welt gipfeln – aber zugleich *aufhören zu lieben,* bringt doch die Entleerung der Welten, die Explikation des Geliebten den Tod jenes Ich, das liebt, mit sich. »Etre dur et fourbe envers ce qu'on aime«[20], weil es darum geht, es mit Beschlag zu belegen, es zu sehen, wenn es uns nicht mehr sehen kann, und ihm dann abgeschlossene Szenen zeigen, deren beschämtes Theater oder einfach erschreckter Zuschauer es ist. Mit Beschlag belegen, Sehen, Profanieren, darin faßt sich das Gesetz der Liebe zusammen.

Das bedeutet aber, daß in einer des Logos entkleideten Welt das Gesetz überhaupt über Teile ohne Ganzes herrscht, deren offenes oder geschlossenes Wesen wir kennengelernt haben. Und weit davon entfernt, sie in einer und derselben Welt zu vereinen oder einander anzunähern, mißt es den Abstand, die Entfernung, die Distanz, die Abschließung zwischen ihnen, setzt nur abwegige Kommunikationen zwischen den nicht kommunizierenden Gefäßen ein, transversale Einheiten zwischen den Schachteln, die jede Totalisierung zurückweisen, führt mit Gewalt das Fragment einer Welt in eine andere Welt ein, treibt Welten und Perspektiven hinaus ins unendliche Leere der Distanzen. Daher erscheint das Gesetz schon auf seiner einfachsten Ebene, als gesellschaftliches oder Naturgesetz, bereits auf seiten des Teleskops, nicht des Mikroskops. Wohl kommt es bei Proust vor, daß er das Vokabular des unendlich Kleinen entlehnt: das Gesicht oder vielmehr die Gesichter von Albertine unterscheiden sich durch »une déviation de ligne infinitésimale«, die Gesichter der jungen Mädchen in der Gruppe unterscheiden sich durch »les différences infiniment petites des lignes«[21]. Doch selbst hier erhalten die kleinen Abweichungen der Linien erst als Farbträger ihren Wert, die sich von einander abstoßen und entfernen und damit die Dimensionen verändern. Das Instrument der Recherche ist das Teleskop, nicht das Mikroskop, weil die infinitesimalen Anziehungen immer von infiniten Entfernungen umspannt werden, und weil das Motiv des Teleskops die drei Proustschen Figuren vereint: das, was man aus der Ferne sieht, der Zusammenstoß zwischen den Welten, das Ineinandergefaltetsein der Teile. »Bientôt je pus montrer quelques esquisses. Personne n'y comprit rien. Même ceux qui furent favorables à ma perception des vérités que je voulais ensuite graver dans le temple me félicitèrent de les avoir découvertes au ›microscope‹ quand je m'étais, au contraire, servi d'un téléscope pour apercevoir des choses, très petites, en effet, mais parce qu'elles étaient situées à une grande distance, et qui étaient chacune un monde. Là où je cherchais les grandes lois, on m'appelait fouilleur de détails.«[22] Der Speisesaal im Restaurant besteht aus ebensoviel Gestirnen wie Tischen, um die umher die Kellner ihre Umdrehungen ausführen; die Gruppe junger Mädchen hat scheinbar regellose Bewegungen, deren Gesetze nur durch geduldige Beobachtungen, eine »Astronomie der Leidenschaft«, abgeleitet werden können; die in Albertine eingehüllte Welt hat die Eigenheiten dessen, was uns »mittels des Teleskops« auf einem Gestirn erscheint.[23] Und das Leiden ist eine Sonne, weil seine Strahlen die Distanzen in einem Satz durchqueren, ohne sie aufzuheben. Und eben das haben wir bei der Kontiguität gesehen, bei der Abschließung von Dingen in Kontiguität: die Kontiguität verringert die Distanz nicht auf ein unendlich Kleines, sondern sie affirmiert und dehnt eine Distanz ohne Intervall entsprechend einem immer astronomischen, immer teleskopischen Gesetz, welches die Fragmente disparater Welten beherrscht.

Kapitel IV: Die drei Maschinen

Das Teleskop funktioniert. Das psychische Teleskop für eine »Astronomie der Leidenschaft«, das die Recherche darstellt, ist nicht allein ein Instrument, dessen Proust sich bedient, während er es gleichzeitig fabriziert. Es ist auch ein Instrument für die andern, dessen Gebrauch sie lernen müssen: »Ils ne seraient pas mes lecteurs, mais les propres lecteurs d'eux-mêmes, mon livre n'étant qu'une sorte de ces verres grossissants comme ceux que tendait à un acheteur l'opticien de Combray, mon livre, grâce auquel je leur fournissais le moyen de lire en eux-mêmes. De sorte que je ne leur demanderais pas de me louer ou de me dénigrer, mais seulement de me dire si c'est bien cela, si les mots qu'ils lisent en eux-mêmes sont bien ceux que j'ai écrits (les divergences possibles à cet égard ne devant pas, du reste, provenir toujours de ce que je me serais trompé, mais quelquefois de ce que les yeux du lecteur ne seraient pas de ceux à qui mon livre conviendrait pour bien lire en soi-même).«[1] Und die Recherche ist nicht nur ein Instrument, sie ist eine Maschine. Das moderne Kunstwerk ist alles, was man will, dies und das und auch das noch, es ist sogar seine Eigenheit, alles zu sein was man will, eine Überdeterminierung in all dem, was man will, zu haben, sobald *es läuft:* das moderne Kunstwerk ist eine Maschine und funktioniert in solcher Weise. Malcolm Lowry sagt das in glänzender Formulierung von seinem Roman: »Man kann ihn als eine Art Symphonie nehmen, oder auch als eine Art Oper, oder sogar als eine Western-Oper; er ist Jazz, Poesie, ein Lied, eine Tragödie, eine Komödie, eine Farce und so fort . . . Er ist eine Prophezeiung, eine politische Warnung, ein Kryptogramm, ein verrückter Film und ein Menetekel. Man könnte ihn sogar für eine Art Maschinerie nehmen; und er funktioniert, da können Sie sicher sein, denn ich habe es selbst ausprobiert.«[2] Nichts anderes will Proust sagen, wenn er uns rät, nicht sein Werk zu lesen, sondern uns seiner zu bedienen, um in uns selbst zu lesen. Es gibt keine Sonate und kein Septett in der Recherche, die Recherche selbst ist eine Sonate, und auch ein Septett, und auch eine Opera buffa; und überdies, fügt Proust hinzu, eine Kathedrale, und auch ein Kleid.[3] Und auch eine Prophezeiung über die Geschlechter, eine politische Warnung, die uns von der Dreyfus-Affäre und dem Krieg von 1914 her erreicht, ein Kryptogramm, das alle unsere sozialen, diplomatischen, strategischen, erotischen, ästhetischen Sprachen dekodiert und neu verschlüsselt, ein Western oder ein verrückter Film über die Gefangene, ein Menetekel, ein Handbuch der guten Gesellschaft, ein metaphysischer Traktat, ein Rausch von Zeichen und Eifersucht, ein Exerzitium zur Abrichtung der geistigen Vermögen. Alles, was man will, vorausgesetzt, man bringt das Gesamte zum Funktionieren, und »es funktioniert, da können Sie sicher sein«. Dem *Logos,* dessen Sinn im Ganzen, dem er angehört, entdeckt werden muß, setzt sich der Anti-Logos entgegen, eine Maschine und Maschinerie, deren Sinn (alles was du willst) allein vom Funktionieren abhängt, das Funktionieren aber von den voneinander abgelösten Stücken. Das moderne Kunstwerk hat kein Sinnproblem, es hat einzig ein Problem des Gebrauchs.

Warum eine Maschine? Weil das so verstandene Kunstwerk wesentlich produzierend ist, bestimmte Wahrheiten produziert. Daher hat Proust auf dem folgenden Punkt insistiert: daß die Wahrheit produziert ist, daß sie durch einanderzugeordnete Maschinen, die in uns funktionieren, produziert ist, von unseren Eindrücken abgeleitet, in unserem Leben gekreuzt, in einem Werk gegeben. Deswegen lehnt Proust so heftig den Status einer Wahrheit ab, die nicht produziert ist, sondern nur entdeckt oder im Gegenteil geschaffen, und den Status eines Denkens, das sich selbst voraussetzt, den Verstand voranstellt und alle seine Vermögen in einem willkürlichen Gebrauch vereint, der der Entdeckung und der Schöpfung entspricht (Logos). »Les idées formées par l'intelligence pure n'ont qu'une vérité *logique,* une vérité possible, leur élection est arbitraire. Le livre aux caractères figurés, non tracés par nous, est notre seul livre. Non que les idées que nous formons ne puissent être justes *logiquement,* mais nous ne savons pas si elles sont vraies.« Und die schöpferische Imagination hat keinen höheren Wert als der entdeckende oder beobachtende Verstand.[4]

Wir haben gesehen, auf welche Weise Proust die platonische Gleichsetzung Schaffen-Wiedererinnern erneuert. Das liegt aber daran, daß Erinnern und Schaffen nur zwei Aspekte der gleichen Produktion sind – »Interpretieren«, »Entziffern«, »Übersetzen« bilden hier den Prozeß der Produktion selbst. Weil das Kunstwerk Produktion ist, stellt es kein besonderes Problem des Sinnes, sondern des Gebrauchs.[5] Selbst der Akt des Denkens muß im Denken produziert werden. Jede Produktion geht vom Eindruck aus, weil allein er den Zufall der Begegnung und die Notwendigkeit der Wirkung in sich vereint, als Gewalt, der er uns unterwirft. Jede Produktion also geht von einem Zeichen aus und setzt die Tiefe und Dunkelheit des Unwillkürlichen voraus. »L'imagination, la pensée peuvent être des machines admirables en soi, mais elles peuvent être inertes; la souffrance alors les met en marche.«[6] Nun haben wir gesehen, daß das Zeichen je nach seinem Wesen dies oder jenes Vermögen in Gang bringt, es bis zur Grenze seiner unwillkürlichen und unverbundenen Ausübung treibt, wodurch es die Bedeutung produziert. Eine Klassifikation der Zeichen hat uns die Vermögen aufgezeigt, die in diesem oder jenem Fall ins Spiel kommen, und die Arten der produzierten Bedeutung (namentlich *allgemeine Gesetze* oder *einzelne Essenzen*). In jedem Falle konstituiert das unter dem Zwang des Zeichens gewählte Vermögen das Interpretieren; und das Interpretieren produziert die Bedeutung, das Gesetz oder die Essenz je nach dem Einzelfall, jedenfalls immer ein Produkt. Daher ist die Bedeutung (die Wahrheit) nie im Eindruck noch sogar in der Erinnerung, sondern sie vermischt sich mit dem »spirituellen Äquivalent« des Eindrucks oder der Erinnerung, das mittels der unwillkürlichen Interpretationsmaschine produziert wird.[7] Dieser Begriff des spirituellen Äquivalents begründet eine neue Verbindung zwischen Erinnern und Schaffen und begründet zugleich einen Produktionsprozeß als Kunstwerk.

Die Recherche mag Produktion der gesuchten Wahrheit sein. Doch wiederum gibt es nicht die Wahrheit, sondern Ränge von Wahrheiten als Ränge von Produktion. Und es genügt noch nicht einmal, festzustellen, daß es Wahrheiten der wiedergefundenen Zeit und solche der verlorenen Zeit gibt. Denn die große abschließende Systematisierung unterscheidet nicht zwei Ränge von Wahrheit, sondern drei. Tatsächlich scheint der erste Rang die wiedergefundene Zeit zu betreffen, umschließt er doch alle Fälle von natürlichen Reminiszenzen und ästhetischen Essenzen; und der zweite und dritte Rang scheinen sich im Fluß der verlorenen Zeit zu vermischen, nur sekundäre Wahrheiten zu produzieren, von denen es heißt, sie »umgeben«, sie »fassen« und »zementieren« die des ersten Ranges.[8] Dennoch zwingen uns die Bestimmung der Stoffe und die Bewegung des Textes, drei Ränge zu unterscheiden. Der erste sich darstellende Rang wird durch Erinnerungen und Essenzen definiert, will sagen durch das *Einzelnste,* und durch die Produktion der ihnen entsprechenden wiedergefundenen Zeit, durch die Bedingungen und die Agenten dieser Produktion (natürliche und künstlerische Zeichen).

Der zweite Rang betrifft nicht weniger die Kunst und das Kunstwerk; denn er stellt Freuden und Leiden zusammen, die auf etwas anderes verweisen, selbst wenn dies andre und seine Finalität unbemerkt bleiben, die gesellschaftlichen Zeichen und die der Liebe, kurz alles, was *allgemeinen* Gesetzen gehorcht und in die Produktion der verlorenen Zeit eingreift (denn auch die verlorene Zeit hat es mit der Produktion zu tun). Der dritte Rang schließlich betrifft immer noch die Kunst, er wird jedoch vom *universellen* Wechsel bestimmt, vom Tod und der Vorstellung des Todes, von der Produktion der Katastrophe (Zeichen des Alterns, der Krankheit und des Todes). Was die Bewegung des Textes betrifft, so unterscheidet sich die Art, wie die Wahrheiten des zweiten Ranges die des ersten »umgeben«, indem sie ihnen eine Art Entsprechung, einen Beweis e contrario in einem anderen Produktionsbereich vermitteln, und wie die des dritten Ranges zweifellos die des ersten »fassen« und »zementieren«, indem sie ihnen wahrhaft einen »Einwand« entgegensetzen, der zwischen diesen beiden Rängen der Produktion »überstiegen« werden muß.[9]

Das ganze Problem liegt im Wesen dieser drei Ränge. Wenn wir uns nicht an die Ordnung der Darstellung der wiedergefundenen Zeit halten, die notwendigerweise vom Gesichtspunkt der abschließenden Vorstellung her jener den Vorrang gibt, müssen wir als primären Rang die nicht erfüllten Leiden und Freuden betrachten, die von unbestimmter Finalität sind und allgemeinen Gesetzen gehorchen. Seltsamerweise faßt Proust hier die Werte der Gesellschaft mit ihren leichtfertigen Vergnügen und die Werte der Liebe mit ihren Leiden zusammen und sogar die Werte des Schlafs mit seinen Träumen. Für die »Berufung« eines Schriftstellers bilden sie einen »Lehrgang«, das heißt die Vertrautheit mit einem rohen Stoff, die erst nachträglich im fertigen Produkt erkenntlich wird.[10] Zweifellos sind dies außerordentlich verschiedene Zeichen, insbesondere die gesellschaftlichen Zeichen und die der Liebe; allerdings haben wir gesehen, daß sie das Vermögen, das sie interpretiert, gemeinsam haben, den Verstand nämlich, aber einen Verstand, der *nachher* und nicht vorher kommt, unter dem Zwang des Zeichens. Und sie haben die Bedeutung gemeinsam, die diesen Zeichen entspricht: immer ein allgemeines Gesetz, sei's das Gesetz einer Gruppe wie im Gesellschaftlichen, oder sei's eine Reihe geliebter Wesen wie in der Liebe. Aber es handelt sich hier noch um recht grobe Gemeinsamkeiten.

Wenn wir diese erste Art von Maschine genauer betrachten, sehen wir, daß sie sich vor allem durch die Produktion von *Partialobjekten* definiert, so wie sie im Vorhergehenden definiert wurden, Fragmente ohne Totalität, zerstückelte Teile, Gefäße ohne Kommunikation, abgeschlossene Szenen. Überdies gibt es zwar immer ein allgemeines Gesetz, jedoch in dem speziellen Sinne, den das Gesetz bei Proust annimmt, insofern es nichts in einem Ganzen versammelt, sondern im Gegenteil Distanzen, Entfernungen, Abschließungen regelt. Wenn die Träume des Schlafs in dieser Gruppe auftauchen, so wegen ihrer Fähigkeit, Fragmente zu teleskopieren, verschiedene Welten in Drehung zu versetzen und »gewaltige Distanzen« zu durchqueren, ohne sie aufzuheben.[11] Die Personen, von denen wir träumen, verlieren ihren globalen Charakter und werden als Partialobjekte behandelt, sei's daß unser Traum einen Teil von ihnen entnimmt, sei's daß sie insgesamt als solche Gegenstände funktionieren. Dies aber ist genau das, was uns das gesellschaftliche Material darbot: die Möglichkeit, wie in einem leichtfertigen Traum eine Schulterbewegung von einer Person zu entnehmen und eine Halsbewegung von einer anderen, nicht um sie zu totalisieren, sondern um sie gegeneinander abzuschließen.[12] Und stärker noch das Material der Liebe, wo ein jedes der geliebten Wesen als Partialobjekt funktioniert, der »fragmentarische Reflex« einer Gottheit, deren voneinander abgeschlossene Geschlechter unter der globalen Person sichtbar werden. Kurz, die Vorstellung des allgemeinen Gesetzes ist bei Proust von der Produktion von Partialobjekten nicht zu trennen, sowie von der Produktion entsprechender Wahrheiten der Gruppe oder Wahrheiten der Reihe.

Der zweite Typus von Maschine produziert Resonanzen, Resonanzwirkungen. Die berühmtesten sind die des unwillkürlichen Gedächtnisses, die zwei Augenblicke wiederklingen lassen, den gegenwärtigen und den einstigen. Das Verlangen aber hat selbst Resonanzwirkungen (so sind die Türme von Martinville kein Fall von Erinnerung). Überdies produziert die Kunst Resonanzen, die nicht Gedächtnis sind: »Des impressions obscures avaient quelquefois . . . sollicité ma pensée à la façon de ces réminiscences, mais qui cachaient non une sensation d'autrefois, mais une vérité nouvelle, une image précieuse que je cherchais à découvrir par des efforts du même genre que ceux qu'on fait pour se rappeler quelque chose.«[13] Daher läßt die Kunst zwei einander ferne Gegenstände wiederklingen »par le lien indescriptible d'une alliance de mots«[14]. Man sollte nicht meinen, daß dieser neue Produktionsrang die vorhergehende Produktion von Partialobjekten voraussetzt und sich von ihnen ausgehend herstellen würde; damit würde das Verhältnis zwischen beiden verfälscht, welches keins der Begründung ist. Das Verhältnis zwischen ihnen gleicht eher dem zwischen voller Zeit und leerer Zeit oder, unter dem Gesichtspunkt des Produkts, zwischen Wahrheiten der wiedergefundenen Zeit und Wahrheiten der verlorenen Zeit. Der Rang der Resonanz zeichnet sich durch die Vermögen der Extraktion und der Interpretation aus, die er ins Spiel bringt, und durch die Eigenschaft seines Produkts, die gleichzeitig Produktionsweise ist: nicht mehr ein allgemeines Gesetz der Gruppe oder der Reihe, sondern eine einzelne Essenz, eine lokale oder lokalisierende im Fall der Zeichen der Erinnerung, eine individuierende im Fall der künstlerischen Zeichen. Die Resonanz beruht nicht auf den Stücken, die ihr von den Partialobjekten bereitgestellt würden; sie totalisiert nicht Stücke, die anderswoher kämen. Sie extrahiert selbst ihre eigenen Stücke und macht sie wiederklingen, gemäß deren eigener Finalität, totalisiert sie jedoch nicht, da es sich immer um ein »Fuß an Fuß« handelt, um einen »Kampf«[15]. Und was durch diesen Resonanzprozeß produziert wird, in der Resonanzmaschine, ist die einzelne Essenz, der Gesichtspunkt, der den beiden wiederklingenden Momenten überlegen ist, im Bruch der Assoziationskette zwischen den beiden: Combray in seiner Essenz, so, wie es nie erlebt wurde; Combray als Sehepunkt, so, wie es nie gesehen wurde.

Wir haben früher festgestellt, daß die wiedergefundene Zeit und die verlorene Zeit eine gleiche Struktur der Zerstückelung oder der Fragmentierung haben. Darin unterscheiden sie sich nicht. Es wäre ebenso falsch, die verlorene Zeit auf ihrem Rang als nicht produktiv darzustellen, wie die wiedergefundene Zeit auf dem ihren als totalisierend. Es gibt im Gegenteil zwei komplementäre Produktionsprozesse, jeder definiert durch die Stücke, die er fragmentiert, durch seinen Bereich und seine Produkte, die erfüllte Zeit oder die leere Zeit, in der er angesiedelt ist. Daher sieht Proust keinen Gegensatz zwischen beiden, sondern bezeichnet die Produktion von Partialobjekten als der von Resonanzen sekundierend oder sie umgebend. So besteht die »Berufung« des Schriftstellers nicht nur aus der Lehrzeit oder der unbestimmten Finalität (leere Zeit), sondern aus der Ekstase oder dem finalen Ziel (erfüllte Zeit).[16]

Was bei Proust neu ist, was den ewigen Erfolg und die ewige Bedeutung der Madeleine ausmacht, ist nicht einfach das Vorhandensein solcher Ekstasen oder solcher privilegierter Augenblicke. Für solche Augenblicke bietet die Literatur unzählige Beispiele.[17] Und es ist auch nicht nur die originale Art und Weise, in der Proust sie in dem ihm eigenen Stil darstellt und analysiert. Eher ist es das Faktum, daß er sie produziert, und daß die Augenblicke zur Wirkung einer literarischen Maschine werden. Daher rührt die Vervielfältigung der Resonanzen am Ende der Recherche bei Madame de Guermantes, als ob die Maschine ihre volle Herrschaft entdecke. Es handelt sich nicht mehr um eine außerliterarische Erfahrung, die der Schriftsteller berichtet oder aus der er Nutzen zieht, sondern um ein von der Literatur produziertes künstlerisches Experiment, um einen Effekt von Literatur, in dem Sinne, in dem man von einem elektrischen Effekt, von einem elektromagnetischen Effekt etc. spricht. Dies ist ein Fall, wo zu sagen ist: das funktioniert. Daß die Kunst eine Produktionsmaschine ist, und insbesondere eine zur Produktion von Effekten, war Proust lebhaft bewußt. Von Wirkungen auf andere, denn die Leser oder Betrachter werden sich anschicken, in sich selbst und außerhalb Effekte zu entdecken, die jenen analog sind, welche das Kunstwerk zu produzieren gewußt hat. »Des femmes passent dans la rue, différentes de celles d'autrefois, puisque ce sont des Renoir, ces Renoirs où nous nous refusions jadis à voir des femmes. Les voitures aussi sont des Renoir et l'eau et le ciel.«[18] In diesem Sinne sagt Proust, daß seine eigenen Bücher Vergrößerungsgläser sind, optische Instrumente. Und es gibt nur wenige Ignoranten, die es albern finden, nach der Proust-Lektüre Phänomene zu erfahren, die den von ihm beschriebenen Resonanzen analog sind. Es gibt auch nur wenige Pedanten, die sich fragen, ob dies Fälle von Paramnesie, von Ekmesie oder von Hypermnesie sind, während die Originalität von Proust darin liegt, daß er in diesen klassischen Bereich einen Einschnitt und eine Mechanik eingeführt hat, die vor ihm nicht existierten. Freilich geht es nicht allein um produzierte Effekte auf die anderen.

Das Kunstwerk selbst produziert seine eigenen Effekte in sich selbst und auf sich selbst und füllt sich damit und nährt sich davon: es nährt sich von den Wahrheiten, die es hervorbringt.

Wohlverstanden ist das, was produziert wird, nicht einfach die Interpretation, die Proust jenen Resonanzphänomenen gibt (»die Suche nach den Gründen«). Oder eher: das Phänomen selbst ist Interpretation. Gewiß gibt es einen objektiven Aspekt des Phänomens; der objektive Aspekt ist beispielsweise der Geschmack der Madeleine als Eigenschaft, die beiden Augenblicken gemeinsam ist. Gewiß gibt es auch einen subjektiven Aspekt: die Assoziationskette, die das ganze erlebte Combray mit jenem Geschmack verbindet. Wenn die Resonanz aber solcherart objektive und subjektive Bedingungen hat, so ist doch das, was sie produziert, gänzlich anderen Wesens, die Essenz, das spirituelle Äquivalent, ist es doch ein Combray, das nie gesehen wurde und das mit der subjektiven Kette bricht. Daher ist Produzieren etwas anderes als Schaffen oder Entdecken; und die Recherche wendet sich nacheinander von der Beobachtung der Dinge und von der subjektiven Imagination ab. Und je mehr die Recherche nun diese doppelte Zurückweisung, diese doppelte Reinigung durchführt, umso deutlicher bemerkt der Erzähler, daß nicht nur die Resonanz eine ästhetische Wirkung produziert, sondern daß sie selbst produziert sein kann, daß sie selbst ein künstlerischer Effekt sein kann.

Und dies war es zweifellos, was der Erzähler anfangs noch nicht wußte. Die ganze Recherche aber impliziert eine gewisse Debatte zwischen Kunst und Leben, eine Frage nach ihrem Verhältnis, die erst am Ende des Buches eine Antwort erhalten wird (und die ihre Antwort in eben der Entdeckung erhalten wird, daß die Kunst nicht nur entdeckerisch oder schöpferisch ist, sondern produzierend). Wenn die Resonanz als Ekstase im Strom der Recherche als das letztendliche Ziel des Lebens erscheint, wird nicht sichtbar, was die Kunst dem noch hinzufügen könnte, und der Erzähler erlebt die größten Zweifel gegen die Kunst. Hier erscheint die Resonanz als einen gewissen Effekt produzierend, aber unter gegebenen natürlichen, objektiven und subjektiven, Bedingungen und durch die unbewußte Maschine des unwillkürlichen Gedächtnisses hindurch. Am Ende aber wird sichtbar, was die Kunst der Natur hinzuzufügen in der Lage ist: sie produziert selbst Resonanzen, weil der *Stil* zwei beliebige Gegenstände wiederklingen läßt und aus ihnen ein »kostbares Bild« ableitet und so *die determinierten Bedingungen eines unbewußten natürlichen Produkts durch die freien Bedingungen eines künstlerischen Produkts ersetzt.*[19] Von nun an erscheint die Kunst als das, was sie ist, als letztendliches Ziel des Lebens, welches das Leben selbst nicht verwirklichen kann; und das unwillkürliche Gedächtnis, das einzig gegebene Resonanzen nutzt, ist nur mehr ein Beginn der Kunst im Leben, eine erste Etappe.[20] Natur oder Leben, die noch zu schwer waren, haben in der Kunst ihr spirituelles Äquivalent gefunden. Selbst das unwillkürliche Gedächtnis hat sein spirituelles Äquivalent gefunden, das produzierte und produzierende reine Denken.

Das gesamte Interesse verschiebt sich also von den privilegierten natürlichen Augenblicken auf die künstlerische Maschine, die fähig ist, sie zu produzieren oder zu reproduzieren, sie zu vervielfachen: das Buch. In dieser Hinsicht sehen wir keine andereMöglichkeit des Vergleichs als mit Joyce und seiner *Epiphanie*-Maschine. Denn auch Joyce beginnt die Suche nach dem Geheimnis der Epiphanien auf der Seite des Gegenstandes, in bezeichnenden Inhalten oder idealen Bedeutungen, sodann in der subjektiven Erfahrung eines Ästheten. Erst wenn die bezeichnenden Inhalte und die idealen Bedeutungen zugunsten einer Vielheit von Fragmenten und von Chaos zerschlagen sind, aber auch die subjektiven Formen zugunsten einer unpersönlichen, chaotischen und vielfältigen, nimmt das Kunstwerk seine ganze Bedeutung an, will sagen, alle Bedeutungen, die man will, gemäß seinem Funktionieren – das Wesentliche ist, daß es funktioniert, da können Sie sicher sein. Nun ist der Künstler und infolgedessen auch der Leser, derjenige, der »disentangles« und »re-embodies«: indem er zwei Gegenstände wiederklingen läßt, produziert er die Epiphanie, löst das kostbare Bild von den natürlichen Bedingungen ab, die es bestimmten, um es unter den ausgewählten künstlerischen Bedingungen wiederzuverkörpern.[21]

»Signifiant und Signifié verschmelzen durch einen Kurzschluß, der poetisch notwendig, hingegen ontologisch nichtig und unvorhergesehen ist. Die chiffrierte Sprache bezieht sich nicht auf einen objektiven Kosmos, der dem Werk äußerlich wäre; ihr Verständnis gilt nur innerhalb des Werkes und wird durch dessen Struktur bedingt. Das Werk, insofern es ein Ganzes ist, schlägt neue sprachliche Konventionen vor, denen es sich selbst unterwirft und so selbst zum Schlüssel seiner eigenen Chiffrierung wird.«[22] Und überdies ist das Werk nur in einem neuen Sinne ein Ganzes, und zwar dank jener neuen linguistischen Konventionen.

Es bleibt noch der dritte Proustsche Rang, der von universellem Wechsel und Tod. Der Salon von Madame de Guermantes macht uns zum Zeugen der Verzerrung der Stücke von Gesichtern, der Fragmentierung der Gesten, der nachlassenden Koordination der Muskeln, der Farbveränderungen, der Bildung von Flechten, öligen Flecken auf den Körpern, erhabenen Verkleidungen, erhabenen Verblödungen. Überall das Nahen des Todes, das Gefühl der Anwesenheit von »etwas Schrecklichem«, der Eindruck eines letzten Endes oder einer letzten Katastrophe für eine deklassierte Welt, die nicht nur vom Vergessen beherrscht, sondern auch von der Zeit zerfressen ist (»détendus ou brisés, les ressorts de la machine refoulante ne fonctionnaient plus . . .«).[23]

Dieser letzte Rang nun stellt mehrere Probleme, wenngleich er sich in die anderen beiden einzufügen scheint. Gab es nicht unter den Ekstasen wachsam schon die Vorstellung des Todes und das Entgleiten des einstigen Augenblicks, der sich mit großer Geschwindigkeit entfernte? So als der Erzähler sich bückte, um seine Stiefel aufzuknöpfen: alles begann genau wie in der Ekstase, der gegenwärtige Augenblick klang wieder mit dem einstigen, ließ die Großmutter wieder leben, wie sie sich bückte; die Freude aber wich einer unerträglichen Angst, die Paarung der beiden Augenblicke zerging zugunsten einer rasenden Flucht des früheren in einer Sicherheit von Tod und Nichts.[24] Ebenso enthielt die Folge der unterschiedenen Ichs in den Lieben oder auch in jeder einzelnen Liebe bereits eine ausführliche Theorie über Selbstmorde und Tode.[25] Während indessen die beiden ersten Ränge kein besonderes Problem ihrer Versöhnung aufwarfen, selbst wenn der eine die leere Zeit repräsentierte und der andere die erfüllte, der eine die verlorene Zeit und der andere die wiedergefundene, gibt es jetzt eine Versöhnung, die allererst gefunden werden muß, einen Widerspruch zwischen dem dritten Rang und den beiden anderen, der überwunden werden muß (deswegen spricht Proust hier vom »schwersten Einwand« gegen sein Unterfangen). Denn die partialen Objekte und Ichs des ersten Ranges bringen sich gegenseitig den Tod, die einen im Verhältnis zu den andern, wobei jedes gegen den Tod des andern indifferent bleibt: sie lösen daher noch nicht die *Vorstellung des Todes* als etwas aus, was all die Stücke gleichförmig umspült und sie zu einem universellen letzten Ende zieht. Und stärker noch zeigt sich ein »Widerspruch« zwischen dem Nachleben des zweiten Ranges und dem Nichts des dritten; zwischen der »Festigkeit der Erinnerung« und dem »Wechsel der Wesen«, zwischen dem ekstatischen letztendlichen Ziel und dem katastrophischen letzten Ende.[26] Ein Widerspruch, der in der

Erinnerung an die Großmutter nicht aufgelöst wird, sondern noch eine Vertiefung erfordert: »Cette impression douloureuse et actuellement incompréhensible, je savais non certes pas si j'en dégagerais un peu de vérité un jour, mais que si, ce peu de vérité, je pouvais jamais l'extraire, ce ne pourrait être que d'elle, si particulière, si spontanée, qui n'avait été ni tracée par mon intelligence, ni atténuée par ma pusillanimité, mais que la mort elle-même, la brusque révélation de la mort, avait, comme la foudre, creusée en moi, selon un graphique surnaturel et inhumain, un double et mystérieux sillon.«[27] Der Widerspruch erscheint hier in seiner schärfsten Form: die ersten beiden Ränge waren produktiv, und deswegen stellte ihre Versöhnung kein besonderes Problem; der dritte aber, beherrscht von der Vorstellung des Todes, scheint gänzlich katastrophisch und unproduktiv zu sein. Läßt sich eine Maschine konzipieren, die fähig ist, aus diesem Typus von schmerzlichem Eindruck irgend etwas zu extrahieren und bestimmte Wahrheiten zu produzieren? Wenn sie nicht konzipiert wird, begegnet das Kunstwerk dem »schwersten Einwand«.

Worin also besteht diese Vorstellung vom Tod, die von der Aggressivität des ersten Ranges so sehr verschieden ist (etwa wie sich in der Psychoanalyse der Todestrieb von den partialen Destruktionstrieben unterscheidet)? Sie besteht in einer bestimmten Wirkung der Zeit. Wenn zwei Zustände einer Person gegeben sind, ein früherer, dessen man sich erinnert, und ein jetziger, hat der Eindruck des Alterns zwischen dem einen und dem andern die Wirkung, den einstigen zurückzudrängen »dans un passé plus que lointain, presque invraisemblable«[28], als hätten geologische Zeiten ablaufen müssen. Denn »dans l'appréciation du temps écoulé, il n'y a que le premier pas qui coute. On éprouve d'abord beaucoup de peine à se figurer que tant de temps ait passé, et ensuite qu'il n'en ait pas passé davantage. On n'avait jamais songé que le XIIIe siècle fût si loin, et après on a peine à croire qu'il puisse subsister encore des églises du XIIIe siècle«[29]. Denn die Bewegung der Zeit von einer Vergangenheit zur Gegenwart verdoppelt sich durch eine *erzwungene Bewegung von größerer Amplitude* in umgekehrter Richtung, welche die beiden Augenblicke gegeneinander abwägt, ihren Abstand angibt und die Vergangenheit tiefer in die Zeit zurückstößt. Diese zweite Bewegung ist es, die in der Zeit einen »Horizont« bildet. Sie darf nicht mit dem Echo der Resonanz verwechselt werden, sie dehnt die Zeit unendlich aus, während die Resonanz sie maximal zusammenzieht. Die Vorstellung des Todes ist von nun an weniger ein Schnitt als ein Effekt von Vermischung und Verwirrung, wird die Amplitude der erzwungenen Bewegung doch von Lebenden ebenso wie von Toten eingenommen, von lauter Sterbenden, von lauter Halbtoten, dem Grab Entgegeneilenden.[30] Dieser Halbtod aber ist zugleich von riesenhafter Statur, denn innerhalb der übermäßigen Amplitude lassen die Menschen sich als monströse Wesen beschreiben, »occupant dans le Temps une place autrement considérable que celle si restreinte qui leur est réservée dans l'espace, une place au contraire prolongée sans mesure, puisqu'ils touchent simultanément, comme des géants, plongés dans les années, à des époques vécues par eux, si distantes – entre lesquelles tant de jours sont venus se placer – dans le temps«[31]. Und eben damit sind wir nahe daran, den Einspruch oder den Widerspruch aufzulösen. Die Vorstellung des Todes hört auf, ein »Einspruch« zu sein, sobald sie sich einem Rang der Produktion verbinden läßt, also ihren Platz im Kunstwerk findet. Die erzwungene Bewegung von großer Amplitude ist eine Maschine, welche die Wirkung des Zurückweichens oder die Vorstellung vom Tod produziert. Und in dieser Wirkung wird die Zeit selbst spürbar: »Le Temps qui d'habitude n'est pas visible, qui pour le devenir cherche des corps et, partout où il les rencontre, s'en empare pour montrer sur eux sa lanterne magique«[32], die Stücke und Züge eines alternden Gesichts zerteilend, gemäß ihrer »unerfaßlichen Dimension«. Eine Maschine dritten Ranges tritt zu den beiden vorhergehenden hinzu, sie produziert die erzwungene Bewegung und dadurch die Vorstellung des Todes.

Was ist in der Erinnerung an die Großmutter vorgegangen? Eine erzwungene Bewegung hat sich in die Erinnerung eingeschaltet. Die Amplitude als Träger der Todesvorstellung hat die wiederklingenden Augenblicke als solche gegeneinander abgewogen. Doch der so gewalttätige Widerspruch zwischen der wiedergefundenen Zeit und der verlorenen Zeit löst sich auf, sobald beide mit ihrem jeweiligen Produktionsrang verbunden werden. Die gesamte Recherche setzt bei der Produktion des Buches drei Arten von Maschinen ein: *Maschinen für Partialobjekte (Triebe), Maschinen für Resonanz (Eros), Maschinen für erzwungene Bewegung (Thanatos).* Eine jede produziert Wahrheiten, da es der Wahrheit zugehört, produziert zu sein und als ein Effekt der Zeit produziert zu sein: die verlorene Zeit durch Fragmentierung von Partialobjekten; die wiedergefundene Zeit durch Resonanz; die auf andere Weise verlorene Zeit durch die Amplitude der erzwungenen Bewegung, wobei dieser Verlust im Werk immer schon überschritten ist und zur Bedingung seiner Form wird.

Kapitel V: Der Stil

Welche aber ist diese Form, und wie arbeiten die Ränge der Produktion oder der Wahrheit, die Maschinen ineinander? Keine hat eine totalisierende Funktion. Das Wesentliche ist, daß die Teile der Recherche zerstückelt, fragmentiert bleiben, *ohne daß ihnen irgend etwas fehlt:* Teile, für immer partial, von der Zeit mitgeführt, geöffnete Schachteln und geschlossene Gefäße, ohne ein Ganzes zu bilden oder eines vorauszusetzen, ohne Mangel in dieser Aufteilung, und von vornherein sich jeder organischen Einheit verweigernd, die jemand hier einführen wollen könnte. Wenn Proust sein Werk mit einer Kathedrale oder einem Kleid vergleicht, so nicht, um einen Logos als schöne Totalität zu beanspruchen, sondern im Gegenteil um ein Recht auf das nicht Vollendete, auf Nähte und Flickerei geltend zu machen.[1] Die Zeit ist kein Ganzes, aus dem einfachen Grund, daß eben sie die Instanz ist, welche das Ganze verhindert. Die Welt hat keine bezeichnenden Inhalte, nach denen sie zu systematisieren wäre, noch ideale Bedeutungen, nach denen sie zu ordnen, zu hierarchisieren wäre. Und auch das Subjekt hat keine Assoziationskette, welche die Welt umschließen oder ihr anstatt einer Einheit dienen könnte. Sich auf die Seite des Subjekts zu wenden, ist nicht fruchtbarer, als das Objekt zu beobachten: »das Interpretieren« löst das eine nicht weniger als das andere auf. Überdies wird jede Assoziationskette zugunsten eines dem Subjekt überlegenen Sehepunktes zerrissen. Diese Perspektiven auf die Welt aber, wahrhafte Essenzen, bilden ihrerseits weder eine Einheit noch eine Totalität: eher wäre zu sagen, daß einer jeden ein Universum entspricht, das nicht mit den anderen kommuniziert, sondern seine irreduzible Differenz behauptet, die so tief ist wie die astronomischer Welten. Selbst in der Kunst, wo die Sehepunkte reiner sind, »chaque artiste semble ainsi comme le citoyen d'une patrie inconnue, oubliée de lui-même, différente de celle d'où viendra, appareillant pour la Terre, un autre grand artiste«[2]. Und gerade das schien uns den Status der Essenz zu definieren: als individuierender, den Individuen selbst überlegener Sehepunkt, im Bruch mit deren Assoziationsketten, erschien sie *neben* diesen Ketten, in einem verschlossenen Teil verkörpert, *angrenzend* an das, was sie beherrscht, im Verhältnis der *Kontiguität* zu dem, was sie sichtbar macht. Selbst die Kirche, ein der Landschaft überlegener Sehepunkt, hat die Wirkung, diese Landschaft abzuschließen, und erhebt sich selbst an der Windung eines Weges als letzter abgeschlossener Teil, an die Reihe angrenzend, die von ihr definiert wird. Will sagen, die Essenzen haben ebenso wenig wie die Gesetze das Vermögen, sich zu vereinheitlichen oder zu totalisieren. »Un fleuve qui passe sous les ponts d'une ville était pris d'un *point de vue* tel qu'il apparaissait entièrement disloqué, étalé ici en lac, aminci là en filet, rompu ailleurs par l'interposition d'une colline couronné de bois où le citadin va le soir respirer la fraîcheur du soir; et le rhythme même de cette ville bouleversée n'était assuré que par la verticale inflexible des clochers qui ne montaient pas, mais plutôt, selon le fil à plomb de la pesanteur marquant la cadence comme dans une marche triomphale, semblaient tenir en suspens au-dessous d'eux toute la masse plus confuse des maisons étagées dans la brume, le long du fleuve écrasé et décousu.«[3]

Das Problem wird von Proust auf mehreren Ebenen gestellt: Was macht die Einheit eines Werkes aus? Was macht, daß wir mit einem Werk »kommunizieren«? Was macht die Einheit der Kunst aus, wenn es eine gibt? Wir haben es abgelehnt, eine Einheit zu suchen, die die Teile vereinheitlichen würde, ein Ganzes, das die Fragmente totalisieren würde. Denn es ist das Eigentümliche und die Natur von Teilen oder Fragmenten, den Logos ebenso als logische Einheit wie als organische Totalität auszuschließen. Doch es gibt eine Einheit, es muß sie geben, die eine Einheit eben dieses Vielfältigen, eben dieser Vielfalt ist, wie ein Ganzes eben dieser Fragmente: ein Eines und ein Ganzes, die nicht Ursprung wären, sondern im Gegenteil »Effekt« des Vielfältigen und seiner auseinandergetrennten Teile. Ein Eines und ein Ganzes, die als Effekt funktionieren würden, als Effekt von Maschinen, statt als Ursprünge zu wirken. Eine Kommunikation, die nicht im Ursprung angelegt wäre, sondern aus dem Spiel der Maschinen und ihrer voneinander abgelösten Stücke, ihrer nicht kommunizierenden Teile hervorgehen würde. Philosophisch war es Leibniz, der als erster das Problem einer Kommunikation stellte, die aus abgeschlossenen Teilen oder aus dem, was nicht kommuniziert, entsteht: wie ist die Kommunikation von »Monaden« zu verstehen, die ohne Tür noch Fenster sind? Die trickreiche Antwort von Leibniz besagt, daß die Monaden alle über den gleichen Vorrat verfügen, die gleiche Welt in der unendlichen Reihe ihrer Prädikate einhüllen und ausdrücken, wobei eine jede sich damit zufrieden gibt, eine Region klaren, von den anderen unterschiedenen Ausdrucks zu haben, so daß sie also alle verschiedene Sehepunkte auf die gleiche Welt sind, welche Gott in sie einhüllt. Die Antwort von Leibniz stellt somit eine vorgängige Einheit und Totalität wieder her, in Gestalt eines Gottes, der in jede Monade den gleichen Vorrat an Welt und an Information einführt (»prästabilierte Harmonie«) und zwischen ihren Einsamkeiten eine spontane »Korrespondenz« begründet. Das geht bei Proust nicht mehr, für den ebenso viele Welten den Sehepunkten auf die Welt entsprechen, und für den Einheit, Totalität, Kommunikation nur aus Maschinen hervorgehen und nicht einen prästabilierten Vorrat ausmachen können.[4]

Einmal mehr ist das Problem der Kunst das einer Einheit und einer Totalität, die weder logisch noch organisch wären, will sagen, die weder durch die Teile als verlorene Einheit oder fragmentierte Totalität vorausgesetzt würden, noch durch sie im Laufe einer logischen Entwicklung oder einer organischen Evolution gebildet oder vorgezeichnet würden. Proust ist sich dieses Problems so bewußt, daß er seinen Ursprung bezeichnet: Balzac hat es zu stellen gewußt und damit einem neuen Typus von Kunstwerk zur Existenz verholfen. Denn es wäre der gleiche Unsinn und das gleiche Mißverständnis von Balzacs Genie, wenn wir glauben würden, er habe von vornherein eine unbestimmte logische Vorstellung von der Einheit der *Comédie humaine* gehabt, wie, diese Einheit entstehe organischerweise in dem Maße, in dem das Werk voranschreitet. In Wahrheit resultiert die Einheit und wird von Balzac entdeckt als *Effekt* seiner Bücher. Ein »Effekt« ist keine Illusion: »Il s'avisa brusquement, en projetant sur eux une illumination rétrospective, qu'ils seraient plus beaux réunis en un cycle où les mêmes personnages reviendraient, et ajouta à son œuvre, en ce raccord, un coup de pinceau, le dernier et le plus sublime. Unité ultérieure, non factice . . . non fictive, peut-être plus réelle d'être ultérieure . . .«[5]

Es wäre ein Irrtum, zu glauben, das Bewußtsein oder die Entdekkung der Einheit würden, als nachträgliche, die Natur und Funktion jenes Einen selbst nicht ändern. Balzacs Eines und Ganzes sind von so besonderer Art, daß sie aus den Teilen hervorgehen, ohne deren Zerstückelung oder Disparität zu verändern, und, wie die Drachen von Balbec oder das Thema von Vinteuil, ihren eigenen Wert als Teil neben anderen, an andere angrenzend haben: die Einheit »surgit (mais s'appliquant cette fois à l'ensemble) comme tel morceau composé à part«, als letzter lokalisierter Pinselstrich, nicht als allgemeines Firnissen. So daß Balzac in gewisser Weise *keinen Stil hat:* er sagt nicht »alles«, wie Sainte-Beuve glaubt, sondern die Stücke von Schweigen und Reden, was er sagt und was er nicht sagt, verteilt sich in einer Fragmentierung, die vom Ganzen bestätigt wird, da es aus ihr hervorgeht, und nicht berichtigt oder überschritten wird. »Dans Balzac coexistent, *non digérés, non encore transformés,* tous les éléments d'un style à venir qui n'existe pas. Le style ne suggère pas, ne reflète pas: *il explique.* Il explique d'ailleurs à l'aide des images les plus saisissantes, mais *non fondues avec le reste,* qui font comprendre ce qu'il veut dire comme on le fait comprendre dans la conversation si on a une conversation géniale, mais *sans se préoccuper de l'harmonie* et de ne pas intervenir.«[6]

Ließe sich sagen, daß Proust ebensowenig einen Stil hat? Ist es möglich zu behaupten, daß Prousts Sprache, unnachahmlich oder allzu leicht nachahmbar, jedenfalls unter allen wiederzuerkennen, mit sehr besonderer Syntax und Wortwahl ausgestattet, Effekte produzierend, die mit Prousts Eigennamen bezeichnet werden müssen, dennoch ohne Stil sei? Und wie wird die Abwesenheit von Stil hier zur genialen Kraft einer neuen Literatur? Es wäre das abschließende Ensemble der wiedergefundenen Zeit mit Balzacs Vorwort zu vergleichen: das System der Pflanzen hat das ersetzt, was für Balzac das animalische Lebewesen war; die Welten haben das Milieu ersetzt; Essenzen die Charaktere; schweigende Interpretation hat »la conversation gèniale« ersetzt. Was aber bewahrt ist und einen neuen Wert gewonnen hat, ist das »erschreckende Durcheinander«, ganz ohne Sorge um das Ganze oder um Harmonie. Der Stil nimmt sich hier nicht vor, etwas zu beschreiben oder zu suggerieren: wie bei Balzac ist er explikativ, er expliziert mittels Bildern. Er ist ein Nicht-Stil, denn er vermischt sich mit dem reinen, subjektlosen »Interpretieren« und vervielfältigt die Perspektiven auf den Satz, im Satz. Dieser ist also so beschaffen wie jener Fluß, der erscheint »entièrement disloqué, étalé ici en lac, aminci là en filet, rompu ailleurs par l'interposition d'une colline«. Der Stil ist Explikation von Zeichen, mit verschiedenen Geschwindigkeiten der Entwicklung, Assoziationsketten folgend, die einem jeden eigentümlich sind, für ein jedes den Punkt des Bruches der Essenz als Sehepunkt erreichend: daher rührt die Rolle der Unterbrechungen, der subordinierten Sätze, der Vergleiche, die in einem Bild jenen Explikationsprozeß ausdrücken, wobei das Bild nur gut ist, wenn es gut expliziert, immer aus dem Rahmen fällt und sich nie der vorgeblichen Schönheit des Gesamten opfert. Oder vielmehr beginnt der Stil mit zwei *verschiedenen* Gegenständen, die voneinander entfernt sind, selbst wenn sie im Verhältnis der Kontiguität stehen: es kann vorkommen, daß die beiden Gegenstände objektiv einander ähneln, von gleicher Gattung sind, oder auch, daß sie subjektiv durch eine Assoziationskette verbunden sind. Der Stil wird all dies mit sich führen müssen wie ein Fluß die Materialien seines Bettes; darin liegt aber nicht das Wesentliche. Es ist da, wenn der Satz einen Sehepunkt erreicht, der einem jeden der beiden Gegenstände eigentümlich ist, ein Sehepunkt jedoch, der eben deswegen dem Gegenstand eigen genannt werden muß, weil der Gegenstand durch ihn bereits verschoben ist, als ob der Sehepunkt sich in tausend verschiedene nichtkommunizierende Sehepunkte aufteilen würde, so daß, während der gleiche Vorgang für den anderen Gegenstand stattfindet, die Sehepunkte sich ineinander einschalten, miteinander wiederklingen können, etwa so wie Meer und Land auf Elstirs Bildern ihre Sehepunkte vertauschen. Dies ist der »Effekt« des explikativen Stils: wenn zwei Gegenstände gegeben sind, *produziert er Partialobjekte* (er produziert *sie* als ineinander eingeschaltete Partialobjekte), *er produziert Resonanzeffekte, er produziert erzwungene Bewegungen.* So ist das Bild beschaffen, das Produkt des Stils. Eine solche Produktion findet sich in reinem Zustand in der Kunst, in Malerei, Literatur oder Musik, vor allem in Musik. Und in dem Maße, in dem man die Stufen der Essenz hinabsteigt, von den Zeichen der Kunst zu denen der Natur, der Liebe und gar der Gesellschaft, tritt wieder ein Minimum an Notwendigkeit auf, objektiv zu beschreiben und assoziativ zu suggerieren, aber nur, weil die Essenz hier materielle Bedingungen ihrer Verkörperung vorfindet, die sich nun an die Stelle der freien künstlerisch-spirituellen Bedingungen setzen, wie Joyce sagen würde.[7] Niemals aber ist der Stil Mensch, er ist immer Essenz (Nicht-Stil). Niemals ist er eine Perspektive, sondern er entsteht aus der Koexistenz einer unendlichen Reihe von Perspektiven in einem Satz, nach denen der Gegenstand sich verschiebt, wiederklingt oder sich amplifiziert.

Also ist es nicht der Stil, der die Einheit sichert, er, der seine Einheit anderswoher empfangen muß. Und es ist noch weniger die Essenz, ist sie doch als Sehepunkt unablässig fragmentierend und fragmentiert. Worin also besteht jene sehr besondere Art von Einheit, die sich nicht auf irgendeine »Vereinheitlichung« zurückführen läßt, jene sehr besondere Einheit, die nachträglich hervortritt, die den Austausch der Perspektiven als Kommunikation von Essenzen sichert, sie selbst ein Teil neben anderen, letzter Pinselstrich oder lokalisiertes Stück? Die Antwort liegt darin: in einer Welt, die auf eine Vielfalt von Chaos reduziert ist, kann einzig die formale Struktur des Kunstwerks, die auf nichts anderes verweist, als Einheit dienen – nachträglich (oder wie Eco sagt, »das Kunstwerk, insofern es ein Ganzes ist, schlägt neue sprachliche Konventionen vor, denen es sich selbst unterwirft und so selbst zum Schlüssel seiner eigenen Chiffrierung wird«). Das ganze Problem liegt also in der Frage, worauf diese formale Struktur beruht und auf welche Weise sie den Teilen und dem Stil eine Einheit gibt, welche diese ohne sie nicht hätten. Wir haben nun früher schon in verschiedensten Richtungen die Relevanz einer *transversalen Dimension* in Prousts Werk gesehen: die Transversalität.[8] Sie ist es, die etwa im Zug es ermöglicht, die verschiedenen Perspektiven einer Landschaft nicht zu vereinheitlichen, sondern sie gemäß einer, in einer eigenen Dimension kommunizieren zu lassen, während sie gemäß den ihren nichtkommunizierend bleiben. Sie ist es, die eine einzigartige Einheit und Totalität zwischen den Seiten von Méséglise und Guermantes herstellt, ohne die Differenz oder die Distanz zwischen ihnen zu unterdrücken: »entre ces routes des transversales s'établissaient«[9]. Sie ist es, die die Profanierungen begründet und die von der Hummel heimgesucht wird, dem transversalen Insekt, das die in sich selbst abgeschlossenen Geschlechter kommunizieren macht. Sie ist es, die die Übermittlung eines Strahls von einem Universum zum andern sichert, welche indessen so verschieden voneinander sind wie astronomische Welten. Die neue sprachliche Konvention, die formale Struktur des Werkes ist also die Transversalität, die den ganzen Satz durchquert, die im ganzen Buch von einem Satz zum anderen verläuft, und die schließlich Prousts Buch mit jenen vereint, die er liebte, Nerval, Chateaubriand, Balzac . . . Denn wenn ein Kunstwerk mit einem Publikum kommuniziert, es eher noch anregt, wenn es mit anderen Werken desselben Künstlers kommuniziert und sie anregt, und wenn es mit anderen Werken anderer Künstler kommuniziert und künftige anregt, geschieht dies immer in jener Dimension der Transversalität, wo Einheit und Totalität sich für sich selbst einrichten, ohne Objekte oder Subjekte zu vereinheitlichen oder zu totalisieren.[10] Eine zusätzliche Dimension, die sich jenen hinzufügt, welche von den Personen, Ereignissen und Teilen der Recherche eingenommen werden – eine Dimension in der Zeit ohne gemeinsames Maß mit den Dimensionen, die sie im Raum einnehmen. Sie läßt die Perspektiven einander durchdringen, die geschlossenen Gefäße kommunizieren, die doch geschlossen bleiben: Odette mit Swann, die Mutter mit dem Erzähler, Albertine mit dem Erzähler, schließlich als »letzter Pinselstrich« die alte Odette mit dem Herzog von Guermantes – jede eine Gefangene, sie alle kommunizieren transversalerweise.[11] So ist die Zeit beschaffen, die Dimension des Erzählers, mit der Macht ausgestattet, das Ganze dieser Teile zu sein, ohne sie zu totalisieren, die Einheit all dieser Teile, ohne sie zu vereinheitlichen.

Konklusion: Anwesenheit und Funktion des Wahnsinns. Die Spinne

Wir stellen nicht das Problem von Kunst und Wahnsinn im Werk von Proust. Diese Frage hat vielleicht nicht viel Sinn. Und noch weniger: War Proust wahnsinnig? Diese Frage hat gewiß keinerlei Sinn. Es handelt sich allein um die Anwesenheit des Wahnsinns im Werk von Proust und um die Verteilung, den Gebrauch und die Funktion dieser Anwesenheit.

Denn zumindest erscheint und funktioniert er unter verschiedenen Modalitäten bei zwei der wichtigsten Personen, Charlus und Albertine. Schon beim ersten Auftreten von Charlus werden sein seltsamer Blick, seine Augen beschrieben als diejenigen eines Spions, eines Diebes, eines Kaufmanns, eines Polizisten oder eines *Verrückten.*[1] Am Ende empfindet Morel einen wohlbegründeten Schrecken bei der Vorstellung, daß Charlus von einem verbrecherischen Wahnsinn gegen ihn beseelt sei.[2] Und von einem Ende zum andern ahnen die Leute bei Charlus die Anwesenheit eines Wahnsinns, der ihn unendlich viel erschreckender macht, als wenn er nur unmoralisch oder pervers, schuldig oder verantwortlich wäre. Schlechte Sitten »effrayent parce qu'on y sent affleurer la folie, bien plus que par l'immoralité. Mme de Surgis n'avait pas un sentiment moral le moins du monde développé, et elle eût admis de ses fils n'importe quoi qu'eût avili et expliqué l'intérêt, qui est compréhensible à tous les hommes! Mais elle leur défendit de continuer à fréquenter M. de Charlus quand elle apprit que, par une sorte d'horlogerie à répétition, il était comme fatalement amené, à chaque visite, à leur pincer le menton et à le leur faire pincer l'un à l'autre. Elle éprouva le sentiment inquiet du mystère physique qui fait se demander si le voisin avec qui on avait de bons rapports n'est pas atteint d'anthropophagie, et aux questions répétées du baron: Est-ce que je ne verrai pas bientôt les jeunes gens? elle répondit, sachant les foudres qu'elle accumulait sur elle, qu'ils étaient très pris par leurs cours, les préparatifs d'un voyage etc. L'irresponsabilité aggrave les fautes et même les crimes, quoi qu'on en dise. Landru, à supposer qu'il était réellement tué ses femmes, s'il l'a fait par intérêt, à quoi l'on peut résister, peut être gracié, mais non si ce fut par un sadisme irrésistible.«[3] Jenseits der Verantwortlichkeit für Verfehlungen liegt der Wahnsinn als Unschuld des Verbrechens.

Daß Charlus verrückt sein könnte, ist von Anfang an eine Möglichkeit, fast eine Sicherheit am Ende. Bei Albertine ist es eher eine posthume Eventualität, die rückblickend auf ihre Gesten und ihre Worte, auf ihr ganzes Leben ein beunruhigendes neues Licht wirft, mit dem auch Morel vermischt ist. »Au fond, elle sentait que c'était une espèce de folie criminelle, et je me suis souvent demandé si ce n'était pas après une chose comme cela, ayant amené un suicide dans une famille, qu'elle s'était elle-même tuée.«[4] Worin besteht diese Mischung aus Wahnsinn, Verbrechen, Unverantwortlichkeit und Sexualität, die gewiß das bei Proust beliebte Thema des Vatermordes streift, sich aber nicht auf das allzu bekannte ödipale Schema reduzieren läßt? Eine Art Unschuld des Verbrechens durch den Wahnsinn, umso unerträglicher, bis hin selbst zum Selbstmord?

Zunächst der Fall Charlus. Charlus stellt sich unmittelbar als eine starke Persönlichkeit dar, eine herrscherliche Individualität. Doch ist gerade diese Individualität ein Herrschaftsbereich, ein Nebelfleck, der viel Unbekanntes verbirgt: worin liegt das Geheimnis von Charlus? Der ganze Nebelfleck baut sich von zwei einzigartigen strahlenden Punkten her auf: die Augen, die Stimme. Die Augen bald von hochfahrendem Glanz durchquert, bald von neugierigen Bewegungen durchlaufen; und bald in fieberhafter Aktivität, bald in düsterer Indifferenz. Die Stimme, in der ein männlicher Inhalt der Rede mit einem effeminierten Manierismus des Ausdrucks zusammenwohnen. Charlus stellt sich als ein gewaltiges blinkendes Zeichen dar, eine riesige optische und vokale Schachtel: wer Charlus zuhört oder seinem Blick begegnet, befindet sich vor einem zu entdeckenden Geheimnis, einem zu durchdringenden, zu interpretierenden Mysterium, von dem er schon anfangs ahnt, daß es bis zum Wahnsinn reichen kann. Und die Notwendigkeit, Charlus zu interpretieren, findet sich darin begründet, daß Charlus selbst interpretiert, unablässig interpretiert, als ob das sein eigentlicher Wahnsinn wäre, als ob darin bereits sein Rausch liege, der Rausch der Interpretation.

Aus dem Charlus-Nebel entspringt eine Reihe von Reden, die vom flackernden Blick rhythmisiert sind. *Drei große Reden* an den Erzähler, die ihren Anlaß in den Zeichen finden, die Charlus interpretiert, er, der Prophet und Seher, und die zugleich ihre Bestimmung in den Zeichen finden, die Charlus dem Erzähler vorschlägt, ihm, der auf die Rolle des Schülers oder Eleven reduziert ist. Das Wesentliche der Reden aber liegt anderswo, in den willkürlich geordneten Worten, den souverän aufgebauten Sätzen, in einem Logos, der die Zeichen, derer er sich bedient, kalkuliert und transzendiert: Charlus, der Meister des Logos. Von diesem Gesichtspunkt her wird deutlich, daß die drei großen Reden eine gemeinsame Struktur haben, trotz ihrer unterschiedlichen Rhythmen und Intensität. Ein erstes Zeitmaß der Abwertung, wo Charlus dem Erzähler sagt: Sie interessieren mich nicht, glauben Sie nicht, daß sie mich interessieren, aber ... Ein zweites Zeitmaß der Distanzierung: zwischen Ihnen und mir ist die Distanz unendlich, aber wir könnten uns genau ergänzen, daher biete ich Ihnen einen Vertrag an ... Und ein drittes Zeitmaß, unerwartet, von dem sich sagen ließe, daß hier der Logos zu entgleisen beginnt, von etwas durchquert wird, was sich nicht mehr ordnen läßt. Er wird von einer Macht anderer Gattung aufgehoben, Zorn, Beleidigung, Profanierung, sadistisches Phantasma, demente Geste, Ausbruch des Wahnsinns. Das trifft schon für die erste Rede zu, die gänzlich aus vornehmer Zartheit besteht, ihren abwegigen Schluß aber am nächsten Tag am Strand findet, in der vulgären und prophetischen Bemerkung von Monsieur de Charlus: »On s'en fiche bien de sa vieille grand'mère, hein? petite fripouille ...« In die zweite Rede ist eine Phantasie von Charlus eingeschlossen, der sich eine komische Szene vorstellt, in welcher Bloch seinen Vater schlagen und mit verdoppelten Hieben sein Aas von Mutter verprügeln würde: »En disant ces mots affreux et presque fous, M. de Charlus me serrait le bras à me faire mal.« Die dritte Rede schließlich stürzt voran in die gewalttätige Heimsuchung des verschobenen, mit Füßen getretenen Hutes. Zwar ist es diesmal nicht Charlus, sondern der Erzähler, der den Hut mit Füßen tritt; jedenfalls sehen wir, wie der Erzähler über einen Wahnsinn verfügt, der für jeden anderen gilt, der mit dem von Charlus wie mit dem von Albertine kommuniziert und der stattdessen stehen kann, um voranzugehen oder die Wirkung zu entwickeln.

Wenn Charlus als der Meister des Logos erscheint, so werden seine Reden doch nicht weniger von unwillkürlichen Zeichen bewegt, die sich der souveränen Ordnung der Sprache widersetzen, die sich in den Worten und Sätzen nicht bemeistern lassen, sondern den Logos in die Flucht schlagen und uns in einen anderen Bereich mitziehen. »De quelques belles paroles qu'il colorât ses haines, on sentait que même s'il y avait tantôt de l'orgueil offensé, tantôt un amour déçu, ou une rancune, du sadisme, une taquinerie, une idée fixe, cet homme était capable d'assassiner ...« Zeichen der Gewalt und des Wahnsinns, die ein eigenes Pathos ausmachen, gegen und unter willkürlichen Zeichen, die von »la logique et le beau langage« bewegt werden.[5] Dies Pathos wird sich nun für sich selbst enthüllen, wenn Charlus bei seinen weiteren Erscheinungen immer weniger von der Höhe seiner souveränen Ordnung her spricht und sich im Laufe einer langen gesellschaftlichen und physischen Dekomposition immer mehr verrät. An die Stelle einer Welt der Reden und ihrer vertikalen Kommunikationen, die eine Hierarchie von Regeln und Positionen ausdrücken, tritt eine Welt anarchischer Begegnungen, gewalttätiger Zufälle mit abwegigen transversalen Kommunikationen. Bei der Begegnung zwischen Charlus und Jupien wird Charlus' so lange erwartetes Geheimnis, die Homosexualität, entdeckt. Aber liegt das Geheimnis wirklich in ihr? Denn was entdeckt wird, ist weniger die seit langem vorhersehbare und erahnte Homosexualität als vielmehr ein allgemeiner Bereich, der diese Homosexualität zum Sonderfall eines tieferen universellen Wahnsinns macht, in dem sich auf alle möglichen Arten Unschuld und Verbrechen verweben. Was entdeckt wird, ist die Welt, in der nicht gesprochen wird, das schweigende Universum der Pflanzen, der Wahnsinn der Blumen, deren zerstükkeltes Motiv die Begegnung mit Jupien rhythmisiert.

Der Logos ist ein großes animalisches Lebewesen, dessen Teile sich zu einem Ganzen einen und sich unter einem Prinzip oder einer leitenden Idee vereinheitlichen; das Pathos aber ist ein Vegetabilisches aus abgeschlossenen Teilen, die nur indirekt in einem Teil beiseite kommunizieren, unendlich, so daß keine Totalisierung, keine Vereinheitlichung diese Welt einen kann, deren letzten Stücken es an nichts mangelt. Es ist das schizoide Universum der geschlossenen Schachteln, der abgeschlossenen Teile, wo die Kontiguität selbst eine Distanz ist: die Welt des Geschlechts. Das lehrt uns Charlus jenseits seiner Reden. Da jedes Individuum zwei Geschlechter hat, jedoch »getrennt durch eine Scheidewand«, müssen wir ein nebelhaftes Ensemble von acht Elementen einführen, wo der männliche Teil oder der weibliche Teil eines Mannes oder einer Frau in ein Verhältnis zum weiblichen Teil oder männlichen Teil einer anderen Frau oder eines anderen Mannes eintreten können (*zehn Kombinationen aus acht Elementen*).[6] Abwegige Beziehungen zwischen geschlossenen Gefäßen; die Hummel, die die Blumen kommunizieren macht und die ihren eigentlich animalischen Wert verliert, um nur noch im Verhältnis zu jenen ein beiseite komponiertes Stück zu sein, ein disparates Element in einem Apparat pflanzlicher Reproduktion.

Vielleicht ist dies eine Kompositionsform, die sich überall in der Recherche wiederfindet: Ausgangspunkt ist ein erster Nebelfleck, der ein scheinbar umschriebenes Ensemble bildet, das sich vereinheitlichen und totalisieren läßt. Eine oder mehrere Reihen lösen sich von diesem ersten Ensemble ab. Und diese Reihen münden ihrerseits in einem neuen Nebel, der nunmehr dezentriert oder exzentriert ist, aus wirbelnden geschlossenen Schachteln, aus beweglichen disparaten Stücken, die den Linien einer transversalen Flucht folgen. So bei Charlus: der erste Nebel, darin seine Augen und seine Stimme glänzen; dann die Reihe der Reden; schließlich die letzte beunruhigende Welt der Zeichen und Schachteln, der verschachtelten und entschachtelten Zeichen, aus denen Charlus zusammengesetzt ist und die sich entlang der Fluchtlinie eines alternden Sternes und seiner Satelliten öffnen oder interpretieren lassen (»M. de Charlus naviguant de tout son corps énorme, traînant sans le vouloir à sa suite un de ces apaches ou mendigots que son passage faisait maintenant infailliblement surgir même des coins en apparence les plus déserts . . .«).[7] Dieselbe Komposition nun bestimmt Albertines Geschichte: der Nebelfleck junger Mädchen, aus denen Albertine langsam extrahiert wird, die große Reihe der beiden aufeinanderfolgenden Eifersuchten um Albertine, schließlich die Koexistenz all der Schachteln, in die Albertine sich in ihren Lügen einschließt, aber zugleich vom Erzähler eingeschlossen wird, ein neuer Nebel, der auf seine Weise den ersten wiederherstellt, gleicht doch das Ende der Liebe einer Rückkehr zur ersten Ungeteiltheit der jungen Mädchen. Und die Fluchtlinie von Albertine ist der von Charlus vergleichbar. Überdies geht der Erzähler bei dem exemplarischen Übergang vom Kuß zu Albertine auf der Lauer liegend von Albertines Gesicht aus, einem beweglichen Ensemble, darin der Leberfleck als einzigartiger Punkt strahlt; dann geht das ersehnte Gesicht in dem Maße, in dem die Lippen des Erzählers sich der Wange nähern, durch eine Reihe von aufeinanderfolgenden Ebenen hindurch, denen ebenso viele Albertinen entsprechen, wobei der Leberfleck von einer auf die andere überspringt; schließlich das letztendliche Durcheinander, in dem Albertines Gesicht sich entschachtelt und auflöst und der Erzähler den Gebrauch seiner Lippen, seiner Augen, seiner Nase verliert und an diesen »hassenswerten Zeichen« erkennt, daß er im Begriff ist, das geliebte Wesen zu küssen.

Wenn dies große Gesetz der Komposition und Dekomposition sowohl für Charlus als auch für Albertine gültig ist, so deswegen, weil es das Gesetz der Liebe und der Sexualität ist. Die intersexuellen Lieben und insbesondere die des Erzählers zu Albertine sind keineswegs bloßer Schein, unter dem Proust seine eigene Homosexualität verbergen würde. Diese Lieben bilden im Gegenteil den Ausgangspunkt, aus dem an zweiter Stelle die beiden homosexuellen Reihen extrahiert werden, die sich in Albertine und in Charlus repräsentieren (»les deux sexes mourront chacun de son côté«). Diese Reihen aber münden ihrerseits in einem transsexuellen Universum, wo die abgeschlossenen, eingeschachtelten Geschlechter sich in einem jeden neu gruppieren, um mit denen des andern gemäß abwegigen, transversalen Bahnen zu kommunizieren. Es dürfte wahr sein, daß eine Art Oberflächennormalität die erste Ebene oder das erste Ensemble kennzeichnet; die Reihen, die sich auf der zweiten Ebene davon ablösen, werden von allen Leiden, allen Ängsten und Schuldgefühlen dessen markiert, was man Neurose nennt: Fluch des Ödipus und Prophetie Samsons. Die dritte Ebene aber stellt eine vegetabilische Unschuld in der Dekomposition wieder her, weist dem Wahnsinn eine Absolution erteilende Funktion in einer Welt zu, in der Schachteln explodieren und sich wieder schließen, Verbrechen und Einschließungen, welche die »comédie humaine« auf Proustsche Art bilden, durch die hindurch sich eine neue und letzte, alle anderen umwerfende Macht entwickelt, eine sehr wahnsinnige Macht, die der Recherche selbst, insofern sie den Polizisten und den Wahnsinnigen, den Spion und den Kaufmann, den Interpreten und den Kläger vereint.

Obwohl Albertines Geschichte und die von Charlus demselben allgemeinen Gesetz folgen, hat der Wahnsinn nichtsdestoweniger in beiden Fällen eine sehr unterschiedliche Form und Funktion und verteilt sich nicht in der gleichen Weise. Wir sehen drei hauptsächliche Unterschiede zwischen dem Charlus-Wahnsinn und dem Albertine-Wahnsinn. Der erste besteht darin, daß Charlus über eine höhere Individuation wie über eine herrscherliche Individualität verfügt. Die Störung von Charlus betrifft von daher die Kommunikation: die Frage »was verbirgt Charlus?«, »welche geheimen Schachteln hütet er in seiner Individualität?« verweist auf Kommunikationen, die aufzudecken sind, auf die Abwegigkeit dieser Kommunikationen, so daß der Charlus-Wahnsinn nur mittels gewalttätiger zufälliger Begegnungen sich zeigen, interpretieren und sich selbst interpretieren kann, im Zusammenhang mit neuen Milieus, in die Charlus eintaucht und die enthüllend, indizierend, kommunizierend wirken (Begegnungen mit dem Erzähler, Begegnung mit Jupien, Begegnung mit den Verdurin, Begegnung im Bordell). Anders ist der Fall Albertine, denn ihre Störung betrifft die Individuation selbst: welche von den jungen Mädchen ist sie? Wie läßt sie sich aus der ungeschiedenen Gruppe der jungen Mädchen wählen und extrahieren? Hier sind zunächst die Kommunikationen gegeben, was aber verborgen ist, ist gerade das Geheimnis ihrer Individuation; und dies Geheimnis kann nur in dem Maße durchdrungen werden, in dem die Kommunikationen unterbrochen werden, mit Gewalt angehalten, Albertine zur Gefangenen wird, eingemauert, mit Beschlag belegt. Daraus entspringt ein zweiter Unterschied. Charlus ist Meister der Rede, bei ihm geschieht alles durch Worte, dafür aber geschieht nichts in den Worten. Charlus' Investitionen sind vor allem verbal, so daß die Dinge oder Gegenstände sich ihrerseits als unwillkürliche, gegen die Rede zurückgewendete Zeichen darstellen, die diese bald entgleisen lassen, bald eine Gegensprache bilden, welche sich im Schweigen und in der Stummheit der Begegnungen entwickelt. Albertines Verhältnis zur Sprache besteht im Gegenteil aus bescheidener Lüge und nicht aus königlichem Sehertum. Daher bleibt bei ihr die Investition eine Investition von Dingen oder Gegenständen, die sich in der Sprache selbst ausdrückt, unter der Bedingung, deren willkürliche Zeichen zu fragmentieren und sie den Gesetzen der Lüge zu unterwerfen, die Unwillkürliches in sie einführen: so kann alles in der Sprache geschehen (einschließlich des Schweigens), gerade weil nichts durch die Sprache geschieht.

Schließlich gibt es einen dritten großen Unterschied. Am Ende des neunzehnten und zu Beginn des zwanzigsten Jahrhunderts stellte die Psychiatrie eine interessante Unterscheidung zwischen zwei Arten von Zeichenrausch auf, dem Interpretationsrausch vom Typ der Paranoia und den Rausch des Anspruchs vom Typ der Erotomanie oder Eifersucht. Die ersteren haben einen schleichenden Beginn und eine progressive Entwicklung, die im wesentlichen von endogenen Kräften abhängen und sich zu einem allgemeinen Netz ausbreiten, welches die Gesamtheit der verbalen Investitionen überzieht. Die letzteren haben einen plötzlicheren Beginn und sind mit wirklichen oder vorgestellten äußeren Gelegenheiten verbunden; sie hängen von einer Art »Postulat« über einen bestimmten Gegenstand ab und treten in begrenzte Konstellationen ein; sie sind weniger ein Rausch von Ideen, der durch ein auf die verbalen Investitionen ausgedehntes System hindurchginge, als ein Rausch der Handlung, der von einer intensiven Objektinvestition beseelt wird (die Erotomanie zum Beispiel stellt sich als eher als delirierende Verfolgung des geliebten Wesens dar denn als delirierende Illusion, geliebt zu werden). *Der zweite Rausch bildet eine Folge von abgeschlossenen linearen Prozessen, während der erste zirkuläre, ausstrahlende Ensembles bildet.* Wir wollen natürlich nicht behaupten, daß Proust auf seine Personen eine psychiatrische Unterscheidung anwendete, die in seiner Zeit ausgearbeitet wurde. Trotzdem zeichnen Charlus und Albertine jeweils die Spuren eines Weges in die Recherche ein, die auf sehr genaue Weise jener Unterscheidung entsprechen. Wir haben das für Charlus zu zeigen versucht, den großen Paranoiker, bei dem die ersten Erscheinungen schleichend sind, die Entwicklung und Beschleunigung des Rauschs von bedrohlichen endogenen Kräften zeugen, und der mit seiner ganzen verbalen interpretativen Demenz die geheimnisvolleren Zeichen einer Nicht-Sprache eintreibt, die ihm keine Ruhe läßt : kurz, das ungeheure Netz Charlus. Auf der anderen Seite aber Albertine: sie selbst ein Objekt oder die Verfolgung von Objekten auf eigene Rechnung; selbst Postulate verbreitend, mit denen sie vertraut ist, oder auch vom Erzähler in ein Postulat ohne Ausweg eingeschlossen, dessen Opfer sie ist (*Albertine notwendigerweise und a priori schuldig; lieben, ohne geliebt zu werden; hart, grausam und arglistig gegen das sein, was man liebt).* Erotomanin und Eifersüchtige, auch wenn auch und vor allem der Erzähler sich ihr gegenüber so zeigt. Und die Reihe der beiden Eifersuchten gegenüber Albertine, untrennbar jeweils von der äußeren Gelegenheit, sukzessive Prozesse bildend. Und die Zeichen der Sprache und der Nicht-Sprache schalten sich hier ineinander ein und bilden die begrenzten Konstellationen der Lüge. Ein ganzer Rausch von Handlung und Anspruch, der sich vom Rausch aus Ideen und Interpretation bei Charlus unterscheidet.

Warum aber müssen in ein und dem selben Fall Albertine und die Verhaltensweisen des Erzählers gegenüber Albertine vereint werden? Alles weist in der Tat darauf hin, daß sich die Eifersucht des Erzählers auf eine Albertine richtet, die im Hinblick auf ihre eigenen »Gegenstände« äußerst eifersüchtig ist. Und die Erotomanie des Erzählers im Hinblick auf Albertine (die delirierende Verfolgung des geliebten Wesens ohne die Illusion, geliebt zu werden) läßt sich auf die Erotomanie von Albertine selbst zurückbeziehen, die lange als Verdacht vorhanden war und sich schließlich als das Geheimnis bestätigt, welches die Eifersucht des Erzählers erregte. Und der Anspruch des Erzählers, Albertine gefangenzusetzen, einzumauern, verbirgt die zu spät erahnten Ansprüche Albertines. Tatsächlich ist der Fall Charlus analog gelagert: es gibt keinen Ort der Unterscheidung zwischen der Arbeit des Interpretationsrausches von Charlus und der langen Interpretationsarbeit des Rauschs, welcher sich der Erzähler in bezug auf Charlus hingibt. Wir fragen nun gerade, woher die Notwendigkeit solcher Partialidentifikationen kommt und worin ihre Funktion für die Recherche besteht.

Eifersüchtig gegen Albertine, Interpret von Charlus – was ist der Erzähler in sich selbst, in letzter Instanz? Wir glauben kaum an die Notwendigkeit, den Erzähler und den Helden als zwei Subjekte zu unterscheiden, als ein Subjekt der Aussage und ein Subjekt des Ausgesagten, denn das hieße, die Recherche auf ein System der Subjektivität (verdoppeltes, gespaltenes Subjekt) beziehen, das ihr fremd ist.[8] Es gibt weniger einen Erzähler als eine Maschine der Recherche, und weniger einen Helden als Einstellungen, nach denen die Maschine in dieser oder jener Konfiguration funktioniert, nach dieser oder jener Artikulation, für diesen oder jenen Gebrauch, für diese oder jene Produktion. Nur in diesem Sinne können wir fragen, was der Held-Erzähler ist, der nicht als Subjekt funktioniert. – Der Leser ist zumindest über die Beharrlichkeit verblüfft, mit der Proust diesen Erzähler als unfähig darstellt, zu sehen, wahrzunehmen, sich zu erinnern, zu verstehen, etc. Darin liegt der große Gegensatz zur Methode von Goncourt oder Sainte-Beuve. Ein durchgängiges Motiv der Recherche, das seinen Gipfelpunkt auf dem Land im Haus der Verdurins erreicht (»je vois que vous aimez les courants d'air . . .«[9]). Wahrhaftig hat der Erzähler keine Organe, oder jedenfalls nie diejenigen, die er brauchen, die er sich wünschen würde. Er bemerkt dies selbst in der Szene des ersten Kusses für Albertine, wenn er sich darüber beklagt, daß wir kein adäquates Organ für die Ausübung einer solchen Tätigkeit haben, die unsere Lippen füllt, unsere Nase zudrückt und unsere Augen schließt. In Wahrheit ist der Erzähler ein gewaltiger Körper ohne Organe.

Aber was ist das, ein Körper ohne Organe? Auch die Spinne sieht nichts, nimmt nichts wahr, erinnert sich an nichts. Sie empfängt einzig an einem Ende ihres Netzes das geringste Erzittern ihres Netzes, das sich als starke Welle in ihren Körper fortsetzt und sie zum erforderlichen Ort laufen läßt. Ohne Augen, ohne Nase, ohne Mund antwortet sie einzig auf Zeichen, wird vom geringsten Zeichen durchdrungen, das ihren Körper wie eine Welle durchquert und sie auf ihre Beute springen läßt. Die Recherche ist weder wie eine Kathedrale noch wie ein Kleid gebaut, sondern wie ein Netz. Der Spinnenerzähler, dessen Netz selbst die Recherche im Laufe ihres Entstehens ist, ihres Sich-Webens aus jedem von diesem oder jenem Zeichen bewegten Faden: Netz und Spinne, Netz und Körper sind eine und dieselbe Maschine. Der Erzähler mag wohl mit einer außerordentlichen Sensibilität, mit einem ungeheuren Gedächtnis begabt sein: er hat keine Organe, insofern er jeglichen willkürlichen und geordneten Gebrauchs dieser Vermögen beraubt ist. Dafür übt sich ein Vermögen in ihm aus, wenn es dazu veranlaßt und gezwungen wird; und das entsprechende Organ setzt sich ihm auf, jedoch als *intensive Skizze,* von den Wellen geweckt, die seinen unwillkürlichen Gebrauch hervorrufen. Unwillkürliche Empfindungsfähigkeit, unwillkürliches Gedächtnis, unwillkürliches Denken, die jedesmal intensive globale Reaktionen des organlosen Körpers auf Zeichen dieses oder jenen Wesens bedeuten. Dieser Spinnen-Netz-Körper ist es, der sich in Bewegung setzt, um jede der kleinen Schachteln zu öffnen oder zu schließen, die auf einen klebrigen Faden der Recherche treffen. Seltsame Formbarkeit des Erzählers. Dieser Spinnen-Körper des Erzählers ist es, der Polizist, der Spion, der Eifersüchtige, der Interpret und der Anspruchserhebende – der Wahnsinnige – der universelle Schizophrene, der einen Faden um Charlus den Paranoiker spannen wird, einen anderen Faden um Albertine die Erotomanin, um Marionetten seines eigenen Rausches aus ihnen zu machen, intensive Kräfte seines organlosen Körpers, Profile seines Wahnsinns.

Anmerkungen

Erster Teil: Die Zeichen

Kapitel I: Die Zeichentypen

[1] III, 375 – »materielle Erklärung« 10, 507.
[2] III, 907/13, 324.
[3] Aufgrund des an keine systematische Semiologie angelehnten, sondern eher umgangssprachlichen Gebrauchs von »signe«, »sens«, signification« und ähnlichen Wörtern bei Deleuze erschien es gerechtfertigt, auch bei der Übersetzung keine rigide Terminologie anzuwenden. »Sens« ist meistens mit »Bedeutung« wiedergegeben; bei »signifier« und seinen Ableitungen mußte jeweils nach dem Kontext zwischen »bedeuten« und »bezeichnen« entschieden werden. (A. d. Ü.)
[4] »Das Gesellschaftliche«, »gesellschaftlich« steht hier und im Folgenden, als Übersetzung von »monde« und »mondain«, in dem Sinne, wie das Wort in dem Ausdruck »gute Gesellschaft« gebraucht wird; andernfalls steht »sozial«. Auf die Wiedergabe der Ambiguität zwischen »monde« als »Gesellschaft« und als »Welt« mußte im Deutschen leider verzichtet werden. (A. d. Ü.)
[5] II, 547–552/6, 722–730
[6] I, 794 – »Wenn sie mich gesehen hatte, was hätte ich ihr vorstellen können? Aus welchem Universum heraus ordnete sie mich ein?« 4, 484 (bearbeitet).
[7] I, 276 – »Zugleich aber nahm als Schatten seiner Liebe auch seine Eifersucht in ihren Bestand die Verdopplung jenes neuen Lächelns auf, das sie ihm am gleichen Abend gegeben hatte – und das jetzt umgekehrt Swann zu verspotten und sich mit Liebe für einen anderen zu beladen schien . . . Beinahe kränkte er sich jetzt nachträglich um jeden Genuß, den er bei ihr gefunden, jede Liebkosung, die sie erdacht und deren Süße er ihr unvorsichtigerweise ausdrücklich bekräftigt hatte, jeden besonders anmutigen

Reiz, den er an ihr entdeckt hatte, denn er war sich bewußt, daß diese alle gleich darauf nur ebenso viele neue Werkzeuge für sein Martyrium abgeben würden.« 2, 367 (bearbeitet)

8 II, 1115–1120 – »Es war eine furchtbare ›terra incognita‹, an der ich hier landete, eine neue Phase ungeahnter Leiden, welche sich mir eröffnete. Und doch, wenn eine solche Sintflut von Realität, die uns überschwemmt, unerhörte Ausmaße annimmt neben unseren schüchternen, winzigen Vermutungen, wurden sie von diesen doch schon vorausgefühlt . . . Hier aber war der Rivale nicht meiner Art, er führte andere Waffen, ich konnte nicht mit ihm auf dem gleichen Feld kämpfen, Albertine nicht die gleichen Arten des Genusses verschaffen, ja konnte sie mir nicht einmal genau vorstellen.« 8, 705–711 (bearbeitet)

9 II, 608/7, 18.

10 II, 616/7, 29 (»Die beiden Geschlechter werden ein jedes auf seiner Seite sterben« – in der dt. Ausgabe nicht übersetzt)

11 II, 851 – »Man hätte meinen können, sie gebe Signale wie ein Leuchtturmwärter.« 7, 348.

12 I, 47/1, 66

13 III, 867 – »die tiefen Gründe zu suchen hatte ich damals aufgeschoben« 13, 268

14 III, 375/10, 507

15 III, 867 – »Der Geschmack der kleinen Madeleine hatte Combray in mein Gedächtnis zurückgeführt. Warum aber hatten mir die Bilder von Combray und von Venedig in dem einen und andern Augenblick so viel Freude gegeben, die einer Gewißheit glich und ohne sonstige Beweise genügte, mir selbst den Tod gleichgültig erscheinen zu lassen?« 13, 268 (bearbeitet)

16 III, 878 – »nur materielle Gegenstände« 13, 284 (bearbeitet)

Kapitel II: Zeichen und Wahrheit

1 I, 442/3, 24

2 I, 282/2, 374 f.

3 II, 66/5, 85

4 III, 880 – »Die vom reinen Verstand gelieferten Ideen haben nur eine logische Wahrheit, eine mögliche Wahrheit, ihre Wahl ist beliebig.« 13, 269 (bearbeitet)

5 III, 879 – »Ich spürte, daß gerade dies das Zeichen ihrer Echtheit war. Ich hatte nicht die beiden ungleichen Pflastersteine, an die ich angestoßen war, in jenem Hofe gesucht.« 13, 285

6 III, 897 – »Ich *mußte* den geringsten Zeichen um mich her (Guermantes, Albertine, Gilberte, Saint-Loup, Balbec und sofort) ihren Sinn wiedergeben.« 13, 311 (Hervorh. von Deleuze)

[7] III, 924 – »verlangt nach Körpern, und, wo immer sie auf solche stößt, bemächtigt sie sich ihrer, um sie im Licht ihrer Laterna magica zu zeigen.« 13, 348 (bearbeitet)

[8] I, 433 – »Die Moden wechseln, sind sie doch selbst aus dem Bedürfnis nach Veränderung hervorgegangen.« 3, 12 (bearbeitet)

[9] II, 122 – »Er durchlitt, ohne einen einzigen auszulassen, im voraus alle Schmerzen eines endgültigen Bruchs, den er in anderen Momenten glaubte vermeiden zu können.« 5, 160

[10] II, 755–760 – »Ich erfuhr erst jetzt, in diesem Augenblick, mehr als ein Jahr nach ihrer Beerdigung – aufgrund jenes Anachronismus, durch den so oft der Kalender der Tatsachen mit dem Kalender der Gefühle nicht zusammenfällt –, daß sie gestorben war ... daß ich sie für immer verloren hatte.« 7, 220–225

[11] II, 759–760 – »dieser seltsame Widerspruch zwischen Nachleben und Nichts«, »die schmerzliche Synthese aus Nachleben und aus Nichts« 7, 225–226

[12] I, 579–581/3, 201–204

[13] III, 616 – »Die mittelmäßige Frau, die sie – wie man staunend sieht – lieben, bereichert ihre Welt viel mehr, als es eine kluge Frau je getan hätte.« 11, 282

[14] III, 607 – »Ich war nicht weniger frappiert bei dem Gedanken, daß die vielleicht außergewöhnlichsten Kunstwerke unserer Epoche nicht dem Concours général, einer akademischen Mustererziehung à la Broglie, sondern dem Besuch des Turfs und fashionabler Bars zu verdanken sind.« 11, 269

[15] III, 880 – »Der Eindruck ist für den Schriftsteller, was das Experiment für den Naturwissenschaftler ist, mit dem Unterschied, daß bei dem Naturwissenschaftler die Arbeit des Verstandes vorausgeht, bei dem Schriftsteller aber folgt.« 13, 287

[16] III, 906 – »Ersatz« 13, 323

[17] III, 908 – »Denn dem Wesen, das wir am meisten geliebt haben, sind wir doch nicht so treu wie uns selbst, wir vergessen es früher oder später, um – da das einer der uns eigenen Züge ist – von neuem lieben zu können.« 13, 325

[18] III, 899 – »mein ganzes Leben ... eine Berufung« 13, 313

Kapitel III: Die Lehre

[1] III, 896/13, 309

[2] III, 891 – »Da jeder Eindruck doppelt, nämlich halb im Gegenstand versteckt ist, mit der anderen Hälfte aber, die nur wir kennen konnten, in uns selbst hineinragt« 13, 302

[3] I, 155–156 und III, 892/1, 207–209 und 13, 303f.

4 I, 171 – »wie im Abendrot jenes orangefarbenen Lichtes gebadet, das der Silbe ›-antes‹ entströmt« 1, 228f.

5 II, 205 – »Ich sagte mir, daß doch eben sie es sei, die für alle Welt der Name ›Herzogin von Guermantes‹ *bezeichnete*; das unfaßbare Leben, das dieser Name *bedeutete*, umschloß hier dieser Leib.« 5, 271 (Hervorh. von Deleuze)

6 I, 401 – »Zu der Zeit, als ich Gilberte liebte, glaubte ich noch, daß die Liebe wirklich etwas außerhalb von uns Existierendes sei; ... und es schien mir, daß, wenn ich an die Stelle der Süße des Geständnisses geheuchelte Gleichgültigkeit gesetzt hätte, ich mich nicht nur einer der Freuden, von denen ich am meisten träumte, beraubt, sondern mir auch eigenmächtig ein künstliches und eigentlich wertloses Glück hergestellt hätte.« 2, 530 (bearbeitet)

7 II, 66 »La première, Françoise me donna l'exemple (que je ne devais comprendre que plus tard ...)« – »Als erste aber gab mir Françoise ein Beispiel dafür (das ich erst später verstehen sollte ...), daß eine Wahrheit nicht ausgesprochen werden muß, um sichtbar zu werden, und daß man sie vielleicht mit größerer Sicherheit, ohne auf Worte zu warten oder überhaupt nur auf sie zu hören, aus tausend äußeren Zeichen entnehmen kann, selbst aus manchen unsichtbaren Phänomenen, die in der Welt der menschlichen Charaktere dem entsprechen, was in der physikalischen Natur die atmosphärischen Veränderungen sind.« 5, 84f. (bearbeitet)

8 II, 549/6, 725

9 I, 567 – »Gerade wegen seiner Klarheit befriedigte er mich nicht. Der Tonfall war so gut getroffen, von so bestimmter Absicht und Bedeutung, daß er schon an und für sich zu existieren schien und daß jede halbwegs begabte Schauspielerin ihn hätte finden können.« 3, 186f. (bearbeitet)

10 I, 925 – »Seit den Tagen der Spiele auf den Champs-Elysées hatte sich meine Auffassung von der Liebe gewandelt, wenn auch die Wesen, an die sie sich nacheinander heftete, fast identisch waren. Einerseits erschien mir das Geständnis, die Erklärung meines zärtlichen Gefühls gegenüber jener, die ich liebte, nicht mehr als eine der wichtigsten und unerläßlichen Szenen der Liebe, noch diese selbst als eine äußere Wirklichkeit ...« 4, 655 (bearbeitet)

11 III, 888–896/13, 296–309. – Man wird vermeiden müssen, Prousts Kritik des Objektivismus auf das anzuwenden, was man heute *nouveau roman* nennt. Die Methoden zur Beschreibung des Gegenstands in nouveau roman haben nur im Verhältnis zu den subjektiven Modifikationen einen Sinn, zu deren Enthüllung sie dienen, und die ohne sie nicht wahrnehmbar werden können. Der nouveau roman verharrt im Zeichen der Hieroglyphen und der implizierten Wahrheiten.

12 III, 720–723/12, 298–309

13 III, 855 – »Während ich mich jedoch damit tröstete, daß vielleicht eine

Beobachtung der Menschen an die Stelle einer unmöglichen Inspiration treten könnte, wußte ich, daß ich mich eben nur zu trösten suchte.« 12, 240 (bearbeitet)

14 III, 866 – »Die Literatur konnte mir keine Freude mehr bereiten, *sei es* durch meine Mängel, weil ich zu unbegabt war, *sei es* durch die ihren, sofern sie nämlich tatsächlich weniger von Wirklichkeit geprägt war, als ich ehemals glaubte.« 13, 266 (Hervorh. von Deleuze)

15 II, 524 – »Daß Madame de Guermantes den anderen Frauen ähnlich war, hatte für mich zunächst eine Enttäuschung bedeutet, aus Reaktion darauf aber war diese Tatsache unter dem Beistand der guten Weine fast zu einem Gegenstand der Bewunderung geworden.« 6, 693f.

16 I, 524/3, 186f.

17 I, 560/3, 177

18 I, 533/3, 142

19 II, 944 – »Ich stand den Schönheiten, auf die sie mich aufmerksam machten, kühl gegenüber und berauschte mich statt dessen an verworrenen Reminiszenzen; . . . Ich sog mit Entzücken einen Luftzug ein, der unter der Tür zu uns drang. ›Ich sehe, sie schwärmen für Zug‹, sagten sie zu mir.« 8, 475

20 II, 47–51/5, 59–65

Kapitel IV: Die Zeichen der Kunst und die Essenz

1 I, 347 – »Es war, als ob die Instrumente das kleine Thema weniger spielten, als daß sie es vielmehr nach den Riten, die es verlangte, heraufbeschworen.« 2, 459

2 I, 209/1, 278–279

3 II, 48 – »jener Tränenfluß, der noch die Marmorstimmen von Aricie und Ismene umfloß, weil sie ihn nicht genügend hatten auftrinken können«; »blieb auch nicht der kleinste Rest von undurchlebtem und dem Geiste nicht anverwandelten Stoff übrig« 5, 60

4 III, 375/10, 507

5 III, 375/10, 507

6 I, 349/2, 461

7 III, 159 – »die Verschiedenheit, die ich im Leben, auf Reisen, vergebens gesucht« 9, 211 (bearbeitet)

8 III, 277 – »Wie die Welt der Differenzen auf der Erdoberfläche unter all den verschiedenen Ländern, die unsere Wahrnehmung einander angleicht, nicht existiert, existiert sie erst recht nicht in der *Welt der Gesellschaft*. Existiert sie im übrigen überhaupt irgendwo? Vinteuils Septett schien diese Frage für mich bejaht zu haben.« 10, 373 (bearbeitet) (Hervorh. von Deleuze)

9 III, 895 – »Die qualitative Differenz in der Weise, wie uns die Welt er-

scheint, eine Differenz, die, wenn es die Kunst nicht gäbe, das ewige Geheimnis eines jeden bliebe.« 13, 308 (bearbeitet)

10 »Sehepunkt« heißt der »point de vue« (»Gesichtspunkt«, »Standpunkt«, »Perspektive«), Leibniz folgend, in der Hermeneutik des Chladenius. (A. d. Ü.)

11 III, 895–896 – »Durch die Kunst nur vermögen wir, aus uns herauszutreten und zu wissen, was ein anderer von dem Universum sieht, das nicht das gleiche ist wie das unsere, und dessen Landschaften uns ebenso unbekannt geblieben wären wie die, die es auf dem Mond geben mag. Dank der Kunst sehen wir, anstatt nur eine einzige Welt, die unsere, zu sehen, wie die Welten sich vervielfachen, und so viele originale Künstler es gibt, so viele Welten stehen uns zur Verfügung, untereinander verschiedener als jene, die im Unendlichen kreisen . . .« 13, 308 (bearbeitet)

12 I, 349–351/2, 462–464

13 III, 257/10, 345

14 III, 375 – »unbekannte Eigenschaft einer einzigartigen Welt« 10, 507 (bearbeitet)

15 III, 258 – »jene Welten . . ., die wir als Individuen bezeichnen und die wir ohne die Kunst nie kennenlernen würden« 10, 347

16 I, 350 – »göttliche Gefangene« 2, 463 (bearbeitet)

17 III, 374 – »die Fragen nach der Wirklichkeit der Kunst, nach der Wirklichkeit der Ewigkeit der Seele« 10, 505 (bearbeitet)

18 III, 187 – »In einer himmlischen Waage sah er auf der einen Seite sein eigenes Leben, während die andere Schale die kleine so trefflich gemalte Mauerecke enthielt. Er spürte, daß er unvorsichtigerweise das erste für das zweite hingegeben hatte . . . Ein neuer Schlag streckte ihn hin . . . Er war tot. Tot für immer? Wer kann es sagen.« 9, 249

19 I, 352 – »Erst klagte das Klavier wie in Verlassenheit gleich einem Vogel, der seine Gefährtin vermißt; die Geige hörte und gab Antwort von einem benachbarten Baum. Es war wie nach der Erschaffung der Welt, als gäbe es noch nichts als diese beiden auf Erden, oder vielmehr wie in einer für alles andere verschlossenen, aus der Logik eines Schöpfers erbauten, in der nur immer diese beiden sein würden, der Welt dieser Sonate.« 3, 465

20 »die unaufhörliche Neuschöpfung der Urelemente der Natur« 4, 630

21 I, 4–5/1, 10–12

22 III, 899 – »das einzige Mittel, die verlorene Zeit wiederzufinden« 13, 313

23 III, 377 – »die sich mit dem spirituellen Leben verknüpft« 10, 509f. (bearbeitet)

24 III, 889 – »Man könnte unendlich lange in einer Beschreibung die Gegenstände aufeinanderfolgen lassen, die an einem ebenfalls beschriebenen Ort eine Rolle spielen: die Wahrheit beginnt erst in dem Augenblick, in dem der Schriftsteller zwei verschiedene Objekte nimmt, die Beziehung zwischen ihnen herstellt, welche – in der Welt der Kunst – dem einmaligen

Kausalnexus in der Welt der Wissenschaft entspricht, und sie in die unerläßlichen Ringe eines schönen Stils faßt.« 13, 300

25 I, 835–837 – »maritime Ausdrucksmittel«, »architekturale Ausdrucksmittel« 4, 538

26 III, 260 – »Fuß bei Fuß im Sinne eines Kräftespiels freilich nur, denn wenn diese Wesenheiten einander begegneten, so nur von jeder Körperlichkeit, jeder Erscheinung, jedem Namen befreit.« 10, 350

27 III, 159/9, 211

28 III, 259 – »das gleiche und dennoch anders« 10, 349 (bearbeitet)

29 I, 852 – »infolge der Abnutzung seines Hirns« 4, 559

Kapitel V: Die sekundäre Rolle des Gedächtnisses

1 III, 61/9, 79

2 III, 153 – »Später, nachdem die Lüge an den Tag gekommen oder ich nachgerade von ängstlichen Zweifeln heimgesucht war, hätte ich mich gern erinnert, aber alles war dann umsonst; mein Gedächtnis hatte nicht rechtzeitig einen Wink bekommen; es hatte für überflüssig gehalten, eine Durchschrift des Textes aufzubewahren.« 9, 203

3 III, 897 – »Auferstehungen im Gedächtnis« – »mit Hilfe von Figuren geschriebene Wahrheiten« 13, 284–285 (bearbeitet)

4 III, 27 – »ein Bild endlich« 9, 68

5 I, 718–719/4, 384–386

6 III, 889 – »Anfang von Kunst« – »die Pfade der Kunst« 13, 300

7 Ibid. (» . . .ou même, ainsi que la vie . . .«) – (»sogar erst, wenn er, wie es das Leben tut . . .«)

8 III, 375/10, 507

9 III, 918 – »Für die Tatsache, daß es sich dabei ausgerechnet und ausschließlich um jene Art von Empfindungen handelt, die zum Kunstwerk *führen* mußte, wollte ich den objektiven Grund zu finden versuchen.« 13, 339 (bearbeitet) (Hervorh. von Deleuze)

10 III, 889 – »Um sie den bloßen Zufälligkeiten der Zeit zu entheben« 13, 300

11 III, 867 – »deren tiefe Gründe zu suchen ich damals aufgeschoben hatte« 13, 268

12 III, 865 – »Aber schon dieses Wort allein ließ mir die Stadt langweilig erscheinen wie eine Lichtbildausstellung, und ich verspürte keine größere Neigung oder Begabung in mir, jetzt zu beschreiben, was ich vormals gesehen hatte, als gestern etwa die Dinge, die ich mit einem alle Einzelheiten erfassenden, aber lustlosen Blick im Augenblick selbst beobachtete.« 13, 266

13 I, 718–719/4, 384–386

14 III, 873 – »real, ohne gegenwärtig zu sein, ideell, ohne abstrakt zu sein«

13, 276 (bearbeitet)

15 II, 983–985 – »Wir behalten alle unsere Erinnerungen, wenn auch nicht die Fähigkeit, sie uns zurückzurufen, sagt in Anlehnung an Bergson der große norwegische Philosoph . . . aber was ist schon eine Erinnerung, die man sich nicht zurückrufen kann?« 8, 530

16 III, 872 – »ein kleines Quantum Zeit in reinem Zustand« 13, 276 (bearbeitet)

17 III, 918/13, 339

18 III, 875 – »in dem Schwindel einer Ungewißheit, welche derjenigen gleicht, die man manchmal im Augenblick des Einschlafens angesichts einer unaussprechlichen Vision verspürt.« 13, 280

Kapitel VI: Reihe und Gruppe

1 I, 917–918/4, 644–646

2 III, 904 – »So war meine Liebe zu Albertine, wie sehr sie sich auch davon unterschied, in meiner Liebe zu Gilberte schon vorgezeichnet gewesen« 13, 320

3 III, 908 – »Höchstens hat jene, die wir sehr geliebt haben, zu dieser neuen Liebe ein besonderes Element der Gestaltung beigesteuert, dank dem wir jener früheren Geliebten treu noch in der Untreue bleiben. Wir tragen Verlangen danach, mit der folgenden Frau die gleichen Morgenspaziergänge zu machen oder sie in derselben Weise spät nach Hause zu geleiten oder ihr hundertmal zuviel Geld zu geben.« 13, 325

4 III, 447 – »Oh! Wie hatte sich doch meine Liebe zu Albertine, deren Schicksal ich nach der zu Gilberte geglaubt hatte voraussehen zu können, gerade in vollstem Gegensatz dazu entwickelt!« 11, 47

5 I, 894 – »Anzeichen einer kleinen Veränderung, wie sie jeweils zutage tritt, wenn man in neue Regionen, in andere Breitengrade des Lebens übergeht.« 4, 615 (bearbeitet)

6 I, 917–918 – »das Mindestmaß an Variation . . . besteht aus zwei. Wenn wir uns an einen energischen Blick, eine kühne Miene erinnern, so werden wir unvermeidlich das nächste Mal von einem gleichsam sehnsuchtsvollen Profil, einer Spur träumerischer Süße überrascht, von Dingen, auf die wir bei unserer vorausgehenden Erinnerung nicht geachtet hatten, ja es sind dies fast die einzigen Züge, die wir diesmal sehen.« 4, 645 (bearbeitet)

7 III, 558 – »Und tatsächlich verspürte ich jetzt, daß ich, bevor ich sie ganz und gar vergaß, bevor ich bei der Gleichgültigkeit des Anfangs anlangte – einem Reisenden ähnlich, der auf demselben Wege zu seinem Ausgangspunkt zurückkehrt –, im umgekehrten Sinne alle Gefühle werde durchlaufen müssen, durch die ich hindurchgegangen war, bevor ich bei meiner großen Liebe ankam.« 11, 200 (bearbeitet)

8 III, 915–916 – »Alles in allem, wenn ich darüber nachdachte, hatte ich

den Stoff meiner Erfahrung . . . von Swann, und zwar nicht nur in Gestalt alles dessen, was ihn selbst und Gilberte betraf; ihm hatte ich bereits in Combray das Verlangen, nach Balbec zu gehen, verdankt . . . ohne Swann hätte ich nicht einmal die Guermantes gekannt« 13, 335

9 I, 563/3, 182

10 I, 30 – »nur war ihm diese Angst, das Wesen, das man liebt, an einem Vergnügungsort zu wissen, an dem man sich selbst nicht aufhält und wo man es nicht treffen kann, durch die Liebe vertraut geworden, jene Liebe, für die sie eigentlich geschaffen ist und von der sie auch später und bis ins feinste ausgebildet wird; wenn sie aber, wie in meinem Falle, vor jener Zeit auftaucht, wo sie eigentlich in unserem Leben eine Rolle zu spielen beginnt, schwebt sie so lange, unbestimmt und frei . . .« 1, 44–45

11 III, 900–902/13, 314–318

12 III, 901 – »Ein von Geburt mit Empfindungsfähigkeit begabter Mensch könnte, auch wenn er keine Einbildungskraft besitzt, gleichwohl bewundernswerte Romane schreiben. Das Leiden, das die andern ihm bereiten würden, seine Bemühungen, diesem im voraus zu begegnen, die Konflikte, die eben dieses Leiden und die grausame zweite Person heraufführen könnten – alles das würde, von der Intelligenz des Schriftstellers gedeutet, sehr wohl den Stoff eines Buches zu bilden vermögen, das . . . ebenso schön wäre, als verdanke es sein Dasein der Einbildungskraft oder bloßer Erfindungsgabe.« 13, 315–316

13 III, 904 – »ist ein Zeichen des Glücks, weil es uns lehrt, daß überall in der Liebe das Allgemeine neben dem Besonderen in Frieden ruht und daß wir von diesem zu jenem gelangen können, durch eine Gymnastik, die gegen den Kummer immun macht, da man dabei seine Ursache außeracht läßt, um seiner Essenz desto tiefer nachzugehen.« 13, 320 (bearbeitet)

14 III, 906 – »Ideen sind Ersatz für Leiden . . . Ersatz dafür sind sie freilich im übrigen nur in der Ordnung der Zeit, denn es scheint, daß das erste Element die Idee ist, der Kummer aber nur der Modus, nach dem gewisse Ideen zuerst in uns Einzug halten.« 13, 323

15 III, 899 – »Jede Person, durch die wir leiden, kann von uns einer Gottheit zugeordnet werden, von der sie nur ein fragmentarischer Reflex und eine letzte Stufe ist: einer Gottheit, deren Betrachtung als einer Idee uns auf der Stelle Freude anstatt des vorherigen Leidens schenkt. Die ganze Lebenskunst besteht darin, uns der Personen, durch die wir leiden, wie einer Stufe zu bedienen, auf der wir zu ihrer göttlichen Gestalt Zugang erhalten können, und auf diese Weise unser Leben täglich mit Gottheiten zu bevölkern.« 13, 313–314 (bearbeitet)

16 III, 916/13, 336–337

17 III, 592/11, 248

18 I, 944 – »Jetzt noch schenkte mir der Anblick jeder einzelnen von ihnen ein Vergnügen, bei dem in einem Umfang, den ich nicht genau hätte be-

stimmen können, die Hoffnung eine Rolle spielte, die anderen ihr später folgen zu sehen, oder selbst wenn sie an jenem Tage nicht kamen, die Möglichkeit, von ihnen zu sprechen, und die Gewißheit, sie würden gleichwohl erfahren, daß ich am Strande gewesen sei.« 4, 679

19 II, 1113 – »jede von ihnen hatte für mich wie am ersten Tag etwas von der Essenz der anderen« 8, 702 (bearbeitet)

20 III, 596 – »Zu jener Zeit machte es mir Vergnügen, gewisse sinnliche Beziehungen zu (Andrée) anzubahnen wegen des kollektiven Charakters, die meine Liebe zu den jungen Mädchen der ›kleinen Schar‹, lange Zeit nicht voneinander geschieden, anfangs gehabt hatte und nun wieder annahm.« 11, 254 (bearbeitet)

21 III, 561–562/11, 204–206

22 II, 715 – »ich, der ich die Schönheit in all ihren Formen gesucht habe« – »Denn die gefährlichste Verheimlichung ist die des Vergehens selbst im Geist des Schuldigen« 7, 166 (bearbeitet)

23 I, 279 – »unlesbare, aber göttliche Spuren« 2, 370

24 III, 610 – »das Laster Albertines« 11, 274

25 II, 608/7, 18

26 II, 616/7, 29

27 II, 629 – »es nur durch andere Hermaphroditen werden können« 7, 48

28 II, 622 – »spielen für die Frau, welche Frauen liebt, die Rolle einer anderen Frau, und die Frau bietet ihnen ungefähr das, was solche Männer bei dem Manne finden.« 7, 39

29 II, 852/7, 353–354

30 III, 1041/13, 508–509

31 III, 901 – »Die einfältigsten Menschen weisen – in ihren Gebärden, ihren Reden, ihren unwillkürlich ausgedrückten Gefühlen – Gesetze auf, die sie selbst nicht erkennen, die aber der Künstler an ihnen erspäht.« 13, 315–316 (bearbeitet)

32 III, 900 – »weissagende Vögel« 13, 315

33 II, 236 – »daß man jeweils wie die Menschen der gleichen geistigen Klasse sich ausdrückt und nicht wie die der gleichen Ursprungskaste«. 5, 312–313

Kapitel VII: Der Pluralismus im System der Zeichen

1 III, 1031 – »alle diese verschiedenen Ebenen, auf welche die Zeit – seitdem ich mir ihrer bei Gelegenheit dieses Festes wieder bewußt geworden war, erkannte ich es – mein Leben verlegte.« 13, 495

2 II, 757 – »verschiedene und parallele Abläufe« 7, 222

3 I, 179/1, 238

4 I, 44 – »den keltischen Glauben, nach dem die Seelen derjenigen, die wir verloren haben, in irgendeinem Wesen untergeordneter Art gefangen

sind, in einem Tier, einer Pflanze, einem unbelebten Ding; verloren für uns bis zu dem Tag, der für viele niemals kommt, wo wir zufällig an dem Baum vorbeigehen, in den Besitz des Dinges gelangen, das ihr Gefängnis ist« 1, 62–63 (bearbeitet)

5 I, 47/1,67

6 III, 88 – »Ich hatte in meinem Leben den umgekehrten Weg eingeschlagen wie die Völker, die sich der phonetischen Schrift erst bedienen, nachdem sie die Schriftzeichen zuvor als eine Reihe von Symbolen angesehen haben.« 9, 115

7 III, 88 – »Die Worte selbst gaben mir Auskunft nur unter der Bedingung, daß sie etwa durch das Einströmen des Blutes in das Gesicht einer Person, die in Verwirrung geriet, oder ein plötzliches Schweigen eine Deutung erfuhren.« 9, 116

Konklusion: Das Bild des Denkens

1 II, 549 – »noch denkt, anstatt sich wie die Natur damit zu begnügen, daß er zu denken gibt.« 6, 725

2 III, 878–880 – »Die Wahrheiten, die der Verstand unmittelbar und eindeutig in der Welt des hellen Tageslichtes aufgreift, besitzen weniger Tiefe, weniger *Notwendigkeit* als diejenigen, die das Leben uns *ohne unser Zutun* in einem Eindruck mitgeteilt hat, der zwar materiell ist, weil er durch die Sinne in uns dringt, aus dem wir aber das geistige Element herauslösen können . . . Ich mußte versuchen, die Empfindungen als *Zeichen* ebenso vieler Gesetze und Ideen zu interpretieren, indem ich zu denken, das heißt aus dem Halbdunkel hervortreten zu lassen und in ein spirituelles Äquivalent umzusetzen versuchte, was ich empfunden hatte . . . Ob es sich um Reminiszenzen wie bei dem Geräusch der Gabel oder dem Geschmack der Madeleine oder um Wahrheiten handelte, die in Gestalt von Figuren niedergeschrieben sind, deren Sinn ich in meinem Kopf suchte, wo sie, Kirchtürme, wildwachsendes Gras, eine komplizierte und rankenreiche Zauberschrift ergaben, ihr erstes Charakteristikum bestand darin, daß *ich nicht frei war* zu wählen, daß sie mir als solche gegeben waren. Und ich spürte, daß dies die Signatur ihrer Echtheit sein mußte. Ich hatte die beiden ungleichen Pflastersteine, an die ich angestoßen war, in jenem Hof *nicht gesucht*. Aber gerade die *zufällige, unvermeidliche* Form, unter der ich dieser Empfindung *begegnet* war, bedeutete gleichsam eine Gegenprobe auf die Wahrheit der Vergangenheit, die sie wiedererweckte, der Bilder, die sie auslöste, weil wir daran ihr Bemühen erkennen, wieder zum Licht emporzusteigen, weil wir die Freude der wiedergefundenen Wirklichkeit verspüren . . . Das innere Buch aus jenen unbekannten *Zeichen* (erhaben hervortretenden *Zeichen*, schien es, die meine Aufmerksamkeit suchte, an die sie streifte, die sie umkreiste wie ein Taucher, der in

die Tiefe steigt), bei seiner Lektüre konnte mir niemand mit irgendeiner Regel beispringen, denn eben diese Lektüre stellt einen Schöpfungsakt dar, bei dem kein anderer uns ersetzen oder auch nur mit uns zusammenwirken kann ... Die vom reinen Verstand gelieferten Ideen haben nur eine logische Wahrheit, eine mögliche Wahrheit, ihre Wahl ist beliebig. Das Buch mit den figurativen, *nicht von uns eingezeichneten* Charakteren ist unser einziges Buch. Nicht, daß Ideen, die wir selbst gestalten, nicht logisch richtig sein könnten, aber ob sie wahr sind, wissen wir nicht. Nur der Eindruck, wie hauchdünn auch seine Substanz zu sein scheint, wie unwahrscheinlich seine Spur, ist ein Kriterium für Wahrheiten und verdient daher als einziges, vom Geist aufgenommen zu werden, denn nur jener ist imstande, wenn dieser die Wahrheit daraus abzuleiten weiß, ihn zu größerer Vollendung zu führen und ihm reine Freude zu schenken.« 13, 284–287 (bearbeitet) (Hervorh. von Deleuze)

3 III, 880/13, 286–287

4 Platon, *Republik*, VII, 523b–525b

Zweiter Teil: Die literarische Maschine

Kapitel I: Antilogos

1 Die Dialektik läßt sich von diesen äußerlichen Charakteren nicht trennen; so definiert sie auch Bergson durch die zwei Charakteristika des Gesprächs zwischen Freunden und der konventionellen Bedeutung der Wörter im Stadtgespräch (vgl. *La pensée et le mouvant*, Presses Universitaires de France, S. 86–88).

2 III, 713. In dieser Skizze Goncourts treibt Proust seine Kritik an der *Beobachtung* am weitesten, die freilich eins der konstanten Motive der Recherche bildet. – »zu einer Unterhaltung wirklich erlesenen Stils, die mit Gesellschaftsspielen abwechselt.« 12, 40

3 II, 756/7, 221, über den Verstand, der *nachher* kommen muß, vgl. III, 880/13, 287 – und das gesamte Vorwort zu *Contre Sainte-Beuve*.

4 III, 88 – »Ich hatte in meinem Leben den umgekehrten Weg eingeschlagen wie die Völker, die sich der phonetischen Schrift erst bedienen, nachdem sie die Schriftzeichen zuvor als eine Reihe von Symbolen angesehen haben; ich, der ich so viele Jahre hindurch das wirkliche Leben und Denken der anderen Personen nur in der unmittelbaren Aussage gesucht hatte, die sie mir von sich aus gewährten, war durch ihre Schuld dazu gelangt, Bedeutung gerade nur solchen Zeugnissen beizulegen, die kein rationaler oder analytischer Ausdruck der Wahrheit sind; die Worte selbst gaben mir Auskunft nur unter der Bedingung, daß sie etwa durch das Einströmen des Blutes in das Gesicht einer Person, die in Verwirrung geriet, oder ein plötzliches Schweigen eine Deutung erfuhren.« 9, 115–116

5 I, 433, 497–499/3, 12, 96–98

6 II, 260: »M. de Norpois, anxieux de la tournure que les événements allaient prendre, savait très bien que ce n'était pas par le mot *Paix*, ou par le mot *Guerre*, qu'ils lui seraient signifiés mais par un autre, banal en apparence, terrible ou béni, et que le diplomate, à l'aide de son chiffre, saurait immédiatement lire, et auquel, pour sauvegarder la dignité de la France, il répondrait par un autre mot tout aussi banal mais sous lequel le ministre de la nation ennemie verrait aussitôt: Guerre.« – »Monsieur de Norpois hatte in seiner Sorge um die Entwicklung der Dinge genau gewußt, daß nicht die Wörter ›Krieg‹ oder ›Frieden‹ entscheidende Hinweise enthalten, sondern irgendein anderes, scheinbar ganz banales, das aber allen Schrecken oder Segen in sich birgt, das der Diplomat mit Hilfe seines Chiffresystems auf der Stelle enträtseln und auf das er, um die Würde Frankreichs zu wahren, durch ein anderes ebenso banales Wort antworten muß, unter dem aber der Minister des feindlichen Landes auf der Stelle die Lettern ›Krieg‹ erkennen würde.« 5, 345

7 II, 114/5, 148–149

8 I, 236; I, 533/2, 315; 3, 142

9 Vgl. Hegel: *Ästhetik,* Zweiter Teil, Zweiter Abschnitt, Zweites Kapitel, »1. Das Ideal der Klassischen Kunst überhaupt« und drittes Kapitel »1. Das Schicksal.« (A. d. Ü.)

10 Vgl. Äschylos, *Agamemnon*, 460–502 (Henri Maldiney kommentiert diese Verse mittels einer Analyse des Gegensatzes zwischen der Sprache der Zeichen und des Logos, *Bulletin Faculté de Lyon*, 1967).

11 Chateaubriand-Zitat III, 920 – »durch eine Brise der Heimat zugetragen, sondern durch einen rauhen Neufundlandwind, ohne Beziehung zu der in der Ferne einsam blühenden Pflanze und ohne Verständnis für Erinnerung und für Lust.« 13, 341 (bearbeitet)

12 III, 186–187/9, 248–250

13 I, 218–219 – »Wozu brauchen Sie das übrige? . . . Dies hier ist *unser* Stück.« 1,291

14 I, 841–842 – »eine fast persische Bewegung« 4, 546 (bearbeitet); »gleichsam chinesische Drachen« 4, 547 (bearbeitet)

Kapitel II: Schachteln und Gefäße

1 Sofern die »vases« dieses Titels als »vases non communicants« auftreten, wären sie als »nicht kommunizierende Röhren« zu übersetzen. Da ihre Metaphorik aber weiter reicht, wurde der allgemeinere Ausdruck gewählt. (A. d. Ü.)

2 I, 178–179 – »Ich konzentrierte mich völlig darauf, genau die Linie des Daches, den exakten Farbton des Steines wiederzufinden, die, ohne daß

ich begreifen konnte, warum, mir mit etwas angefüllt schienen und bereit sich zu öffnen, um mir auszuliefern, wovon sie selbst nur die Hülle waren.« 1, 237–238

3 II, 1042 – »diese merkwürdig angemalte und dickwanstige, mysteriöse Persönlichkeit, die einem Schrein von exotischer und etwas suspekter Herkunft glich« 8, 607

4 II, 11–12 – »Der Name Guermantes-von damals ist wie einer jener kleinen Ballons, in die man Sauerstoff oder ein anderes Gas eingelassen hat« 5, 12–13

5 II, 362–363. Die beiden Aspekte werden durch »d'autre part« deutlich gekennzeichnet. – »alle Eindrücke aus einer Serie von Seestücken« 6, 482–483 (»d'autre part« – »anderseits« – ist dort mit »zudem« wiedergegeben).

6 I, 47 – »ebenso stiegen jetzt alle Blumen unseres Gartens und die aus dem Park von Monsieur Swann, die Seerosen auf der Vivonne, die Leutchen aus dem Dorfe und ihre kleinen Häuser und die Kirche und ganz Combray und seine Umgebung, alles deutlich und greifbar, die Stadt und die Gärten auf aus meiner Tasse Tee.« 1, 67

7 Wir haben bereits darauf hingewiesen, daß die Madeleine ein Fall von gelungener *Explikation* ist (im Gegensatz zum Beispiel zu den drei Bäumen, deren Inhalt für immer verloren bleibt). Doch nur zur Hälfte gelungen; denn wenngleich die »Essenz« schon beschworen wird, bleibt der Erzähler bei der Assoziationskette stehen, die noch nicht erklärt, »warum ihn diese Erinnerung so glücklich machte«. Erst am Ende der Recherche finden Theorie und Erfahrung der Essenz ihren Status.

8 I, 156–157/1, 208–210

9 I, 87: » . . . ce n'était pas par le hasard d'une simple association de pensée . . .« – »So lag das nicht einfach an dem Zufall einer Gedankenassoziation« 1, 119

10 I, 716; I, 794/4, 382; 4, 484

11 I, 403/2, 533

12 III, 172–173 – »Indem ich Albertine einschloß, hatte ich gleichzeitig der Welt ihre in allen Farben spielenden Flügel zurückgegeben . . . Sie waren jetzt die Schönheit der Welt. Einst hatten sie auch die Albertines ausgemacht . . . Albertine hatte alle Farbe verloren . . . Sie hatte nahezu ihre Schönheit eingebüßt . . . Zur grauen Gefangenen geworden, auf ihr trübes Selbst zurückgeführt, bedurfte sie solcher blitzartigen Aufhellungen, in denen ich mich der Vergangenheit erinnerte, damit sie von neuem Farbe bekam.« 9, 229–230

13 I, 610–611: »C'était à un long et cruel suicide du moi qui en moi-même aimait Gilberte que je m'acharnais avec continuité, avec la clairvoyance non seulement de ce que je faisais dans le présent, mais de ce qui en résulterait pour l'avenir.« – »Mit zähem Bemühen, in aller Hellsichtigkeit für

das, was ich in der Gegenwart tat, aber auch, was ich Zukunft daraus werden mußte, wirkte ich leidenschaftlich im Sinne des Selbstmords an jenem Ich, das ich meinem Innern Gilberte so sehr zugetan war.« 3, 242–243

14 Zu den beiden Assoziationsbewegungen in umgekehrter Richtung vgl. I, 660/3, 304. Diese Enttäuschung wird, ohne rückgängig gemacht zu werden, von den Freuden der Genealogie oder der Etymologie der Eigennamen ausgeglichen werden: vgl. Roland Barthes, *Proust et les noms* (To Honour Roman Jakobson, Mouton) und Gérard Genette, *Proust et le langage indirect* (Figures II, Seuil).

15 III, 705 – »ein kleines Quantum Zeit in reinem Zustand« 13, 276 (bearbeitet)

16 III, 260 – »Bald rangen die beiden Motive derart Fuß bei Fuß, daß manchmal das eine ganz verschwand und gleich darauf von dem anderen nur noch ein Bruchstück sichtbar war.« 10, 350

17 Georges Poulet mag wohl sagen: »Das Proustsche Universum ist ein Universum in Stücken, dessen Stücke andere Welten enthalten, welche ihrerseits wiederum in Stücken sind ... Der zeitlichen Diskontinuität selbst geht eine noch radikalere Diskontinuität, die des Raumes, voraus, von der sie beherrscht wird.« *(L'espace proustien*, Gallimard, S. 54–55) Dennoch hält Poulet für Prousts Werk die Rechte einer Kontinuität und einer Einheit aufrecht, deren ursprüngliche, sehr eigenartige Natur er nicht zu definieren versucht (S. 81, S. 102); daher neigt er anderseits dazu, die Originalität oder Besonderheit der Proustschen Zeit zu leugnen (unter dem Vorwand, diese Zeit habe nichts mit Bergsons Dauer zu tun, behauptet er, es sei eine verräumlichte Zeit, vgl. S. 134–136).

Das Problem einer Welt in Fragmenten ist in seiner allgemeinsten Tragweite von Maurice Blanchot gestellt worden (insbesondere in *L' entretien infini*, Gallimard). Es geht darum, welcher Art die Einheit oder Nicht-Einheit einer solchen Welt ist, nachdem festgestellt wurde, daß sie ein Ganzes weder bildet noch voraussetzt: »Wer Fragment sagt, darf nicht einfach sagen: Fragmentierung einer schon existierenden Realität, oder Moment einer noch künftigen Gesamtheit ... In der Gewalt des Fragments wird uns ein gänzlich anderes Verhältnis gegeben«, »eine neue Beziehung zum Außen«, »eine Affirmation, die nicht auf die Einheit reduziert werden kann«, die sich nicht auf die aphoristische Form zurückführen läßt

18 I, 135 – »unerkennbar füreinander in den geschlossenen und untereinander kommunikationslosen Röhren verschiedener Nachmittage« 1,181 (bearbeitet); »wir können nach Guermantes über Méséglise gehen«

19 III, 1029/13, 493

20 II, 159 – »zwei ganz verschiedene Wege, die keine Verbindung zueinander hatten« 5, 209. Und II, 174–175/5, 229.

21 II, 365–366: »J'appris, à ces détestables signes, qu'enfin j'étais en train d'embrasser la joue d'Albertine.« – »Ich erfuhr aus diesen hassenswerten

Zeichen, daß ich schließlich im Begriffe war, Albertines Wange zu küssen.« 6,486.

22 III, 430/11, 24–25

23 II, 354–357; III, 337–341/6, 472–475; 10, 458 (»es sich besorgen«)

24 I, 278; III, 179/2, 369; 9, 237. Bei Odette wie bei Albertine verweist Proust auf diese Wahrheitsfragmente, die, von der Geliebten eingeführt, um eine Lüge authentischer zu machen, im Gegenteil die Wirkung haben, sie zu denunzieren. Doch bevor sich dieser »Mißklang« auf die Wahrheit oder Falschheit eines Berichts auswirkt, betrifft er die Wörter selbst, die in einem und demselben Satz vereint sind und doch ganz verschiedene Ursprünge haben und von verschiedener Tragweite sind.

25 I, 371–373 – »Denn das, was wir für unsere Liebe, unsere Eifersucht halten, ist nicht ein und dieselbe fortlaufende, unteilbare Leidenschaft, sie setzt sich vielmehr aus einer Unendlichkeit aufeinanderfolgender Liebes- und Eifersuchtszustände zusammen, die nur kurzlebig sind, aber durch ihren nie endenden Ablauf den Eindruck der Folge und die Illusion einer Einheit gewähren.« 2, 491

26 I, 655: »Le train tourna . . . et je me désolais d'avoir perdu ma bande de ciel rose quand je l'aperçus de nouveau, mais rouge cette fois, dans la fenêtre d' en face qu'elle abandonna à un deuxième coude de la voie ferrée; si bien que je passais mon temps à courir d'une fenêtre à l'autre pour rapprocher, pour rentoiler les fragments intermittents et opposites de mon beau matin écarlate et versatile et en avoir une vue totale et un tableau continu.« Diese Passage spricht wohl von einer Kontinuität und einer Totalität; wesentlich aber ist, wo diese sich herstellen – weder im Gesichtspunkt noch in der gesehenen Sache, sondern in der Transversalen, von einem Fenster zum andern. – »Der Zug machte eine Wendung... und ich war unglücklich, meinen rosa Lichtstreifen am Himmel aus den Augen verloren zu haben, als ich ihn von neuem, aber nun schon rot, im gegenüberliegenden Fenster bemerkte, wo er bei einer neuerlichen Wendung des Zuges wiederum verschwand; so verbrachte ich meine Zeit damit, von einer Seite zu andern zu eilen, um die lückenhaft und in entgegengesetzter Sicht auftauchenden Teile meines schönen scharlachfarbenen, launenhaft flüchtigen Morgenhimmels mir zusammenzusetzen und auf eine gleiche Fläche aufzutragen, um eine Totalansicht und ein fortlaufendes Bild davon erlangen zu können.« 3, 301–302

27 I, 644: »Le plaisir spécifique du voyage... c'est de rendre la différence entre le départ et l'arrivée non pas aussi insensible, mais aussi profonde qu'on peut, de la ressentir dans sa totalité, intacte...« – »Das spezifische Vergnügen einer Reise besteht darin, ... den Gegensatz von Abreise und Ankunft statt möglichst unmerklich so einschneidend wie irgend tunlich zu machen, ihn in seiner Ganzheit zu erfassen, noch ganz intakt...« 3, 287–288

28 III, 545–546: »Dans la souffrance physique au moins nous n'avons pas à choisir nous-mêmes notre douleur. La maladie la détermine et nous l'impose. Mais dans la jalousie il nous faut essayer en quelque sorte des souffrances de tout genre et de toute grandeur, avant de nous arrêter à celle qui nous paraît pouvoir convenir.« – »In der Sphäre des physischen Leidens wenigstens haben wir unseren Schmerz nicht selber auszuwählen. Die Krankheit bestimmt ihn und zwingt ihn uns auf. Bei der Eifersucht aber müssen wir gewissermaßen Leiden jeglicher Art und Größe ausprobieren, bevor wir es bei dem bewenden lassen, das uns möglicherweise paßt.« 11, 183

29 Vgl. die berühmten Schilderungen des Schlafs und des Erwachens: I, 3–9 und II, 86–88/1,9–16; 5, 109–114. – »Schlaf... aus dem Stechapfel, aus indischem Hanf oder verschiedenartigen Ätherextrakten...« 5, 112; »hält kreisförmig um sich her den Faden der Stunden, die Ordnung der Jahre und der Welten« 1,12 (bearbeitet)

30 II, 88 – »Man ist niemand mehr. Wie bringt man es überhaupt fertig, wenn man dann seine Gedanken, seine Persönlichkeit, wie einen verlorenen Gegenstand sucht, sein eigenes Ich und nicht stattdessen ein anderes wiederzufinden? Warum, wenn man wieder zu denken beginnt, verkörpert sich nicht in uns eine andere Persönlichkeit anstatt unserer früheren? Man erkennt nicht, was die Wahl bestimmt und weshalb man unter der Millionenzahl von menschlichen Wesen, die man sein könnte, ausgerechnet nach dem greift, das man am Abend vorher gewesen ist.« 5, 114

31 II, 981 – »aber wir sagen nicht einmal ›wir‹ . . . ein ›wir‹, das ganz und gar ohne Inhalt wäre.« 8, 525

32 III, 593. Hier ist es das Vergessen, das die Kraft zur fragmentarischen Interpolation hat, es schiebt Distanzen zwischen uns und jüngst vergangene Ereignisse; während es in II, 757 die Erinnerung ist, die sich interpoliert und Kontiguität zwischen den Dingen in Distanz herstellt. – 11, 250; 7, 215

Kapitel III: Ebenen der Recherche

1 III, 150–151 – »Mehr noch übrigens als ihre Fehler aus der Zeit, zu der wir sie schon lieben, spielen die aus den Tagen eine Rolle, da wir sie noch nicht kannten, sowie das Grundlegende: ihre Natur. Was solche Liebesbeziehungen peinvoll macht, ist in Wirklichkeit, daß vor ihnen schon eine Art von Erbsünde der Frau bestanden hat, um derentwillen wir sie gerade lieben . . .« 9, 199

2 III, 611 – »Bedeutete es nicht trotz allem, ungeachtet allen Leugnens meiner Vernunft, Albertine von ihrer abschreckendsten Seite zu kennen, wenn man sie wählte und liebte? . . . Uns zu diesem Wesen hingezogen fühlen, es zu lieben beginnen, bedeutet, so unschuldig jenes vorgeblich für

uns sein mag, bereits, all seinen Verrat und seine Fehler in einer abweichenden Version zu lesen.« 11, 274 (bearbeitet)

3 III, 535 – »die nach und nach die Grundlage meines Bewußtseins bildete, wo sie sich an die Stelle jener anderen setzte, daß Albertine unschuldig sei: es war die Vorstellung, daß sie schuldig sei.« 11, 169 (bearbeitet)

4 II, 615. Und *Contre Sainte-Veuve*, Kapitel XIII »La race maudite«. – »Eine Rasse, auf der ein Fluch liegt und die in Lüge und Meineid leben muß . . . Söhne ohne Mutter . . . Freunde ohne Freundschaft . . . ohne Ehre außer einer fragwürdigen, ohne Freiheit außer einer vorläufigen bis zur Aufdeckung ihres Verbrechens, ohne Stellung außer einer ungesicherten . . .« 7, 28–29 (bearbeitet)

5 III, 489: »Dans une foule, ces éléments peuvent . . .« – »In einer Menge können die einzelnen Elemente . . .« 11, 105

6 II, 616/7, 29

7 II, 626 – »das männliche Organ ist durch eine Scheidewand von dem weiblichen getrennt« 7, 45

8 II, 907, 967/8, 425, 506. Vgl. den Kommentar von Roger Kempf, *Les cachotteries de M. de Charlus*, Critique, Januar 1968.

9 II, 620 – »Bei manchen ist die Frau nicht nur im Innern mit dem Mann vereint, sondern in unschöner Weise sichtbar, wenn sie in hysterischen Konvulsionen von schrillem Lachen geschüttelt werden, das ihnen Knie und Hände verkrampft.« 7, 34–35 (bearbeitet)

10 II, 607 – »was man meist recht unzulänglich als Homosexualität bezeichnet« 7, 17

11 II, 602, 628/7, 11, 47

12 Gide, der die Rechte einer Logos-Homosexualität vertritt, wirft Proust vor, nur die Fälle von Inversion und Effiminierung zu berücksichtigen. Damit bleibt er auf der zweiten Ebene stehen und scheint Prousts Theorie überhaupt nicht zu verstehen. (Ebenso diejenigen, die beim Motiv der Schuldhaftigkeit bei Proust stehenbleiben.)

13 II, 622 – »Was die einen anbetrifft, die als Kinder die Schüchternsten gewesen sind, kümmern sie sich kaum um die materielle Form des Vergnügens, dessen sie teilhaftig werden, wenn sie es nur mit einem männlichen Gesicht in Zusammenhang bringen können. Andere hingegen, die offenbar gewaltsamere Sinne haben, geben ihrem materiellen Vergnügen gebieterische Lokalisierungen. Diese würden durch ein Geständnis die Durchschnittsmenschheit schockieren. Sie leben vielleicht weniger ausschließlich unter der Herrschaft des Saturn-Satelliten, denn für sie sind Frauen nicht gänzlich ausgeschlossen wie für die ersteren . . . Die zweiten aber suchen jene Frauen, die selbst Frauen lieben, denn diese können ihnen einen jungen Mann verschaffen und das Vergnügen an seinem Umgang steigern, mehr noch, sie können auf die gleiche Weise bei diesen Frauen die gleiche Lust finden wie bei einem Mann. Daher kommt es, daß

die Eifersucht bei denjenigen, die die ersteren lieben, nur durch die Lust entfacht wird, die jene bei einem Mann finden könnten und die ihnen als der einzige Verrat erscheint, haben sie doch an der Frauenliebe nicht teil, praktizieren sie nur aus Gewohnheit und, um sich die Möglichkeit einer Heirat offenzuhalten, und vermögen sich so wenig das Vergnügen, das sie geben kann, vorzustellen, daß sie nicht darunter leiden können, wenn der, den sie lieben, es genießt; während die zweiten oft Eifersucht durch ihre Liebschaften mit Frauen einflößen. Denn in den Verhältnissen, die sie mit diesen haben, spielen sie für die Frau, die Frauen liebt, die Rolle einer anderen Frau, und die Frau bietet ihnen gleichzeitig ungefähr das, was sie beim Mann finden . . .« 7, 38–39 (bearbeitet)

14 I, 794 – »Wenn sie mich gesehen hatte, was hätte ich ihr vorstellen können? Aus welchem Universum heraus ordnete sie mich ein? Es wäre für mich ebenso schwer zu sagen gewesen, wie es mißlich ist, aus Eigenheiten eines Nachbargestirns, die uns im Teleskop erscheinen, den Schluß zu ziehen, daß dort Menschen wohnen, daß sie uns sehen, und welche Vorstellungen dieser Anblick in ihnen erwecken mag.« 4, 484 (bearbeitet)

15 I, 276/2, 366–367

16 II, 1115 – »Es war eine furchtbare ›terra incognita‹, an der ich hier landete, eine neue Phase ungeahnter Leiden, welche sich mir eröffnete.« 8, 705 (bearbeitet)

17 I, 563 und III, 434/3, 182; 11, 29

18 III, 172–174/9, 229–232

19 Das Motiv der Profanierung, das in Prousts Werk wie in seinem Leben häufig vorkommt, formuliert er häufig in Termini des »Glaubens«, z. B. I, 162–164/1, 216–218. Uns scheint es eher auf eine ausgebaute Technik der Kontiguitäten, der Einschließungen und der Kommunikationen zwischen geschlossenen Gefäßen zurückzuweisen.

20 Lieben ohne geliebt zu werden: I, 927/4, 657. Aufhören zu lieben: I, 610–611; III, 173/3, 243–246; 9, 230. »Hart und hinterhältig demgegenüber sein, was man liebt«: III, 111/9, 146.

21 II, 366; I, 945–946 – »eine Abweichung unendlich kleiner Liniengefüge« 6, 487; »unendlich kleine Verschiedenheit der Linien« 4, 681 (bearbeitet)

22 III, 1041 – »Bald war ich in der Lage, einige Skizzen vorweisen zu können. Niemand verstand das geringste davon. Selbst diejenigen, die meiner Schau jener Wahrheiten, die ich später in den Tempel einmeißeln wollte, sympathisch gegenüberstanden, beglückwünschten mich dazu, daß ich sie ›mit dem Mikroskop‹ entdeckt habe, während ich im Gegenteil ein Teleskop benutzt hatte, um Dinge wahrzunehmen, die in der Tat sehr klein waren, aber nur deshalb, weil sie in weiter Ferne lagen, und deren jedes für sich eine Welt darstellte. Da, wo ich die großen Gesetze suchte, glaubte man in mir jemand zu sehen, der nach Einzelheiten grub.« 13, 508

23 I, 810, 831, 794/4, 505–506, 533, 484

Kapitel IV: Die drei Maschinen

1 III, 1033. Und III, 911: »Mais d'autres particularités (comme l'inversion) peuvent faire que le lecteur ait besoin de lire d'une certaine façon pour bien lire; l'auteur n'a pas à s'en offenser mais, au contraire, à laisser la plus grande liberté au lecteur en lui disant: Regardez vous-même si vous voyez mieux avec ce verre-ci, avec celui-là, avec cet autre.« – »Sie würden nicht meine Leser sein, sondern die Leser ihrer selbst, da mein Buch nur etwas wie ein Vergrößerungsglas sein würde, ähnlich jenen, die der Optiker in Combray einem Käufer über den Ladentisch reichte – mein Buch, durch das ich ihnen ermöglichen würde, in sich selbst zu lesen. So würde ich denn auch nicht von ihnen erwarten, daß sie mich loben oder mit Tadel bedenken, sondern nur, daß sie mir sagen, ob es wirklich so ist, ob die Worte, die sie in sich selbst lesen, die gleichen sind wie die, die ich niedergeschrieben habe (wobei die möglichen Abweichungen im übrigen nicht immer daher stammen müssen, daß ich mich getäuscht habe, sondern vielleicht auch darauf zurückzuführen sind, daß die Augen des Lesers nicht zu denen gehören, für die mein Buch das geeignete Mittel ist, um in sich selbst zu lesen).« 13, 497–498; »Aber auch andere Eigentümlichkeiten (wie die Inversion) bewirken möglicherweise, daß der Leser auf eine bestimmte Art lesen muß, wenn er recht lesen will; der Autor darf sich daran nicht stoßen, sondern muß dem Leser möglichst viel Freiheit lassen, indem er ihm sagt: ›Sieh du selber zu, ob du besser mit diesem Glas, mit jenem oder mit einem anderen siehst‹.« 13, 329–330

2 Malcolm Lowry, *Choix de lettres*, Denoël, S. 86–87

3 III, 1033/13, 498

4 III, 880. Und III, 900: »Un homme né sensible et qui n'aurait pas d'imagination pourrait malgré cela écrire des romans admirables.« – »Die vom reinen Verstand gelieferten Ideen haben nur eine rein *logische* Wahrheit, eine mögliche Wahrheit, ihre Wahl ist beliebig. Das Buch mit den figurativen, nicht von uns eingezeichneten Charakteren ist unser einziges Buch. Nicht, daß Ideen, die wir selbst gestalten, nicht *logisch* richtig sein könnten, aber ob sie wahr sind, wissen wir nicht.« 13, 286 (bearbeitet) (Hervorh. von Deleuze); »Ein von Geburt mit Empfindungsfähigkeit begabter Mensch könnte, auch wenn er keine Einbildungskraft besitzt, gleichwohl bewundernswerte Romane schreiben« 13, 315

5 Zum Begriff der Produktion in seinem Verhältnis zur Literatur vgl. Pierre Macherey, *Pour une théorie de la production littéraire*, Maspéro.

6 III, 909 – »Die Imagination, das Denken mögen an sich bewunderungswürdige Maschinen sein, aber sie können in Stillstand verharren; das Leiden erst bringt sie in Gang« 13, 326 (bearbeitet)

7 III, 879. Selbst das noch zu materielle Gedächtnis bedarf eines »spirituellen Äquivalents«: III, 374–375/13, 285; 10, 506–508

8 III, 898, 932, 967/13, 311–312, 358, 406

9 Die Organisation der wiedergefundenen Zeit verläuft, ausgehend vom »Nachmittag bei Madame de Guermantes« folgendermaßen: a) der Rang der einzelnen Erinnerungen und Essenzen als erste Dimension des Kunstwerks, III, 866–896/13, 267–309; b) Durchgang durch Leiden und Liebe aufgrund der Anforderungen des totalen Kunstwerks, 896–898/309–312; c) der Rang der Leiden und Freuden und ihrer allgemeinen Gesetze als zweite Dimension des Kunstwerks, die die erste bestätigt, 899–917/312–337; d) Übergang, Rückkehr zur ersten Dimension, 918–920/337-342; e) der Rang des Wechsels und des Todes als dritte Dimension des Kunstwerks, welche der ersten widerspricht, aber den Widerspruch übersteigt, 921–1029/342–492; f) das Buch mit seinen drei Dimensionen, 1029–1048/492–518.

10 III, 899–907/13, 314–325

11 III, 911/13, 330

12 III, 900/13, 314–315

13 III, 878 – »dunkle Eindrücke hatten manchmal mein Denken angesprochen nach Art jener Reminiszenzen, die nicht eine Empfindung von einst, sondern eine neue Wahrheit, ein kostbares Bild bargen, die ich durch Bemühungen der gleichen Art zu entdecken versuchte, wie man sie macht, um sich an etwas zu erinnern« 13, 284

14 III, 889 – »das unbeschreibliche Band einer Wortverbindung« 13, 300 (bearbeitet)

15 III, 260; III, 874/10, 350; 13, 279

16 Zum ekstatischen Charakter der Resonanz vgl. III, 874–875/13, 279.

17 Vgl. die schöne Analyse von Michel Souriau, »La matière, la lettre et le verbe«, *Recherches philosophiques*, III.

18 II, 327 – »Frauen gehen die Straße entlang, die völlig anders aussehen als die von ehedem, weil sie Renoirs sind, eben jene Renoirs, in denen wir früher überhaupt keine Frauen zu erkennen meinten. Auch die Wagen sind Renoirs, das Wasser und der Himmel.« 6, 435–436

19 III, 878, 889/13, 284, 300

20 III, 889: »Le nature elle-même, à ce point de vue, ne m'avait-elle pas mis sur la voie de l'art, n'était-elle pas un commencement d'art?« – »Hatte nicht unter diesem Gesichtspunkt die Natur selbst mich auf den Weg der Kunst geschickt, war sie nicht selbst ein Beginn von Kunst?« 13, 300 (bearbeitet)

21 Vgl. James Joyce, *Stephen Hero* (wir haben gesehen, daß es bei Proust ebenso ist, und daß in der Kunst die Essenz selbst die Bedingungen ihrer Verkörperung bestimmt, anstatt von gegebenen natürlichen Bedingungen abhängig zu sein).

22 Umberto Eco, *L'œuvre ouverte*, Seuil, S. 231

23 III, 957 – »erschlafft oder zerbrochen reagierten die Federn der Abwei-

chungsmaschinerie nicht mehr« 13, 392

24 II, 758/7, 223

25 III, 1037/13, 504

26 II, 759–760; III, 988/7, 224–226; 13, 435

27 II, 759 – »Ich wußte freilich nicht, ob ich aus diesem so schmerzlichen und im Augenblick unbegreiflichen Eindruck vielleicht eines Tages ein wenig Wahrheit ziehen könnte, wohl aber daß, wenn es mir jemals gelingen würde, dies Körnchen Wahrheit dennoch zu gewinnen, es jedenfalls nur aus ihm sein könnte, der so ganz eigenartig war, spontan in mir entstanden, den nicht mein Verstand in mich eingezeichnet und mein Kleinmut abgeschwächt hatte, sondern den der Tod selbst, die jähe Offenbarung des Todes wie ein Blitzstrahl in übernatürlicher, übermenschlicher Graphik in mir eingegraben hatte als eine geheimnisvolle Doppelspur.« 7, 225

28 III, 939–940 – »in eine mehr als ferne, beinahe unwahrscheinliche Vergangenheit« 13, 368

29 III, 933 – »Bei der Einschätzung der vergangenen Zeit bietet Schwierigkeiten tatsächlich nur der erste Schritt. Es fällt einem anfangs nicht leicht sich vorzustellen, daß soviel Zeit, dann aber, daß nicht sogar noch mehr Zeit vergangen ist. Man hatte niemals gedacht, daß das dreizehnte Jahrhundert so weit entfernt sei, hinterher aber macht es einem Mühe zu glauben, daß noch Kirchen aus dem dreizehnten Jahrhundert existieren« 13, 360

30 III, 977/13, 420

31 III, 1048 – »die neben dem beschränkten Anteil an Raum, der für sie ausgespart ist, einen im Gegensatz dazu unermeßlich ausgedehnten Platz – da sie ja gleichzeitig wie Riesen, die, in die Tiefe der Jahre getaucht, ganz weit auseinanderliegende Epochen streifen, zwischen die unendlich viele Tage geschoben sind – einnehmen in der ZEIT.« 13, 518

32 III, 924–925 – »die Zeit, die, ihrer Art nach nicht sichtbar, um es zu werden nach Körpern verlangt und, wo immer sie auf solche stößt, sich ihrer bemächtigt, um den Schein ihrer Laterna magica über sie hingleiten zu lassen.« 13, 348

Kapitel V: Der Stil

1 III, 1033–1034/13, 497–499

2 III, 257. Das eben ist die Kraft der Kunst: »Par l'art seulement, nous pouvons sortir de nous, savoir ce que voit un autre de cet univers qui n'est pas le même que le nôtre et dont les paysages nous seraient restés aussi inconnus que ceux qu'il peut y avoir dans la Lune. Grâce à l'art, au lieu de voir un seul monde, le nôtre, nous le voyons se multiplier, et autant qu'il y a artistes originaux, autant nous avons de mondes à notre disposition, plus différents les uns des autres que ceux qui roulent dans l'infini . . .« III,

895–896. – »Jeder Künstler scheint so der Bürger eines unbekannten Vaterlandes zu sein, das er selbst vergessen hat und das von jenem völlig verschieden ist, aus dem ein anderer großer Künstler zur Erde herniedersteigt.« 10, 345; »Durch die Kunst nur vermögen wir aus uns herauszutreten und ebenso uns bewußt zu werden, wie ein anderer das Universum sieht, das für ihn nicht das gleiche ist wie für uns, und dessen Landschaften uns sonst ebenso unbekannt geblieben wären wie die, die es möglicherweise auf dem Monde gibt. Dank der Kunst verfügen wir, anstatt nur eine einzige Welt – die unsre – zu sehen, über eine Vielheit von Welten, das heißt über so viele, wie es originale Künstler gibt, Welten, untereinander verschiedener als jene anderen, die im Unendlichen kreisen ...« 13, 308

3 I, 839–840 – »Ein Fluß, der unter den Brücken einer Stadt hindurchglitt, war von einem *Blickpunkt* aus so erfaßt, daß er zerstückelt erschien, hier als See gebreitet, dort zu einem winzigen Wasserlauf in die Länge gezogen, an anderen Stellen durch einen dazwischengeschobenen waldgekrönten Hügel, auf dem der Stadtbewohner am Abend den kühlen Nachtwind genießt, völlig überdeckt; der rhythmische Aufbau dieser durcheinandergewirbelten Stadt war gesichert nur durch die unbeugsame Vertikale der Glockentürme, die aber nicht aufstiegen, sondern eher mit einem Lot ausgerichtet dem Gesetz der Schwere folgend von oben heruntersanken und den Takt angaben wie bei einem Triumphmarsch; unter sich aber schienen sie die verworrene Masse der im Nebel sich staffelnden Häuser längs des zerbrochenen und auseinandergetrennten Flusses festzuhalten.« 4, 543 (Hervorh. von Deleuze)

4 Proust hat zweifellos Leibniz gelesen, und sei es im schulischen Philosophie-Unterricht: Saint-Loup verweist an einem ganz bestimmten Punkt seiner Theorie über Krieg und Strategie auf die Lehre von Leibniz (»tu te rappelles ce livre de philosophie que nous lisions ensemble à Balbec ...«, II, 115–116). Auf einer allgemeineren Ebene schienen uns Prousts einzelne Essenzen den Leibnizschen Monaden näher zu sein als den platonischen Ideen. – »du erinnerst dich noch an das Buch über Philosophie, das wir zusammen in Balbec gelesen haben ...« 5, 149

5 III, 161 – »er kam mit einem Mal, wenn er eine nachträgliche Erleuchtung auf sie projizierte, zu der Erkenntis, daß sie, zu einem Zyklus vereinigt, in dem die gleichen Personen wiederkehren würden, noch schöner wären, und fügte seinem Werk durch diesen Zusammenschluß noch einen – den letzten und erhabensten – Pinselstrich hinzu. Eine nachträgliche, nicht künstlich geschaffene Einheit ... nicht künstlich, vielleicht umso wirklicher, weil nachträglich ...« 9, 213 (bearbeitet)

6 *Contre Sainte-Beuve*, S. 207–208. Und S. 216: »style inorganisé«. Das ganze Kapitel insistiert auf den *Effekten der Literatur*, die wirklichen optischen Effekten analog sind. – »Bei Balzac existieren alle Elemente eines künftigen Stils, den es nicht gibt, gemeinsam, *unverdaut, noch nicht ver-*

wandelt. Der Stil suggeriert nicht: er spiegelt nicht: *er expliziert*. Er expliziert übrigens mit Hilfe von äußerst ergreifenden Bildern, die jedoch *nicht mit dem Rest verschmolzen* sind, die verstehen lassen, was er sagen will, wie man es im Gespräch verstehen läßt, wenn man ein geniales Gespräch hat, aber *ohne sich um Harmonie zu kümmern* und darum, nicht einzugreifen.« (Hervorh. von Deleuze)

7 Prousts Konzeption des Bildes wäre mit anderen nachsymbolischen Konzeptionen zu vergleichen: zum Beispiel mit der Epiphanie von Joyce oder im Imagismus oder dem »Vortizismus« von Ezra Pound. Die folgenden Züge scheinen gemeinsam zu sein: das Bild als autonomes Band zwischen zwei konkreten Gegenständen *als* verschiedenen (das Bild, konkrete Gleichung); der Stil als Vielheit der Perspektiven auf einen gleichen Gegenstand und als Austausch von Perspektiven auf mehrere Gegenstände; die Sprache als eine, die ihre eigenen für eine Universalgeschichte konstitutiven Variationen integriert und enthält und jedes Fragment mit dessen eigener Stimme sprechen läßt; die Literatur als Produktion, als Ankurbelung von Maschinen, die Effekte produzieren; die Explikation nicht als didaktische Absicht, sondern als Technik des Zusammenrollens und Ausrollens; die Schrift als *ideo-grammatisches* Verfahren (das Proust mehrfach für sich beansprucht).

8 Im Zusammenhang mit psychoanalytischen Untersuchungen hat Felix Guattari einen fruchtbaren Begriff der »Transversalität« entwickelt, um Kommunikationen und Zusammenhänge des Unbewußten gerecht zu werden: vgl. »La transversalité«, *Psychothérapie institutionelle*, Nr. 1.

9 III, 1029 – »zwischen diesen Straßen stellten sich Transversalen her« 13, 493 (bearbeitet)

10 Vgl. die großen Passagen der Recherche über die Kunst: die Kommunikation eines Werks mit dem Publikum (III, 895–896/13, 308–310); die Kommunikation zwischen zwei Werken des gleichen Autors, zum Beispiel die Sonate und das Septett (III, 294–257/10, 335–346); die Kommunikation zwischen verschiedenen Künstlern (II, 327; III, 158–159/6, 435; 9, 210–211)

11 III, 1029/13, 493

Konklusion: Anwesenheit und Funktion des Wahnsinns. Die Spinne

1 I, 751/4, 429

2 III, 804–806/12, 168

3 III, 205 – »erschrecken mehr durch den Wahnsinn, den man hinter ihnen erahnt, als durch Immoralität. Madame de Surgis hatte keineswegs ein entwickeltes moralisches Empfinden und hätte zugelassen, daß ihre Söhne was auch immer taten, sofern es nur durch ein Interesse eingeordnet und erklärt werden könnte, das für alle Menschen verständlich ist.

Aber sie verbot ihnen, Monsieur de Charlus weiterhin zu besuchen, als sie erfuhr, daß er wie durch den Mechanismus einer Repetieruhr schicksalhaft dazu getrieben wurde, bei jedem Besuch sie in das Kinn zu zwicken und sie zu veranlassen, gegenseitig das gleiche zu tun. Sie hatte dabei ein unruhiges Gefühl von physischem Geheimnis, wie es einem zum Beispiel die Frage nahelegen kann, ob der Nachbar, zu dem man bisher in einem guten Verhältnis stand, auch nicht etwa Menschenfresser ist, und auf die wiederholten Fragen des Barons: ›Werde ich nicht bald einmal wieder die jungen Leute bei mir sehen?‹ antwortete sie, obwohl sie wußte, welches Unwetter sie damit über sich zusammenzog, sie seien gerade sehr von ihren Vorlesungen, den Vorbereitungen für eine Reise oder dergleichen in Anspruch genommen. Unzurechnungsfähigkeit bedeutet bei Fehltritten, ja sogar bei Verbrechen einen erschwerenden Umstand, was man darüber auch behaupten mag! Ein Landru (falls er wirklich seine Frauen getötet hat) kann, wenn er aus Eigennutz handelte, also einem Motiv, dem man zu widerstehen vermag, begnadigt werden, nicht jedoch, wenn es aus unwiderstehlichem Sadismus geschah.« 9, 272–273 (bearbeitet)

4 III, 600 (es handelt sich um eine der Versionen von Andrée) – »Im Grunde fühlte sie, daß es eine Art von kriminellem Wahnsinn war, und ich habe mich oft gefragt, ob sie nicht womöglich nach einer solchen Sache, die in irgendeiner Familie zum Selbstmord führte, sich selbst das Leben genommen hat.« 11, 259 (bearbeitet)

5 Die drei Reden von Charlus: I, 765–767; II, 285–296; II, 553–565/4, 446–450; 5, 378–393; 6, 730–747. – »Aber dieser kleine Schlingel pfeift ja auf seine alte Großmama, nicht wahr?« 4, 449; »Als er diese abscheulichen und an Wahnsinn grenzenden Reden führte, drückte Monsieur de Charlus meinen Arm so fest an sich, daß es schmerzte« 5, 383; »Mit wie schönen Worten er auch seine Haßausbrüche schmückte, so spürte man doch, selbst wenn verletzter Stolz und enttäuschte Liebe, Groll, Sadismus und Ironie mit einer fixen Idee darin abwechselten, daß dieser Mann zu morden imstande sei . . .«; »die Logik und die schöne Sprache« 6, 734 (bearbeitet)

6 Eine elementare Kombination wäre als die Begegnung eines männlichen *oder* weiblichen Teils eines Individuums mit dem männlichen *oder* weiblichen Teil eines anderen definiert. Es gäbe also: m. T. eines Mannes und w. T. einer Frau, aber auch m. T. einer Frau und w. T. eines Mannes, m. T. eines Mannes und w. T. eines anderen Mannes, m. T. eines Mannes und m. T. eines anderen Mannes . . . etc.

7 III, 204 – »steuerte Monsieur de Charlus mit seiner enormen Körperlichkeit auf uns zu, wobei er unabsichtlich einen jener Apachen oder Bettler in seinem Kielwasser mit sich führte, die auf seinem Wege jetzt unweigerlich selbst aus den scheinbar verlassensten Ecken auftauchten« 9, 271 (bearbeitet)

[8] Zur Unterscheidung zwischen Held und Erzähler in der Recherche vgl. Genette, *Figures III*, Seuil, S. 259 ff. –Genette führt jedoch zahlreiche Korrektive in diese Unterscheidung ein.

[9] II, 944 – »Ich sehe, Sie schwärmen für Zug . . .« 8, 475

INTERNATIONALER MERVE DISKURS

61 Foucault, Mikrophysik der Macht
65 Lowien, Weibliche Produktivkraft - andere Ökonomie?
67 Deleuze/Guattari, Rhizom
68 Foucault/Deleuze, Der Faden ist gerissen
69 Lyotard, Das Patchwork der Minderheiten
71 Cixous, Die unendliche Zirkulation des Begehrens
75 Lyotard, Intensitäten
77 Foucault, Dispositive der Macht
79 Baudrillard, Kool Killer oder Der Aufstand der Zeichen
80 Virilio, Fahren, fahren, fahren...
81 Baudrillard, Agonie des Realen
82 Irigaray, Das Geschlecht, das nicht eins ist
83 Klossowski/Foucault/Blanchot/Deleuze, Sprachen d. Körpers
84 Deleuze, Ein Nietzsche-Lesebuch
86 Klossowski, Römische Damen
87 Charles, John Cage oder Die Musik ist los
88 Lyotard, Apathie in der Theorie
90 Virilio, Geschwindigkeit und Politik
94 Cixous, Weiblichkeit in der Schrift
95 Deleuze, Kleine Schriften
99 Godard, Liebe Arbeit Kino
100 Szeemann, Museum der Obsessionen
102 Lyotard, Affirmative Ästhetik
104 Heiner Müller, Rotwelsch
107 Genet, Fragmente
109 Foreman, Warum ich so gute Stücke schreibe
110 Seitter, Der große Durchblick
111 Kostelanetz, American Imaginations
112 Baudrillard, Laßt Euch nicht verführen!
113 Barthes, Cy Twombly
114 Lotringer, New Yorker Gespräche
115 Charles, Musik und Vergessen
116 Virilio/Lotringer, Der reine Krieg
118 Fitzgerald, Der Knacks/Deleuze, Porzellan und Vulkan
119 Seitter, Lacan und
120 Szeemann, Individuelle Mythologien
121 Foucault, Von der Freundschaft
122 Cage/Charles, Für die Vögel
123 Lyotard, Immaterialität und Postmoderne
124 Böhringer, Begriffsfelder. Von der Philosophie zur Kunst
125 Kneubühler, Malerei und Wirklichkeit